长篇小说

青春舞步

孙振远 著

黑龙江人民出版社

图书在版编目(CIP)数据

青春舞步 / 孙振远著. —— 哈尔滨：黑龙江人民出版社，2017.5（2021.1重印）
 ISBN 978-7-207-11015-2

Ⅰ.①青… Ⅱ.①孙… Ⅲ.①长篇小说—中国—当代 Ⅳ.①I247.5

中国版本图书馆 CIP 数据核字(2017)第 112886 号

责任编辑：吴英杰
封面设计：鲲　鹏

青春舞步

孙振远　著

出版发行	黑龙江人民出版社
地　　址	哈尔滨市南岗区宣庆小区1号楼
邮　　编	150008
网　　址	www.longpress.com
电子邮箱	hljrmcbs@yeah.net
印　　刷	北京一鑫印务有限责任公司
开　　本	787×1092　1/16
印　　张	17.75
字　　数	260千字
版　　次	2017年7月第1版　2021年1月第2次印刷
书　　号	ISBN 978-7-207-11015-2
定　　价	56.00元

版权所有　侵权必究　　　　　举报电话：(0451)82308054
法律顾问：北京市大成律师事务所哈尔滨分所律师赵学利、赵景波

热情鼎沸时，或是罪念，或是美德。

——题记

人 物 表

兰欣欣——22岁,北京某音乐学院二年级女生,第 X 届世界小姐总决赛冠军。

兰秋田——66岁,兰欣欣之父,原东海舰队某部副司令员、中国第一艘现代化导弹驱逐舰长,海军少将。

耿玉芳——58岁,兰欣欣之母,原海军某部医院退休的儿科主任医师。

黎天成——32岁,海南省著名黎族画家,兰欣欣男友。

阿　凤——31岁,黎天成前妻。

阿　美——7岁,黎天成之女。

王　林——58岁,南海舰队副司令员、兰秋田当年的副舰长,海军少将。

秦立峰——42岁,三亚市公安局政委。

林伟奇——29岁,三亚市东山公安分局局长。

佟　忠——25岁,三亚市公安局警官。

宋洪涛——28岁,中央电视台综艺频道专题部记者。

金曼丽——41岁,北京金辉文化传播有限公司总经理,兰欣欣经纪人。

石常理——32 岁，北京天力建筑开发集团总经理。
申洛克——42 岁，法国玛丹妮公司驻中华区总经理。
马力夫——44 岁，国内高级服装设计师。
朱莉娅·莫莉——60 岁，世界小姐组织机构主席。
齐　虹——50 岁，三亚市副市长。
郭雯雯——30 岁，兰欣欣助理。
欧阳远方——40 岁，新加坡大学艺术学院教授，黎天成好友。
孙院长——51 岁，三亚海军某部医院院长。
赵立任——45 岁，三亚海军某部医院神经科主任。
何处长——34 岁，三亚海军某部基地后勤处长。
黎　花——20 岁，三亚某宾馆接待员。
曲杰生——29 岁，广西公安边防总队某部警官，林伟奇的战友。
江　晶——28 岁，曲杰生之妻，某高中英语教师。
李　彤——28 岁，林伟奇女友，某部海军医院儿科医生。
杨　明——45 岁，北京诺诚调查事务所主任。
吴洪立——30 岁，北京某公安分局警官，林伟奇的战友。

第一章

21世纪初某年12月下旬的一天上午八点,第x届世界小姐总决赛即将在三亚市的地标式建筑美丽之冠举行。

美丽之冠的设计理念源于欧洲传统的王冠造型,四层楼高的圆形多角建筑全部由钢铁、铝合金、玻璃砖和名贵大理石结合而成。它的伞状屋顶外沿均匀分布18个凌空挑角,外墙由玻璃砖隔成内外两道回廊。正门矗立着四根古罗马式浮雕廊柱,廊柱前方的两侧,各有14尊执剑黄金武士雕塑。在楼前广场的正前方,高高飘扬着二百多面世界各国和地区的巨幅彩旗。在彩旗拱卫的大理石墙面上,雕刻着发给全世界公民的邀请函:美丽三亚,浪漫天涯。在它的上方,悬挂着《第X届世界小姐总决赛》会标。

此刻,虽然距开场时间还有整整一小时,可正门入口处已是人山人海,喧声鼎沸,负责安全保卫的民警和工作人员全部各就各位。

安保指挥中心副总指挥、三亚市公安局东山分局局长林伟奇,同胸前挂着工作牌、手拎摄像机的央视记者宋洪涛并肩走向检票口,见此情景,宋洪涛似有意提醒地说:"林局长,什么时候开始检票?人可真不少哇!"

"现在就开始。宋记者,请放心,一切都已安排好。"

到了检票处,林伟奇向守在那里的一位年轻警官下达指令:"佟忠,开始检票吧,每次进十人,严防踩踏和挤伤。"

"是。"佟忠立即用扬声器向下传达,"工作人员请注意,现在开始检票。等待入场的观众,请按工作人员的指挥排好队伍。"

每一批次放入十人,由工作人员带领从围栏进入安检室,接受类似登飞机前的安检。因为在入场券上清楚印有不得携带摄像机、照相机、手机等金属物品和食品、水果、饮料的规定,所以安检过程比较顺利,在已检查完毕的几百人中,只发现少数几位违规者,其物品被存放在专用的保存袋里。

林伟奇满意地站在旁边观察,等宋洪涛来回转圈拍摄完外景,含笑催促:"录差不多了吧?该到里面去看看啦!"

"好,走。"宋洪涛收好机器,随着林伟奇走向大厅,边走边解释说:"林局长,我是游动哨兵,专门负责拍外景和花絮,不管主场的事儿。"

"这我知道,所以才特意陪陪你,以示重视啊!"林伟奇的表白颇有调侃之意。

突然,身后的检票处传来一阵喧闹声,林伟奇警觉地扭头注视,随即转身回返,小声招呼道:"走,宋记者,回去看看,还真有事啦?"

"看看,看看。"宋洪涛边答应边紧随其后。

麻烦来自一位身着黎族传统服饰、蓄有长发长须、身背画夹、颇显邋遢的聋哑人,他向佟忠警官挥舞手中的入场券。

佟忠警官面无惧色,仍然不为所动地坚持道:"请出示身份证,并留下画夹!"

站在旁边看热闹的人则七嘴八舌地打起抱不平:"不许欺负残疾人!有票为啥不让进?"

"对呀,对呀,为啥不看别人的身份证,非要专看他的?真是岂有此理!"

快步赶过来的林伟奇处变不惊,先是镇定地站在那儿,用威严的目光盯视着几个带头起哄的小青年,直到对方被逼视得噤声躲闪,才平静地问道:"怎么回事?"

"这位老兄衣冠不整,神情反常,非要带画夹入场。"佟忠回答。

林伟奇上前一步,从那位黎族观众手中抽出入场券,简单看一眼,微笑地向对方点点头,无奈地叹道:"老朋友,怎么又是你!进吧!"

黎族中年人漠然地收回自己的贵宾席入场券,随工作人员走向安检室。

林伟奇见宋洪涛和佟忠都在惑然不解地看着自己,若有所思地解释:"他叫黎天成,曾经是位很出名的画家,从中央美术学院毕业后一直在国外游学。两个多月前,他的寡母突然去世,妻子随后带女儿离家出走。他得信后匆匆返乡,因受到强烈的精神刺激,得了失语症,人也变得有些癫狂起来。我们之间打过多次交道,他的故事可不少,等稍闲一些,好好给你们讲讲。"

"那可再好不过!"宋洪涛性急地请求,"林局长,希望尽快给予安排,按计划,我们摄制组只有3天的停留时间啦!"

"哎呀,那可够呛,时间太紧,事儿太多,尽量争取吧!走,进安检室看看,不经允许,他们是不会让他带画夹入场的。"

果不其然,在安检室,工作人员正好言相劝,让黎天成留下画夹和画笔。画家无言地据理力争,在白纸上写出一行大字:这是我的作画工具,必须随身携带,是经过林局长允许的!

林伟奇拿过那张纸看了看,再望望画家求助而执拗的眼神,权衡利弊,只好再次让步:"好你个黎天成,净给我找麻烦!"说完这句抱怨话,转而吩咐工作人员说:"让他带进去吧,画几幅画也无妨!"

黎天成感激地点头致谢,匆匆收好画夹,赶紧到贵宾席去找自己的座位。

林伟奇望着他的背影,苦笑地对宋洪涛摇摇头,把手中团起来的纸团丢入废纸篓中。

第二章

决赛正式开始前的十分钟,舞台下响起了背景音乐,随着轻松舒缓的旋律,在礼仪小姐的引导下,九位评委依次到T型台左侧入座。他们全都是世界上公认的模特界、服装界、演艺界的专家权威,因倍受尊崇,责任重大,权力在握而显得神情庄重,派头十足,高不可攀。

在评委们身后是所谓贵宾席,坐满了来自国内外的嘉宾以及慕名而来的普通宾客。他们当中有两个人颇为引人瞩目。一位是打扮入时、模样俊朗、神情端庄的北京金辉文化传播有限责任公司总经理金曼丽,她是唯一闯入总决赛且夺冠呼声很高的中国佳丽兰欣欣的指导老师兼经纪人。另一位便是与她同排入座,间隔仅一席的失语画家黎天成。他那不伦不类、浓发长须的怪异装束,在衣冠楚楚的其他嘉宾、特别是金曼丽女士的比衬下显得十分另类,甚至可笑。

大幕开启,音乐激扬,偌大的T型台豁然展现。两位男女主持人步履轻盈地走到台前,在向现场观众问候之后,开始逐一介绍各位评委的简历。评委依次站起,或鼓掌或鞠躬地向欢迎的观众致意。接下来,依照历次总决赛的惯例,决赛的组织者、世界小姐组织机构主席朱莉娅·莫莉女士应邀讲话。她简单地回顾总结了已经进行过的分项赛进程,对海南省尤其是三亚市政府的大力支持和严密组织表示衷心感谢。代表三亚市发言的是组委会副主任、副市长齐虹。他高度评价举办世界小姐总决赛对提升三亚市国际知名度和旅游服务、文化建设等多方面的重要意义,衷心感谢世界小姐组织机构对三亚市的情有独钟,预祝总决赛圆满成功。

比赛正式开始,强光灯顿时将舞台照得通体透明。合着欢乐的音乐节拍,身穿模特装的二十位佳丽依次上场亮相。在她们前行的过程中,主持人开始介绍每位佳丽的国籍、年龄、身高、三围等情况。当她们全部站立在前台时，观众送上了第一阵热切的掌声。守在T台两侧的记者们不失时机地为她们拍录下了"全家福"。

　　首场的泳装表演最重要，也最具实力和诱惑力。佳丽们从左右两侧交叉着走向前台，优雅大方地摆出各种规定的姿态，尽情展现自己的青春魅力，同时不忘在转身的瞬间红唇微启，皓齿初露，向正在盯视自己的评委投入深情的一瞥。

　　前面的佳丽刚在T台的中央转身，后边的一位婀娜多姿地飘然而来，如春光乍泄，微风和煦，杨柳轻扬，鲜花盛开，那一阵阵热烈的掌声，似在证明她们一位比一位优秀，一位比一位艳丽，一位比一位张扬。果然，当最后出场的中国佳丽兰欣欣刚一起步，便赢得了满堂彩。那高挑的身材，秀美的扮相，轻盈的步式，凝脂的肌肤，优美的曲线，鲜亮的骨感，飘逸的长发和闪射的激情，顿时引发出长时间的掌声和欢呼声。

　　兰欣欣刚要转身回返时，猛然发现贵宾席上有位打扮怪异、形象特别的男士，正在画板上为自己画速写，心中猛地一动，忘了像其他佳丽那样，同高贵的评委们进行感情交流，投去意味深长的多情目光。她这不难觉察的失态，令评委们颇感意外。是故意而为，还是率性使然？该给高分，还是低分？正当评委们犹豫不决时，台下骤起的掌声和欢呼声似乎给出了答案，也好像在敦促评委们快快决然落笔。面对如此热烈而又怪异的气氛，评委们多少受到了感染。兰欣欣不负众望，评委们真的给出了最高分。

　　看到兰欣欣在首场就出现了明显失误，金曼丽如同针扎般心惊肉跳，懊恼地闭上了酸痛的眼睛。她一时还弄不明白导致失误的原因，不知该做些什么，要不要到后台去指导提醒，经过一番权衡，她没有动作，决定静观其变。

　　在掌声和欢呼声渐渐沉寂之时，黎天成的第一张速写画完了。在此之前，他一直端坐不动，对那些外国佳丽似乎不感兴趣。可当兰欣欣一亮相,便双眸闪亮,紧盯住她的每一个动作,然后快速运笔,准确勾勒出那美妙绝伦的形体和天然去雕饰的青春异彩。他特别赞赏兰欣欣优雅转身时的淡定自然,对评委没有丝毫的邀宠与讨好,与其他选手形成鲜明对比。他心满意足地挺直身子,右手轻轻晃动画笔,欣然地审视着由各种神秘曲线构成的兰欣欣,微微点头,像是在同心中的天使进行精神交流。

在短暂的换场休息时,坐在附近的嘉宾已经注意到了黎天成的举动,纷纷探身观看。金曼丽自然是近水楼台先得月,斜着身子看看画家,再看看速写,恍然悟出了兰欣欣失误的原因。不过,她也立刻被画夹上简约有致、神形兼备的速写所折服,断定作者具有超凡的艺术水准,只是那副尊容实在让人无法恭维。画坛多怪杰,难道此公又是一例?她收回身体,但却收不回目光,隐隐地觉出,那跃然纸上的兰欣欣的神态,似乎蕴含着某种说不出来的情绪。没容她细想,突然眼前镜头一闪,一直守候在旁边的宋洪涛用摄像机将黎天成、金曼丽和画中的兰欣欣一并收入镜头中,永久地存留下来。

金曼丽同已熟识的宋洪涛嫣然一笑,回身坐正。黎天成却毫无反应,继续自我欣赏着画作。

第二轮的晚礼服表演开始了。兰欣欣是在中场出演的,她选的是一件红色的真丝晚礼服,秀发盘在头项,颈上一条白金项链,两耳配着绿宝石坠子,脸上巧施粉黛,步伐略显舒缓,目光温婉多情,双臂悠然轻摆,恰似一位高贵的公主莅临皇家的盛宴,准备接受宾客们的拥戴和赞叹。这次她没有忘记转身时向评委们投去深情的目光和微微的笑容。评委们对此很满意,再次打出了最高分。

金曼丽脸上闪出释然的微笑,情不自禁地暗叹,这丫头,到底是心有灵犀,与众不同!她再次发现,那位相邻的画家,又只为兰欣欣一个人画了速写,表情上亦没有了刚才的动容。

第三场的民族服装演示,是争奇斗妍,各施妙法,文化历史含量最高,最受各方重视的比赛。来自不同国家和地区的佳丽们,把最能代表自己民族历史文化特色的传统服饰展现给评委和观众，充分显现内心的自信与骄傲。

金曼丽对兰欣欣的民族服装表演是颇有信心的。因为中华民族几千年服饰文化的积累和发展，为她们提供了最佳的选择。为了把历代的服饰精华和民族文化理念有机结合，她着重在色彩的选配上下了一番功夫。黑的发髻，白的玉佩，黄的旗袍，红的绣鞋，意在突出黑色的沉稳庄重，白色的纯洁无瑕，黄色的娇美富贵，红色的热烈成熟，巧妙地将中华民族的玉石文化、黄金文化、丝绸文化、旗袍文化，与历史上黄色的宫廷垄断和现代的红色崇拜集于一身。

果然，当兰欣欣飘逸地步到T台的正中央时，立即爆发出一阵暴风雨般的狂潮，仿佛是位从天宫中远道而来的仙子，静则多情，动则生辉。台下的观众纷纷起立相迎，那狂涛骤起般的掌声和喝彩声，直到仙女隐入后台才渐渐平息。

由于获得了巨大的成功和受到现场气氛的强烈感染，一直稳坐不动的金曼丽禁不住心潮澎湃。她把上身依在椅背上，想放松放松心情，却突然发现隔位的那个画家，在完成最后一笔速写时，竟然热泪涌流，洇湿了画面下部的边缘。她顿时惊得目瞪口呆，小心翼翼地探身想看看那画面，或是交谈几句，又考虑地点不适合，没有贸然行事。

黎天成的感伤落泪，当然逃不出宋洪涛的眼睛。他在将画家感情失控的场景收入镜头的同时，却也大感不解：仅仅看到女模的表演，就值得如此激动难抑？这其中是不是另有隐情？

民族服装的表演再次以兰欣欣的最高分结束。在短暂的中场休息时，黎天成成了周围宾客关注的中心。许多人围过来，在啧啧赞叹画作的简洁生动，形象逼真的同时，也在嘲笑他难以自己的泪眼模糊。

经过小声商量，金曼丽同邻座的男士换了位置，谨慎地坐到黎天成身旁。她刚从正面把兰欣欣的速写瞄上一眼，心中顿时一惊：啊？他怎么把我的快乐天使画成了抑郁女神了呢？你看那微蹙的眉头，平展的眉梢，内

— 7 —

敛的眼神,这简直是对美神的亵渎!她怒火中烧地站起来,想当面质问画家良心何在!可一当面对那张挂着泪珠的脸庞,又立时心软下来。她沉思片刻,恭谦地俯下身来,用温婉的口吻请求:"先生,我是兰欣欣的老师,您能否忍痛割爱,将已画完的三幅速写画转赠给我,留作永久的纪念?"

黎天成眨动着眼睛不解其意。当金曼丽指指画板,将话又重复一遍时,他才从迷茫转为清醒,立刻摇头拒绝。

金曼丽继续微笑地解释:"先生,您的画作深深打动了我的心灵,如能执手相赠,在下愿以三万元人民币酬谢。"

黎天成继续摇头拒绝。

金曼丽以为他嫌钱少,毫不犹豫地提高了价码:"您如果嫌钱少,我可以出五万元现金。"

"啊——喔——"黎天成突然从椅子上站起来,用力推开金曼丽的手臂,迅速收起画夹,拨开人群,快步向出口走去,好像生怕被人抢了手中的宝贝。

金曼丽惊愕地扶住椅背,不知如何是好。

"金老师,他因为受了强烈刺激,得了失语症,您不必介意。"宋洪涛及时出现,部分地解除了金曼丽的疑惑。

"哎呀,原来是个哑巴!我说他怎么一直不说话呢!"

金曼丽倍感失望地坐下来,围观的人也纷纷各就各位,因为第四场休闲装表演就要开始了。

林伟奇正和佟忠在安检室里闲聊,突然从敞开的窗口发现,黎天成拿着画夹急匆匆从大厅里走出来。他心中猛地一动,断定发生了不测之事,便立即与佟忠迎出去。

黎天成只顾泪眼模糊地往前快走,想远远离开这处伤心之地,当林伟奇和佟忠挡住去路时,才愕然地收到脚步。

"黎画家,你这是怎么啦?为何要中途退场啊?"林伟奇审视着黎天成的表情,尽量和颜悦色地询问。

"啊？啊!"黎天成惊慌失措地躲闪着身子,想从旁边尽快托身。

黎天成举动越发令人心生疑虑,佟忠一步跨上前去,挡住他的去路。

林伟奇乘势打开手机,快速点出一条短信,面带笑容地递给黎天成看:"黎老兄,请别走,好戏还在后面呢!"

黎天成一眼就看清了短信,抹一下泪痕,挥动手中的画夹表示拒绝,同时身子往前一顶,竟把佟忠撞个趔趄。

佟忠无奈地看着林伟奇,见他轻轻地点头示意,便闪开身体,让黎天成落荒而去。

林伟奇和佟忠望着黎天成的背影,苦笑着对视一下。

"这人真是怪透啦!"佟忠大惑不解地感叹道:"不让进吧,他理直气壮地硬往里闯。进去了呢,又突然非要中途离场!"

"就是,要不怎么会有'怪杰'一说呢！这里面肯定有不同寻常的故事,你等我去探个究竟。"林伟奇说定,立即向大厅的正门走去。

林伟奇从侧厅门口走进去,悄悄来到宋洪涛身旁:"林局长,看到那黎画家了吗?"

"我刚送他出大门,宋记者,你知道他为什么情绪那么激动,非要中途退场吗? 看样子还好像哭过。"

宋洪涛看一眼金曼丽,摇着脑袋回答:"莫明其妙! 他把兰欣欣小姐民族装的速写画完,就感情失控得泪流满面。等到金老师提出要出重金留存那几幅速写时,起身便走,看样子真是有点疯癫。"

林伟奇审慎地看着金曼丽,当对方略显局促地点头致意时,他也同样点头回敬,并顺势坐在空闲的位置上,看似随意地攀谈起来:"金老师,您是怎么看他突然离场的?"

金曼丽揣测着对方的意图,不想牵扯其中,故作权威地说:"警官同志,是凡搞艺术的人,几乎都多愁善感,为春风得意,为春草慨叹,为春花吟唱，为春愁难眠，或是以妄为常，以酒为浆，以才自傲，以乱自擂。您知不知道人才学上有个著名的定律？是凡想要取得惊人的成功，常常便会陷入所谓的创作精神病状态，废寝忘食，物我两忘，如醉如痴，似疯似癫，完全失去了正常人的理智和生活习惯，一直要到成功之后才能渐渐恢复正常。他大概也正处于这样一个难以理解的状态。"

"嗯，您这个分析可能有些道理，如若真是如此，那就不必担忧，甚至是值得庆幸啦！谢谢您的指教，我再到别处看看。"

林伟奇起身走了，金曼丽从他的敷衍中觉察到了某种讥讽，心中隐隐有些不快。

此刻，佳丽们开始和着轻松的音乐旋律陆续出场。因为是休闲装展示，和前几轮相比，音乐和灯光的配置都显得舒缓了许多，模特们的着装、动作、表情也自然流畅起来，五彩缤纷地展现出不同国度，不同地域，不同种族，不同季节的服饰。

轮到兰欣欣登台上场了。为了表现三亚的热带海洋性气候的独特环境，她手擎阳伞，高挽发髻，薄丝罩身，绿纱披肩，短裙飘逸，凉鞋露趾，像一位刚刚踏青归来的青春少女从梦幻中飘落人间。可是，当她走到T台中央正欲转身时，忽然发现坐在老师身旁的那位画家不见了，空闲的座位像个幽幽的深洞，显得十分扎眼。这是为什么？他是换了位置，还是中途退场啦？瞬间的走神失措，让她再次忘记了那不可或缺的对评委们的回眸一笑，整个回场的动作也略显刻板，没有了出场时摄人心魄的灵动。

评委们及时发现了选手的失准，不无遗憾地落了判笔。一位黑人评委还惋惜地蹙眉张口，左顾右盼地轻轻摇摇头。

火眼金睛的金曼丽看到兰欣欣再次出现最不该出现的失误，立刻火冒三丈，恨铁不成钢地咬紧牙根。

休闲装的表演结果，兰欣欣只得个第四名的分数，虽然总分仍排在第一，但与总分数名列第二的阿根廷选手相比，仅差不到零点七分，形势岌岌可危。

在舞台后方，兰欣欣懊悔地对助理郭雯雯自责："雯姐，对不起，这场没走好！"

郭雯雯轻轻拍拍兰欣欣后背，很有信心地笑着鼓励："不要紧，一点小失误。欣欣，你要拿足精神，拼好最好的一搏。我相信你一定能取得成功！因为没有人能超过你！"

庆幸的是，最后一场的才艺展示，果真为兰欣欣提供了众星捧月，木秀于林的绝佳机会。她的参赛项目是歌舞表演，歌是电视剧《西游记》插曲中的《天竺少女》。这首当年由李玲玉演唱的歌曲曾风靡一时，倍受推崇。舞蹈是兰欣欣自己编创的颇具西域风情的民族舞，热烈而浪漫。在一年前的北京大学生艺术节上，她正是凭借这个节目赢得了金奖，并因此被足智多谋、声名显赫的金曼丽收在名下，开始了模特生涯的。

一阵激越的鼓声响起，兰欣欣载歌载舞地旋上舞台，用流畅而又标准的英语演唱起来：

噢……噢……沙里瓦
是谁送你来到我身边？
是那圆圆的明月、明月，
是那潺潺的山泉，
是那潺潺的山泉，
是那潺潺的山泉，
我像那戴着露珠的花瓣、花瓣，
甜甜地把你依恋、依恋。
……

那情深意长的少女思恋，那梦幻般的美妙意境，那激情四射的青春歌舞，把所有的评委和观众都打动得如醉如痴，再次夺得了单项的最高分。

看到终于成功，稳操胜券的金曼丽激情难抑地慢慢闭上眼睛，可两行关不住的热泪却夺眶而出了。

在舞台的后方,郭雯雯欣喜若狂地抱住仍在微微气喘的兰欣欣,低声耳语:"欣欣,我就知道你是最棒的!最棒的!"

兰欣欣露出如释重负的灿烂笑容。

才艺表演全部结束,主持人请所有佳丽回到了T台中央,按编号排成两排,等待冠军、亚军、季军和其他奖项的诞生。

焦灼的等待是一种残酷的折磨。此刻,佳丽们虽然表面上都神态自然,平静如常,脸上闪着职业的笑容,内心里却是十分的紧张激动,猜测自己能否如愿以偿,成为最耀眼的明星,成为誉满世界的幸福天使。

世界小姐组织机构的女主席和三亚市副市长再次走到前台,前者将会宣布获奖名单,后者在礼仪小姐的配合下负责颁发奖杯和证书。

最先宣布的是几个单项奖,如最佳表演、最佳服装、最佳才艺等。每宣布一个,便有一位佳丽从队伍中走出,欣慰地接过奖杯和证书。兰欣欣荣获了最佳才艺奖,她的表情显得淡定而自然,没有强作的职业微笑,如同一尊冰清玉洁的大理石雕像,令人望而动情,心生遐想。

当从现场的气氛判断总决赛冠军已非己莫属,王冠即将戴上头顶时,兰欣欣就再也保持不住那种强作出来的镇定与笑容,无法掩饰的渴望和激动使心脏的跳动怦然加快,血液的奔流越加放纵,浑身上下触电似的,好像每一个器官、每一块肌肉和骨骼都在同步谐振和膨胀,刹那间又生出些许莫名的恐惧感,冠军真会是我吗?那顶美丽神圣的王冠,会带来什么样的明天?短暂的数十秒钟等待,竟成为有生以来最难忘最难熬的时刻。

终于,终于听到了最激动人心的声音!当总决赛组委会主任、世界小姐组织主席朱莉娅·莫莉夫人用英文高声宣布,第X届世界小姐总决赛冠军是中华人民共和国佳丽兰欣欣时,没等翻译成中文,那骤起的掌声和欢呼声就把兰欣欣耳膜震疼了,也震愣了:真的是我?是我?她唯恐自己听错了,希望朱莉娅·莫莉夫人把话再重复一遍。

代替朱莉娅·莫莉夫人重说的是那位男翻译激动高亢的中文。没等他落下尾音,场内就齐声呼喊起了冠军的名字:兰欣欣!兰欣欣!兰欣欣！

　　兰欣欣如梦方醒地眨眨眼睛，那在腺体里积聚等待的热泪夺眶而出，微颤的身体顿时奇迹般恢复了镇定。狂喜驱飞了恐惧，幸福充盈了全身，胜利产生了骄傲，兰欣欣顾不得擦去脸上的泪痕，立刻神采飞扬地摆动着手臂，快步向前走去，准备接受那梦寐以求的殊荣。这时，早有准备的乐队突然改变曲目，奏响了《美丽的姑娘见过万万千》这首美妙浪漫的民歌曲调。由于许多人对这首歌十分熟悉和喜爱，很快便不由自主地跟着哼唱起来。刚开始，音调还有些高低不一，快慢不齐，但转眼间就变得韵调一致，情感激越，众口同声，竟使乐队的伴奏显得有点相形见绌。因为在唱完第一节之后，他们又唱起来第二节、第三节，然后又从头再来：

　　　　美丽的姑娘见过万千，
　　　　唯有你最可爱！
　　　　你像冲出朝霞的太阳，
　　　　无比新鲜，姑娘啊！
　　　　你像鱼儿生活在自由的水晶宫殿，
　　　　姑娘啊！
　　　　又像夜莺歌唱在无比青翠的林园，
　　　　姑娘啊！
　　　　……

　　耳熟能详，正合在场观众的情绪，使整个会场声浪爆响，似烈焰升腾，燃烤着观众人的心。

　　在上届总决赛冠军将桂冠转载到兰欣欣头上之后，齐虹副市长笑逐颜开地把奖杯和证书递到兰欣欣手中，真诚地说道："兰欣欣小姐，衷心祝贺你摘得冠军殊荣，非常感谢你为三亚市带来好运！"

　　兰欣欣双手把奖杯和证书高高举起，向评委和观众致意。

　　一大群激情难抑的年轻人，开始高喊兰欣欣的名字，起初还有些高低

不齐,十几秒钟后即变得抑扬顿挫,并且省去了一个"欣"字:

"兰欣,我爱你!兰欣兰欣,我爱你!"

"兰欣,我爱你!兰欣兰欣,我爱你!"

……

兰欣欣热泪涌流地走到舞台正前方,连续做出一串串飞吻的动作,与大家共同分享成功的喜悦。

与此同时,在震耳欲聋的欢呼声中,兰欣欣开始努力寻找恩师金曼丽的身影,由于人群的遮挡没能如愿,只好在心中默默地致意:老师,我们胜利啦!成功啦!我没有辜负您的期望!我将终生感激您为我付出的一切一切!

在转身返回领奖台时,兰欣欣觉得满身轻松,产生一种飘飘欲仙,腾云驾雾般的奇妙感觉,好像那响遏云天的欢呼声正变成一块块金砖,叠筑起一架通向天庭的旋转云梯!

这时,整个会场的观众几乎都在站立着鼓掌欢呼,唯有金曼丽久坐不动。她一面擦着止不住的泪水,一面苦笑着小声嘟囔:"你们爱她,不知她爱谁呢!"

第三章

总决赛结束后,在现场举行了记者招待会,除了进行例行的程序之外,最吸引人的场面,当然是中外记者对兰欣欣的争相采访。

宋洪涛得天独厚,第一个发言:"兰欣欣小姐,你好!在这最辉煌的成功时刻,您的感受如何?最想说点什么?"

"此时此刻,因为美梦成真,心中感到非常欣慰与骄傲。我真诚感谢组委会和评委,感谢三亚市政府和全体工作人员,感谢我的父母、老师和朋友,是你们共同的精心组织、无私奉献、悉心栽培和大力协助,才使我顺利地步入艺术殿堂的成功之路,戴上了这世界小姐总决赛的桂冠。"说到此处,兰欣欣提高声调,真诚表白:"最后,我还要衷心感谢国内外的记者朋友们,感谢你们多日的辛勤工作和鼓励!感谢你们把我和我的这些美丽的姐妹,介绍给了全中国和全世界爱美的人们!"

掌声过后,一位来自加拿大的白人记者挤上前来,中文说得还挺标准:"请问兰小姐,您的父母是从事什么职业的?您有男朋友吗?您未来要向什么方向发展?"

"我的父亲是军人,母亲是医生。我目前还没有男朋友,正在音乐学院二年级学习声乐,希望有朝一日能用歌声为人们带来更多的快乐。参加模特选美比赛,只是我的业余爱好。"

听到兰欣欣在这样重要的时刻说立志要当一名歌唱家,说参加世界小姐大赛只是业余爱好,金曼丽的心猛地一跳,感到非常意外和不悦。她远远望着兰欣欣的笑脸心想,人在江湖,身不由己!你现在已是皇冠加顶,鲜花簇拥,前程似锦,名利双收,还妄谈什么音乐,什么理想!等着吧,看为师如何调教你。

记者招待会结束后稍事休息,紧接着是花车游行,以满足当地市民一睹佳丽风采,分享殊荣的愿望。花车时进时停,佳丽们手持鲜花,向人群频频招手,或是随意做出一些自我展示的优雅动作,引来阵阵欢声笑语。

当天下午、夜晚和第二天清晨,全世界不同时区、不同国家的许多新闻媒体,争先恐后地播发出本次世界小姐总决赛在中国三亚市成功举办的消息和图片,其中最醒目、最耀眼的自然是中国22岁的佳丽兰欣欣勇夺冠军的大幅照片。有外媒评论说:这是该项赛事多年来举办的最成功的一次,脱颖而出的中国佳丽兰欣欣,堪与誉满世界的意大利名模贝尔妮芬相媲美。贝尔妮芬的美艳和才智,曾经倾倒众多声名显赫的追求者。

晚八点,三亚市政府举办了盛大的答谢酒会。应邀发言的嘉宾在热情祝贺总决赛圆满成功的同时,都不忘赞扬三亚市所做出的贡献。三亚市副市长齐虹再次衷心感谢总决赛组织者和来自各国的评委、佳丽、记者、嘉宾对三亚的厚爱,希望大家在未来的时日里,继续关注三亚的发展,钟情三亚的美丽,享受三亚的浪漫。他的真情邀请,博得了经久不息的掌声。

　　从第二天开始,各方宾客陆续踏上离岛的归程,金曼丽、兰欣欣和助理郭雯雯等人与宋洪涛同机返回北京,在首都国际机场受到宣传、教育、文化、艺术等有关部门领导和业内人士的欢迎。依然是花团锦簇,灯光闪烁,赞誉有加,欢声笑语,问答不休。面对着超级荣耀带来的精神愉悦,以恩师身份出现的金曼丽万分得意,难掩心扉,仿佛自己重获青春,重返T台,与兰欣欣携手演出,同获了冠军殊荣。当有业内熟人恭维她大功告成,将永载史册时,竟激动得哽咽难语,与站在她身旁亭亭玉立,笑对记者,让他们尽情拍照和录像的兰欣欣形成了鲜明的对比。

　　在即将驶离机场的大巴车前,金曼丽忽然想起件事,悄悄将宋洪涛叫到一旁。

　　"金老师,有何指教?"宋洪涛问。

　　"岂敢,岂敢,只是有事相求,恐怕要给你添点麻烦。"

　　"您尽管说,不必客气。"

　　"宋记者,你能不能从摄像中将那位疯癫画家的几幅速写提取出来?兰欣欣想留作纪念,让我代她同你商量商量。"

　　"啊,可以可以,小事一桩,争取明天下午送给您,行吗?"

　　"那就先行感谢啦!喂,对了,小宋,今晚上有关方面要安排一个庆功会,希望你能参加。"

　　"哎呀,恐怕不行!"宋洪涛解释说:"我得赶紧回台里把专题编排出来,原定在晚间新闻联播后要用,实在抱歉!"

　　"真是难为你们这帮记者啦!"金曼丽说完,仍觉言犹未尽,有感而发地又接上一句:"有道是,常牵彩霓施巧手,尽为她人作嫁衣呀!"

　　"就是呢!"宋洪涛迅即回应:"难得有老师的如此鞭策,学生定当再接再厉。"

"哟,我可不敢当你的老师,我只是真情实意地敬佩你们这个职业,时刻欢迎你这贵客临门!"

"一定,一定。"宋洪涛满心欢喜地答应。

与宋洪涛告别后,金曼丽发现兰欣欣有点异样地看着自己,小声解释道:"欣欣,我同记者打了多年交道,有苦有甜,一般情况都是敬而远之,不即不离,至今没有交下一个知心的朋友。经过这次世界小姐总决赛,特别是你夺冠之后,我们必须尽快选中一位可以招之即来,来之能胜的御用记者,借助媒体的力量,将未来的事业顺利推向高峰。"

兰欣欣未置可否地点点头。

热闹非凡的庆功晚宴结束时,已是午夜十二点多钟,兰欣欣挽着微醉的金曼丽欲返回酒店房间,发现宋洪涛正在接待大厅的沙发上等人,见到她俩的身影,立刻起身迎过来。

"老师,这么晚了,宋记者怎么还没休息?"

"啊,我约的他,来送照片的吧!"

"照片?什么照片呀?"

"就是你想要的那几张速写,他本来说要明天下午送过来的,怎么提前啦?是不是还有别的事?"

"噢,早送来不更好嘛!"兰欣欣一手扶着金曼丽,一手扬起来招呼走近的宋洪涛:"宋记者,您好,啥时候到的?"

"刚到不一会儿,赶过来给你们送照片。"

金曼丽脱开身子,含笑着道谢:"小宋,辛苦你啦,忙够呛吧?"

"心苦命不苦!能为二位女士效劳,再苦再累也心甘情愿。"

"哟,小帅哥,啥时学会的花言巧语?女人可最怕这一套哇!"金曼丽笑眼相对,边说边接过一摞照片,简单翻了翻,发现除了那3张速写之外,其他十几张全是欣欣在T台表演时的优美造型,且张张传神,足见功夫不凡。她将那张穿黄旗袍的照片抽出来,递给兰欣欣看,颇为不满地说:"欣欣,你好好看看,是不是有意画走了形?岂有此理!"

兰欣欣没有立即回答,把自己的形象仔细揣摸一阵,轻声询问:"宋记者,就这些?还有别的吗?"

宋洪涛闻言,惑然不解地看看兰欣欣,又看看金曼丽,猜测地探问:"兰小姐,您是不是担心我会把照片传到社会上去?"

"唉哟,看您想到哪去啦!"兰欣欣赶紧否认,沉思片刻,犹豫地解释,"我是想问问您,有没有那位画家的照片。听说他当时不但拒绝了老师的请求,还突然起身退场离去,心里总觉得不大对劲儿,想认识一下这位神秘的画家。"

"这好办,等明天我再抽出几张就行了。据三亚的林警官介绍,他叫黎天成,不到四十岁,曾经是位著名的黎族画家,毕业于中央美术学院,后到海外游学多年。在得知寡母去世,妻子带女儿离家出走的消息后,才匆匆返回家乡,欲为母亲守孝3年。因受到强烈的精神刺激,得了严重的失语症,有口难言,是位很不幸的悲剧人物。不过,咱可有言在先,他的照片您只能个人留存,决不可流入社会,免得将来有一天,他要告我侵犯肖像权。他现在的那幅失魂落魄的样子,是精神不正常所致,咱得尊重和保护人家的隐私啊!您说是不是这么个理儿?"

没等兰欣欣表态,金曼丽便点头代为回答:"这事你大可放心,我们可不会做引火烧身的傻事。不过,你倒是想得挺周全,用不用写个保证书什么的?"

"金老师,岂敢岂敢,求您别折煞晚辈!"

"开个玩笑,别往心里去。"金曼丽已完全醒酒,认真地表白起来:"小宋,你没看出来吗?我对新闻界的朋友,历来是高看一眼,有求必应。你今后有啥事情,尽管直说,能办的必定办好,不好办的尽量帮忙,我这可是真心话。"

宋洪涛稍一迟疑,还真的提出个要求:"金老师,兰小姐,二位既然如此坦诚,我也就真不客气啦!"他稍一停顿,便直奔主题,"我在央视综艺频道是专跑演艺圈的记者,愿意随时为二位效劳,希望得到一些独家新闻。"

"我看是没问题吧!有你这番的真情和才华,保证合作愉快。欣欣,你说是不?"

"求之不得,朋友之间相处,就该如此。宋记者,别忘了,一定把画家的照片送给我。"

"好,一言为定,那我就告辞啦!"三人握手告别。

第二天一大早,宋洪涛准时将照片送到兰欣欣和金曼丽现同住的房间,稍坐片刻,说要赶回台里开会,匆匆离去。

送走宋洪涛,兰欣欣在窗前琢磨着手中的照片,忽然自言自语地说道:"等有机会,我一定要拜访他。"

"要拜访谁呀?宋记者?"坐在沙发上的金曼丽问。

"不,是想见见这位神秘的画家。"兰欣欣递过照片:"老师,你看,他作画时的神态多专注潇洒,哪能看出精神不正常!"

"什么专注潇洒?不过是个不忠不孝的浪荡子嘛!"金曼丽不屑一顾地反驳。

"他还不忠不孝?宋记者不是说他专程从海外归来,要为母亲守孝三年吗?"

"人死了,守孝还有什么用!他要真有那份孝心,有人之常情,就不会抛妻舍母地在外多年不归。常言道,父母在不远游。妻儿存,手不离。他现在的所作所为,大概是在赎罪。至于他的画作,说点最好听的,也不过是个痴呆天才的水平。欣欣,我可告诉你啊,没必要同这类人接触,免得影响自己的形象和情绪。以你现在的身份,一定要远离世俗的干扰,要全身心地投入到新的生活,新的天地之中。"

兰欣欣似懂非懂地看着情绪激动的老师,顿时生出一种陌生的感觉,素来待人温婉优雅,礼仪周全的老师,为何会如此言词激烈地评断一位画家?一时的迷茫和心绪慌乱,使她有些不知所措,便苦笑着收起照片,小心放进床头的手提包中。

金曼丽见状,隐忍地商量道:"欣欣,还是将那些照片交给我保存吧,免得让你分心。"

"不会的,我只想留作纪念,顺便带给爸爸妈妈看看。"兰欣欣委婉地拒绝。

金曼丽不悦地瞟她一眼,伸手端起茶几上的香茗,慢慢细品。

这时,金曼丽的手机响了,她看看号码,表情复杂地对兰欣欣说:"是石常理打来的,你先跟他说?还一直没开机吧?"

"没开呢,他既然打给您的,可能是有事。"

"行,我先训训这小子,这么晚,才知道祝贺。"金曼丽按下接听键,没有寒暄,单刀直入地敲起来:"傻小子,才睡醒吧?都啥时候啦!"

"金姐,我在肯尼亚谈项目呢!刚刚从当地电视上看到欣欣夺冠的消息,衷心地向您二位表示祝贺!等回北京,为你们好好摆摆庆功宴。"

"马后炮,瞎胡闹,我们可没工夫陪你。"

"金姐,金姐,这事可不能都怪我。你问问欣欣,是她在事先特意嘱咐我,在大赛结束前不能给你和她打手机,打了也不接,免得受干扰,我不敢不从啊!"

"欣欣,是真的吗?"

"是,我还与所有的朋友和父母也打过这样的招呼。"

"还真委屈了这小子!"金曼丽复又大声回答石常理:"欣欣刚替你遮掩,暂且饶你这一次,啥时候回北京啊?"

"看样子还得几小时,等签完合同,立即回家。金姐,欣欣在吗?快让她接电话!"

金曼丽把手机递给欣欣。没等石常理急切地表达祝贺和思念之情,欣欣先故作轻松地笑着封住他的嘴:"备选男友,先把你的甜言蜜语留一留,让我先清理清理脑袋的储存,一会儿再给你打过去,好吗?"

"这——这,你这不是有意折磨我吗?"

"好事多磨嘛!多折磨折磨,免得你乱说胡话。"欣欣说完,把手机关掉后还给金曼丽。

"欣欣,太过分吧?他可是对你一片真情。"

"闹着玩呗!我现在啥话都不想听,只想睡上三天大觉。"兰欣欣说完,神情倦怠地走进里面套间,躺在床上陷入沉思。是啊,经过十多天来的紧张比赛和重复性应酬,她已觉得身心俱惫,甚至对那些仿佛突如其来的掌声、鲜花、溢美、拥抱、握手和美酒佳肴感到有些厌倦。

情绪本来是可以传染的。按理说,以金曼丽的年龄和身体状况来讲,她本该比年轻许多的兰欣欣更心力交瘁,可由于有超级成功的喜悦支撑,有职业责任的外力驱动,更有锦绣前程的美妙憧憬,她竟然亢奋的毫无倦色,因而也就对兰欣欣的心态感到难以理解和不悦。

第四章

第二天清晨刚一醒来,兰欣欣问候过金曼丽,再次给家里打电话:"妈,早晨好,起床了吗?"

"早起啦,想得你连觉都睡不着!傻丫头,到底啥时候回家呀?是不是把妈都给忘啦!"

"我的好妈妈,哪儿敢忘您和爸爸!真的是抽不开身!今晚一定回家,就想吃您熬的绿豆粥和小咸菜!"

"那好说,妈一会儿就做,早点回来吧!"

"好咧!代我问爸爸好!"

兰欣欣收起手机,望着对面床上的金曼丽刚想说话,金曼丽却抢先开了口:"欣欣,你现在要把私情暂时放一放,先履行社会责任。你现在已经是公众人物,是大众情人,要趁热打铁同各方建立广泛的社会关系,为今后的顺利发展打好基础。明天上午,我们要同几位最知近的朋友相聚,其中包括石常理在内。所以,你今天就先别回家了,等有了闲暇时间再同二老好好叙一叙。"

兰欣欣听完这番话,愣怔了片刻,便很快意识到无法拒绝,强露笑意地点头认可。不过,内心深处却挺不是滋味。

午宴的地点是京城著名的高档酒店,商定的时间是十一点整。当金曼丽亲自驾车和兰欣欣到达时,特意将凌志车停靠在一个最显眼的地方。她看看表,还差五分钟十一点,按理说应该立即下车,才能保证准时到位,可她却抽出钥匙后端坐不动。

"老师,咱抓紧时间吧,不然要迟到啦!"兰欣欣欲推门动身。

"别急,再等几分钟。"金曼丽说着打开手机,拨通助理郭雯雯的号码,轻声问:"人齐了吗?"

"齐了,我们这就下楼接你们。"

收起手机,取出化妆盒,金曼丽一边照,一边叮嘱:"欣欣,你要记住,社交界的规矩是男等女,不可主次颠倒。另外,要学会观察,学会倾听,不可随性而为,轻易表态,这样才能含而不露,左右逢源,进退自如。"

"这可真难为人,我哪有那份能耐呀!"兰欣欣露出窘色。

"学嘛,再难也要这么做!"金曼丽正色道:"你刚刚成名,一切都来得太快太突然,必须抓紧时间过好这个关口。如若不然,必定会影响你未来的发展和前程。今后应酬多多,机会多多,我相信你决不会让老师失望。"

"我一定尽力而为,好好向您学习。"为了不影响情绪,兰欣欣做出了保证。

"他们来了。"金曼丽面露微笑,不紧不慢地招呼兰欣欣下车。

两个人刚在车下整理好容妆,郭雯雯便引领着三位衣冠楚楚、风度翩翩的男宾来到车前。

"金总,您好!您好!一路辛苦,荣归故里!"走在最前面的中年男士握住金曼丽的手用力摇一摇。

"申总,多日不见,又发福喽!"金曼丽调侃地抽回手臂,把对方介绍给欣欣:"欣欣,这位就是大名鼎鼎的法国玛丹妮公司驻亚洲大中华区总经理申洛克先生。申总,这位是我的爱徒、刚刚夺得世界小姐总决赛冠军的兰欣欣小姐。"

"幸会!幸会!"申洛克握住兰欣欣的玉指,盯着欣欣灵动的眼睛,夸张地奉承道:"兰小姐青春美艳,技艺超群,首次征战便一鸣惊人,誉满全球,令人钦佩之至。"

"谢谢申先生的褒奖。"兰欣欣尽量表现出谦和大方的样子。

第二位迎上来的是著名的服装设计师马力夫。兰欣欣主动先握手问候:"马老师,您好!"

马力夫端详着兰欣欣真诚的笑脸,赞赏地夸奖:"欣欣,你果真是最出类拔萃,最可亲可爱的!"

"马兄,您这次可立了大功!"金曼丽由衷地表达谢意:"您为欣欣亲制的那些服饰,正可谓芙蓉吐蕊,锦上添花,惊慕四方。"

"过誉,过誉。要论功劳,谁也比不上你的慧眼识珠,精心打磨,比不上欣欣的聪慧过人,绝代之美!"

对于他们双方的这番互敬互誉,申洛克脸上显出了些许嫉妒,而站在一旁的那位英姿勃发,风流倜傥,笑眼相望的年轻人则表现出无比骄傲的样子。可当他紧握住兰欣欣的手,四目相对时,没有激情的祝福,没有热烈的拥抱,没有夸张的动作,完全如世俗般的亲人相见,说出一句再也不能平常的话来:"欣欣,你累瘦了,也晒黑啦!还没回家吧?"

他的言语举动令众人颇感意外,却让兰欣欣倍感亲切,好像与平日里和她在手机里倾吐真情的痴心王子判若两人。

"才子配佳人,石先生好大的福气呀!"申洛克在旁嫉妒地打趣,借以

— 23 —

表达心中的不满,觉得自己受到了轻慢。

"申先生不更如此嘛!您那位法国夫人可是娇美过人,人见人爱!"金曼丽听出申洛克的弦外之音,担心会影响合作,适时出场。

在助理郭雯雯的催促下,几个人有说有笑地向楼内走去。申洛克和石常理伴在兰欣欣左右,金曼丽挽住马力夫的胳膊紧随其后,俨然如一对中年夫妇。临上台阶时,金曼丽脚步慢下来,用不容商量的口气说:"马兄,纽约的华人总商会王先生邀请我和欣欣尽快到美国去访问演出,您得为我和欣欣赶制几套服装,别人我可一概信不过。"

"什么时间用?"一提起正事,马力夫顿时来了精神。

"时间暂时还定不准,我得先忙忙国内的事情,还要申请护照什么的,大概两个月之后吧。"

"好吧,具体式样咱明日再细商。"马力夫满口答应,随后又问:"喂,对了,你们是要春装,还是夏装?"

"恐怕春、夏、秋三季都得有。"金曼丽解释说:"到时候可能要到各地巡演,美国那么大,和咱中国差不多,东西南北的气候相差明显,有备无患,只得劳哥哥费心费力啦!"

"真情莫虚言,我尽力让你们满意就是啦!"

步入豪华的餐厅,郭雯雯一应安排好诸事,提前付了押金,便主动提出告辞:"金总,都安排好了,我先回公司处理别的事情。"

兰欣欣想挽留郭雯雯,手臂正要扬起,金曼丽先开了口:"也好!你把明天的活动落实一下,辛苦你啦!"

"雯雯,别走哇,别走!"申洛克大声招呼。

"申总,石总,马老师,公司里还有事要办,我得先回去,你们慢用慢用!"说完附在兰欣欣耳边,小声嘱咐:"少喝点酒啊!"

"嗯,嗯。"兰欣欣悄然答应,望着郭雯雯离去的背影,显得挺不是心思。

在得到客人的同意后,妙龄的女侍应生开始布菜斟酒,酒是人头马,菜为法式菜系,是专为申洛克的喜爱准备的。在心跳开始加快,血管微微鼓胀,脸色渐渐红润,思维尚在清醒之时,正戏开始上演。经过一番讨价还价,申洛克同意出资一千万元人民币,聘兰欣欣为玛丹妮公司即将推出的新一档润肤化妆品代言,时间为一年,每半年付款一次。附加的条件是,需要每月在公司指定的地点和时间,到销售宣传现场参加总计八次以上的模特专题演出。酬劳虽则丰厚,条件亦显苛刻,兰欣欣心里有点不知莫测的担忧,怕是要耽误自己的学业,可见金曼丽爽快地答应下来,只得随声附和。她同时发现,金曼丽正用暗示的眼神看着石常理,似有求助之意。

　　石常理心领神会。他本来就对申洛克的附加条件与傲慢感到鄙夷,担心会影响自己与欣欣的进一步亲密接触,便不顾社交礼仪,节外生枝地提醒金曼丽:"金老师,申总,为了你们双方合作顺利,也为了欣欣的健康和安全,我有个小小的建议,不知该不该讲?"

　　"可以呀,都是自己人嘛!"金曼丽说完看着申洛克,发现他面露不悦,便笑问:"申总,您意下如何?"

　　"愿洗耳恭听!"申洛克盯着石常理,揣测他会提出什么要求。

　　石常理装作视而不见的样子,一字一句地道白:"我认为协议中应补充两个条款,第一,由谁来为欣欣的健康和安全投保险。第二,每次出演时应明确限定具体的工作时间和由谁支付全部费用。"

　　"有这个必要吗?"申洛克挑着眉梢质问。

　　"当然有哇,这是商界的常理,本该如此!"石常理当仁不让。

　　"金总意下如何?"申洛克冷峻地问。

　　金曼丽见气氛不对,便不软不硬地以退为进,笑意浓浓地答道:"申总,咱们是长期的合作伙伴,友谊第一,友情为重。您看这样好不好? 咱都各退一步,保险的事该办是得办,没事防备有事,至于保金多少,好商量。我相信,无论你出多少,大获成功的利润,都会给你丰厚的补偿。至于那些出场演艺的费用,我愿意全部承担。具体的地点和工作时间,全由您钦定,这您该满意了吧?"

"强人所难,强人所难啊!这保费最少要一百万,少了配不上兰小姐的身份,我也不忍心。行啦,就这么定吧,都是没办法的事情。"他摇头叹息,好像是迫不得已才最终接受下来。

"哎哟,我说申总,对于全球五百强企业来说,区区一百万的人民币,不过是沧海一粟,小菜一碟。这吃小亏占大便宜,丢芝麻捡西瓜的美事,恐怕别人想抢都抢不到!"石常理见大功告成,不留情面地说。

"我说小老弟,我再捡西瓜,也没你的大呀!你是千金抱得美人归呀!"申洛克显然已喝多,说话越来越放肆。

"朋友相会,难得真情,如有失言,敬请谅解。"石常理适可而止,不想再同申洛克说下去。

对于眼前发生的这场唇枪舌剑,你攻我退,转眼间又烟消云散,握手言欢,涉世不深的兰欣欣又惊又喜,亦醒亦迷。她站起身为各位敬酒,闪动着真诚的笑容举起杯:"承蒙各位的厚爱,特别是申洛克先生的垂青,欣欣终生难忘,心中千言万语,尽在酒中,祝大家心想事成,合作愉快,干杯吧!"

众人一齐站起,同欣欣碰杯后一饮而尽。

一场成果多多,期望多多,疑问多多的盛宴,在各方皆大欢喜的氛围中终场。在返回公司住所的途中,金曼丽洋洋得意地说:"欣欣,你今晚的表现真的不错,石常理这小子也挺讲情义。看到了吧,这就是商场、战场,也是情场、剧场。对了,我可告诉你,石常理对你是一片真情,你别再说什么备选备选的,听着让人不舒服。他年轻有为,前途无量,你可要知道珍惜,抓紧不放!你就看他今晚的那些话语,换个人能说出来吗?"

兰欣欣脸色微红,笑而不答。她永远不可能知道,正是金曼丽和石常理的精心谋划,各有分工,才使那位老情人乖乖就范的。

第五章

　　金辉文化传播有限责任公司的办公地点在西三环一座写字楼内,办公室共四间,外加一个近百平方米的练功房,装修得既大方又精致。
　　此刻,总经理金曼丽在办公室的沙发上同兰欣欣亲切交谈:"欣欣,同玛丹妮公司已正式签约,前期的五百万人民币很快就到账。这十万元你先拿回家孝敬父母。给你三天假,好好陪陪爸爸妈妈。"
　　"老师,你别费心,我爸妈不缺钱花。"
　　"他们不缺是他们的,这是你第一次的劳动所得,理应孝敬父母。"
　　"那好吧!"欣欣答应下来,将纸包放入身边的拉杆旅行箱。又问她:"您还有事吗?没事我先回去啦!"
　　"你怎么走?"
　　"打的呀!"
　　"那哪儿行!让郭雯雯用我的车送你,她已下到车库了。"金曼丽站起来,疼爱地拉着欣欣的手又说:"欣欣,你的身份已不同以往,你现在在人们的眼里是天使,是皇后,是公司的宝贝。从今往后,再不能像一般人那样地工作和生活,尤其是在圈内和公共场合,特别要注意自己与众不同的身份。不要随便接触人,包括以前的亲朋好友,同学同事。我明天就去给你提一辆女版的奔驰车,让郭雯雯今后做你的专职助理兼司机。"
　　"这恐怕不合适吧?雯雯姐的年龄和资历可都比我高。"
　　"不行,只有雯雯才能与你配合默契。她的职场经验丰富,人品不错,也愿意担当此任,我还特意给她加两千元的月薪。"
　　听到这番话,兰欣欣愣住了,心脏骤然加快了跳动,迎着老师亲切而坚定的目光,窘迫地坚持:"老师,还是别——"

"别什么呀,傻孩子!"金曼丽截住她的话,提高声音说:"我就是让所有人对你刮目相看,高山仰止,痴情崇拜。快走吧,雯雯正等你呢!"

兰欣欣提着拉杆箱缓缓离去,心中的感觉越来越复杂。是骄傲?是喜悦?是惆怅?是不安?她自己一时也辨不出个滋味。

兰欣欣乘着电梯下到1楼,发现郭雯雯正在电梯门口等自己,笑吟吟地要接过拉杆箱。

"雯姐,我自己来!自己来!"欣欣诚惶诚恐地说。

"别客气,挺重的,让我来。"郭雯雯笑着抢过拉杆箱,见电梯里没别人,小声嘱咐道:"欣欣,今后再有这样的场合,你千万别争抢,有失你的身份,也让人笑话我。你不要不好意思,想那么多,这是职场规矩,也是职业分工。"

"雯姐,咱俩还能讲这些?谁跟谁呀!"

"跟谁都得讲究呀!你没听人说过,在家是父子,出外是君臣吗?"

"哎呀,这累不累呀!真够烦人的。"

"慢慢习惯就好了,上车吧。"

等兰欣欣在副驾驶的位置坐好后,郭雯雯觉出欣欣的神态有点不大对劲,好像显得十分疲倦,关切地问:"欣欣,这些天是不是觉得挺累?"

"可不是,浑身的肉酸疼酸疼的,骨头架子都快散花啦!这不,金总准三天假,让回家好好休息休息。"

"是得调整恢复恢复,每天都这样起早贪黑,东来西往,时间长了,就是小钢人也受不住。"

"咳,有啥办法呀!过些天可能会轻松一点?"

"轻松?未必吧!你没见金总忙得那样?一天的电话要打上百个。她没和你谈接下来的安排吗?"

"说了,三天后去为玛丹妮公司拍那个宣传广告,然后就下去巡演。"

"没说别的?"郭雯雯问。

"别的?别的还有啥呀?雯姐,你要是知道,一定要先透个风,也好有个准备。"

郭雯雯犹豫一下，说："欣欣，你可不能说是我透给你的，金总特意嘱咐过。"

"知道，知道，我的好姐姐！"

郭雯雯将车开起来，摇上车窗，打开收音机，将音量调到最低，娓娓道来："再过几天，马力夫他们筹办的春季国际时装展就要开始，我们公司是胜选的两家模特公司之一，另一家是意大利的罗曼公司。整个会展有一百多个国内外著名的公司参加，共举办七天，天天要有专场演出。你想想，还会轻松吗？再者，这几天又有好多家演艺公司、服装公司、建筑公司、医药厂商等等找上门要求合作，简直应接不暇，但都被金总以暂无档期打发走了，只签约了玛丹妮和马力夫的波琳特公司、石常理的天力公司。借用一句话来形容，你现在可是公司的聚宝盆和摇钱树！"

"雯姐，这可咋办？简直是要追命啊！"兰欣欣身子一激灵，有点不寒而栗。

"哦，对了，欣欣，金总已经同我谈过，从今天起，我将卸去其他工作，做你的专业助理，全心全意地为可爱的天使效劳。"

"看让你说的，雯姐，咱俩谁跟谁呀！小妹处处都得姐姐照着。咱可先把话说到前头，今后我一旦受了委屈或吃不消哭鼻子，你可得好好哄我，免得让外人看笑话。行不？"

"你这张甜嘴，谁听了都晕！到时候再说吧！"郭雯雯音犹未尽，感叹道："欣欣，入了这一行，你就别再想自由自在，除非主动出局，或是被淘汰。"

欣欣一时沉默无语。郭雯雯好像后悔说了这么多，调高音响，加速行驶，无言地掠过一片片高耸的建筑群。

兰欣欣家是一幢独立的二层别墅，占地面积不大，环境却十分幽雅，楼前是一小块精心修饰的花园，围墙四周有一圈果树，中间甬道上长着一大架半枯的葡萄藤。一楼的会客厅宽敞明亮,靠北侧的一面是一排六七米长,一米多宽的玻璃砖水槽,里面放养着多种海洋鱼类。水箱上面的不锈钢架上,摆放着一艘高仿真国产导弹驱逐舰船模。

接到电话的爸爸妈妈,正在客厅里等待女儿归来。门铃一响,腿脚利落的耿玉芳扔下老伴,小跑着前去开门。兰秋田笑着跟在后面,步子迈得不紧不慢。

大门打开,兰欣欣叫一声"妈妈",立即扑入母亲的怀中。

"欣欣,你为啥才回家,可想死我啦!"母亲轻轻拍着女儿的肩膀,两眼模糊地叨念:"我不信真的就那么忙?忙得差点忘了爹和娘!"

兰欣欣无言以答,直到看见爸爸迎上来,才眼泪汪汪地自言道:"爸,我回来太晚啦!"

"没关系,没关系,回来就好!"兰秋田说完,发现站在女儿身后的郭雯雯,忙问:"这位是谁呀?"

"这是我们公司的郭雯雯姐姐。"兰欣欣松开妈妈,将郭雯雯介绍给父母。

"伯母,欣欣刚回家,您娘俩好好说说心里话。我回公司还有些事,告辞了。"郭雯雯不顾一家人的挽留,开车离去。

兰欣欣把拉杆箱交给父亲,牵着母亲的手走进客厅。

坐定之后,欣欣开始向父母汇报三亚之行。她简洁地介绍了世界小姐总决赛的内容和过程,讲到登台竞技时的紧张和成功夺冠的喜悦,讲到记者招待会和庆功宴,讲到花车巡游和三亚的热带风景,讲到回京后的一系列应酬活动,讲到首次签约代言的惊喜和公司的发展前景,等等,等等。这中间,妈妈不时饶有兴趣地插话询问,爸爸却只是注意倾听。说到最后,欣欣建议爸爸妈妈一定要去三亚旅游观光,最好每年在那里过冬,说仅黑龙江一省,每年去三亚的候鸟老人就达五万人之多。说到这里时,欣欣忽然想起件事,起身从拉杆箱里取出那个纸包,笑着递给妈妈:"爸,妈,这是我代言的第一笔收入,十万全部孝敬你俩,最好拿着尽快去三亚玩一玩。"

"且慢！"妈妈惊喜地刚要去接，爸爸伸手阻拦，神情严肃地查问："这是什么钱？是正常收入吗？"

"对呀，这还只是一点点。"欣欣不无骄傲地解释："我们公司刚同法国玛丹妮公司签订了合同，由我为他们的新档润肤化妆品代言一年，总金额一千万元人民币，每半年付五百万，金总让我先拿回这十万孝敬你们二老。"

"噢，原来是这样！"兰秋田释然地点点头，却看不出一点高兴来。

"欣欣，你这回可真是丑小鸭变成白天鹅啦！从今往后，花销肯定要大多了，这钱你自己收着用，先置办几套高档衣服。"耿玉芳替女儿想得挺远，当妈妈的都是这样嘛。

"妈，不必，不必！我们金总说了，今后我的衣、食、住、行，全由公司承担。昨天上午，已经请最著名的设计师为我订制好几套春、夏、秋、冬四季的演出服，还要为我配专车和专职助理，这往后哇，您就用不着再为我操心这些个事情啦。"

"哎哟哟，我女儿可真是一步登天，一鸣惊人喽！"

"一步登天？"听着老伴和女儿的一番对话，兰秋田不合时宜地泼上一瓢冷水："没那么容易吧！你可要小心，爬得高，摔得疼！"

"你这是什么话？从来就不会说点好听的。"老伴嗔怪地回击。

"大实话。"兰秋田毫不退却，语重心长地提醒女儿："欣欣，你的成功成名来得太快太突然。轻易得到的东西，也最容易轻易失去。再说，这演艺界、模特界的人太杂，水太浑，乱七八糟的奇闻怪事接连不断。什么'行业潜规则'，什么'小三宣言'、'小四竞争'，什么这个'门'那个'门'，刚刚大秀过的恩爱夫妻，转眼就成了互揭其丑的仇敌，今天公布的女一号，明天就换成了新人……欣欣，我可提醒你，你当初立下的两项保证，必须说到做到！"

"爸，您放心吧，那是一定。"欣欣嘴上说的干脆，心里却底气不足。

— 31 —

"老兰,你这是怎么啦?孩子刚进家门,你就唠叨个没完没了,烦不烦人?"老伴气急地阻拦,伸手招呼女儿,"欣欣,你爸自打离休之后,脾气变得越来古怪,对啥事都看不惯。走,走,咱娘俩进屋,让他好好歇一歇。"说完,见欣欣不想动,一个人先行离去。

在妈妈暂时离开后,为了转移彼此的情绪,兰欣欣从箱包中掏出一摞彩照递给父亲:"嘿,对了,爸爸,忘了给您看照片啦!"

"我们早看过啦!这些天,从电视到报纸天天有你的大照片。"兰秋田口头上这么说,却仍然伸手接过来,一张一张仔细看。等到看见最后几张时,吃惊地问:"欣欣,这是谁?咋这个模样?"

"是位三亚的黎族画家,这是他在比赛现场为我画速写时的神态,特意请央视记者从录像中抽取出来的。爸,您再看这张。"欣欣挑出那张穿旗袍的速写照说:"他一共为我画了三幅,当画完这一幅时,金总提出要出五万元买下这几幅画,他不但不卖,还突然中途离开了决赛现场。"

"几幅速写就值五万块钱?"兰秋田嘲讽地不肯相信。

"爸,您别不信。您不是天天看《参考消息》吗?两个月前,那上面曾登过一幅抽象画和消息,说毕加索当年为情人玛丽画的那幅速写画,只是寥寥几组线条,在伦敦的拍卖会上就拍出2524万英镑,约合人民币二亿六千万元的高价。"

"看是看到了,简直难以置信。欣欣,这位画家你是怎么认识的?"

"哎,太遗憾啦!至今还没见过他的真人。等有机会,一定要拜访拜访,以解开他离场之谜。"兰欣欣说到这里停一会儿,稍一犹豫,又接着说:"据当地人讲,他从小就是个画画的天才,曾得过少年绘画大奖。从中央美术学院毕业后,在海外游学多年。在得知寡母突然去世,妻子离家出走后返回家乡。由于受到双重精神打击,患上了失语症,一句话也说不出来,真够可怜的。"

"噢,竟有这样的事!"兰秋田重又拿起画家的照片,端详好一番。

"爸,您血压还高不高?血糖控制住没有?"

"都无大碍,有你妈在身边看着,这不许吃多,那不许喝多,定时锻炼,定点休息,没一点人身自由。"

看到爸爸似怨非怨的样子,欣欣嬉笑着劝慰:"老爸,这您可是烧高香啦!有我妈这样的保健医守着身边,上哪儿去找哇!"

"就是有点太过分。前些日子,我要去宁波港看看新型的导弹驱逐舰,好说歹说,就是不准。什么隆冬时节不宜远行!什么血压太高,血糖上升!我的身子骨哪有那么娇贵?第二天我觉出不大对劲儿,跑医院一查,血压稍高一点,血糖基本正常,完全是在有意骗我。"

"骗也是为您好,那就不能生气啦!您看,我妈一天天为咱爷俩多操心,可别惹她不高兴!"

"其实,我也知道她是好心好意,只不过是憋闷得难受,跟你随便说说。"说到这里,兰秋田笑一笑,又提起一件事:"对了,欣欣,你今后这么忙,学习怎么办?已经耽误好多课程了吧?"

兰欣欣点头承认,稍一沉吟,无可奈何地说出自己的打算:"爸,我打算向学院申请休学一年,您看行不?"

"嗯,你现在的处境,实难两全,这么办也好,可学院能批准吗?"

"差不多,我已经同系主任打了招呼,他答应帮忙。"

吃过午饭,没等把一切收拾停当,耿玉芳便让女儿回里屋休息,说只要美美地睡上两天大觉,身体很快就能恢复正常。欣欣乖乖地躺在床上,五分钟不到的工夫,便酣然入梦,从下午一点到晚上七点,竟片刻没醒。耿玉芳几次悄悄进屋,端详一会女儿的甜美睡姿,又悄然退出。

厨房里响起了锅碗瓢盆交响乐,耿玉芳的晚餐快做完了,兰欣欣才不情愿地起来。她眨眨眼睛清醒清醒,意识到是在家中,在父母身边,便懒洋洋坐起,穿着睡衣走进卫生间。明亮的梳妆镜照出兰欣欣的脸容和上身,她凑上前去,仔细瞧着自己,调皮地眨眨眼睛,挺直胸背,自我欣赏地一笑,随即又习惯性地来个优雅的转身。

简单地梳理完毕,兰欣欣回到自己的房间,打开手机一看,里面有多条短信,几乎全是石常理一个人的,急盼见面,有要事相商。她犹豫片刻,还是拨通了对方:"常理,啥事这么急?人家正请假在家休息呢!"

"我知道,知道,可事情实在太重要,太急迫,不得不打搅。欣欣,你最好现在就出来,我五分钟就到,正在路上。"

"好吧!"欣欣答应完开始换装,又重回卫生间略施粉黛,活脱脱又是个舞台上俏佳人的模样。

耿玉芳听到说话声,从一楼上到二楼,见欣欣正欲拎包外出,好言地劝阻:"欣欣,你刚到家,又都这么晚了,饭也好了,就别出门啦!"

"妈,石常理刚来的电话,说有急事商量,正开车过来。您放心,我一会儿就回来,晚饭就别等我了。"

兰秋田见兰欣欣下楼欲走,没等她解释,先表示不满:"不都知道你休假吗?还打搅什么?不像话!快去快回,不然你妈肯定会一宿不睡。"

"好,好,一定,一定。"欣欣满口答应。

望着女儿匆匆离去的背影,耿玉芳黯然神伤地叹息:"这姑娘大了一谈上恋爱,就没办法管啦!"

"儿大不由爹,女大不由娘,你往后看吧!小鸟儿翅膀一硬就要飞出,还能再天天回你这老窝窝?"

兰秋田的隐忍之态大出耿玉芳的意外,她往前走两步,盯着老伴苦笑的脸庞,故作惊讶地问:"你倒是挺开通!这太阳打西边出来啦?不能啊!"

兰秋田含笑不语,忍了一会儿,反唇相讥:"有其母必有其女,你当年不也是这样吗?"

"老没正经,一边玩去!"耿玉芳佯装气恼地转过身去,心中一热,脸上还露出一点点微红。

— 34 —

第六章

兰欣欣刚走出大门口,石常理的宝马车就到了跟前。她从打开的车门坐进副驾驶的位上,很不情愿地问:"啥事?心急火燎的?"

"当然是好事喽!不然,怎敢劳您的大驾!"

"别油嘴滑舌的,说正经事儿。"

石常理启动车子,等驶上正道时才讨好地请求:"欣欣,是这么回事,明天上午我们公司的雨润花园正式对外发售,准备办个隆重的仪式,敬请天使莅临。"

"我不去,不知道人家正休假吗?都快把人累死啦!"

"知道,知道,我的小公主,不,天使!为等待你的凯旋,我已经把发售仪式整整推延了半个月,并为你备下了一份厚礼。"

"那些都与我没关系,我又不懂建筑开发,只想静静地休息几天。"

看到兰欣欣不为所动,石常理别无他法,只好把事情原委和盘托出:"欣欣,这个发售仪式是金曼丽总经理帮助亲自筹划的,邀请了各界的知名人士。我和金总都很体谅你连日来的辛苦,本想再延一延。可我在肯尼亚的合作伙伴,非要求我后天到那里去谈判修改合同的事,否则7400万美金的建筑合同就可能告吹,实在没办法,才匆匆定的今天。请柬都送出去了,那上面特意写明你会亲临现场。"

"你们这是强人所难,搞突然袭击,赶鸭子上架!金总既然参与了筹划,她为何不亲自对我说?"

"你不是正休假嘛!她不好意思开这个口,说我的面子大,一请保准到。"

"快停了吧,拿我当小姑娘是不是?你们早有预谋!"

"绝无此事,绝无此事,我用人格担保。"石常理见欣欣真的生了气,赶忙自责地圆场:"都怨我考虑不周,擅作主张,该打该打!欣欣,你可千万别误解,我的本意是想,为你在京城创造个惊艳亮相的机会,让各行各业的精英们顶礼膜拜,为你今后的发展提供更广阔的舞台。我的这份真情实意,总不会遭到无情的拒绝吧?"

听了这番表白,又想起几天前曾为自己同申洛克的据理力争,兰欣欣心软下来,但仍紧绷着脸,勉强地问:"说,想让我做什么?"

"啥都不做,只要大驾光临,就是头功一件。"石常理转忧为喜,乘机又说起另一件事:"欣欣,等我从非洲回来,给你买辆新车,再装一套房子。你喜欢什么牌子的车和要装什么风格,先心里有个谱。"

兰欣欣闻言惊愕地挺直身子,斩钉截铁地拒绝:"石常理,你听清了,车子我不要,房子也不要,我绝不会无功受禄,不劳而获。"

"你这是说的啥傻话!你现在是什么身份?是天使,是女皇,是全中国人民的骄傲。再说,咱俩是啥关系?你要是拒绝,就好比用钢针刺我的心,没法忍受!"

"你那叫自作自受!"面对石常理的热捧和夸张,兰欣欣忍不住笑起来,随即神情一变,严肃地表白:"我是什么身份?告诉你吧,我永远是我自己,知道自尊自重自爱。现在的所谓身份,只不过是一层华丽的包装而已。说到你我的关系,别忘了,到目前为止,你还只是我的备选男友!"

"备选就备选,不备份就成。"

"这有区别吗?"兰欣欣明知故问。

"当然有啦,差别还很大呢!"石常理卖弄地按一下喇叭,继续高谈阔论:"备选是公平的竞争,是等待,是幸运,是考验,是希望。而备份则是无情的折磨,是背叛,是遗恨终生!"

"哟,还这么泾渭分明,水火不容?算你聪明!"欣欣开心一笑。

"欣欣,你这可是在有意折磨我!我的良苦用心,日月可鉴!"

"来日方长,花开花落,硕果有期。你不必想那么多,还是用心把该做的事情做好！你放心,盛情难却,明天我到场就是了。先送我到公司,看看金总都有啥安排。"

"遵命。"石常理喜笑颜开地说。

轿车驶到公司门前,兰欣欣推开车门,见石常理坐着没动,便问:"怎么,你不上去了?"

"不必了,一切全拜托！回头我得去宾馆,照顾照顾那帮狐朋狗友。"

"也好。"兰欣欣下车,挥手告别。

兰欣欣敲开总经理办公室的门,见金曼丽正同请来的乐队指挥商谈明天庆典的安排。

"快来,欣欣,正好一块商量商量明天都用哪些曲目。"说完,等欣欣坐下后又歉意地补充:"真不该耽误你休息,可石常理请的那些客人都指名道姓地要求你出场。我说我不能开这个口,你要真有能耐,就亲自去请。赏不赏你的脸,那要看我们的天使愿不愿意。"

"您也真是,绕这么大个弯子干啥,直接打个电话不就行了嘛！"兰欣欣的语气软中带硬,似有意又似无意的笑一笑。

"哪能那么办事,我本意不想让你上的,休息好了,好去为申洛克拍代言片。谁知这小子下的什么功夫,硬是把你挖出来啦！"金曼丽揶揄地回敬,彼此都心照不宣,语锋暗藏。

商量的结果,金曼丽决定让兰欣欣和自己先以贵宾身份出席庆典,等到公司模特队要开始表演时,再由主持人高调请欣欣头戴皇冠,手持鲜花,身着旗袍二度亮相,将整个庆典活动推向高潮。

雨润花园坐落在亚运村附近,成梅花状建有八栋高档商品住宅,门前的花园广场中央,是面积超过二百平方米的彩色喷泉,喷泉的前方临时搭起一处宽敞舞台,装饰得十分华丽。

上午十点整,庆典正式开始,喜乐高奏,人山人海。当身着休闲便装,秀发飘逸,手持鲜花的兰欣欣刚一亮相,立即引发出一阵喝彩和骚动,人流开始向舞台前面聚集,年轻的横冲直撞者引来声声责骂。

进行完祝贺与感谢等既定程序之后,紧接着进行模特时装表演,为了吊起观众的胃口和情绪,金曼丽安排兰欣欣在第二场出演,果然收到了奇效。那些慕名而来,渴望一睹芳容,饱餐秀色的人们立即按捺不住,不顾保安人员的劝阻,蜂拥而起地把舞台团团围住,或用拳头擂打台面,或高声呼喊兰欣欣的名字。

金曼丽没料到会出现如此混乱的场面,为防意外,第一场表演匆匆结束后,赶忙让乐队奏响第二场的序曲。

伴随着欢快的音乐旋律,姗姗来迟的世界小姐终于闪亮登场。她头戴金冠,身着黄旗袍,脚蹬红舞鞋,玉佩玲珑,步履轻盈地迈着标准的模特步,带领一队仙女,如梦如幻地向成千上万的观众走来。

兰欣欣的情绪受到了强烈感染,她的动作舒展大方,身姿妙曼,目光流彩,表情亲和,风情万种,在即将转身的瞬间,竟情不自禁地打破常规,深情地向观众连做了三个飞吻的动作,如梦初醒的观众立即报以长时间的掌声和欢呼声。

当全体佳丽一一回转到后台,观众的情绪不但没从迷醉中调整过来,有人反倒高喊着提出让兰欣欣返场。这个无理的要求却受到一呼百应,台下渐渐汇成一片抑扬顿挫的声浪:"兰欣欣——回来!兰欣欣——回来!"

毫无思想准备的金曼丽一时手足失措,不知该如何应对,求助地望着兰欣欣,希望她能解围和圆场。

兰欣欣读懂了她的眼神,挥手对众人说:"姐妹们,没办法,再走一趟吧!"

众佳丽立即首肯,主动排好队形。金曼丽连忙示意乐队重奏曲调,一队仙女再次引发一阵感情狂热的暴风骤雨。观众们在得到心灵满足的同时,对兰欣欣敬意浓浓,争相赞颂。

庆典结束后,兰欣欣又被迫留下来,聆听重复无数遍的祝贺、颂扬、祝酒、期望和邀请。春风得意的石常理陪伴在她的身旁,给人留下了比翼齐飞的印象。

在转向另一桌去祝酒的途中,兰欣欣借口身体不适,让石常理派人送她回家。石常理思忖片刻,见态度坚决,只好派一名郭姓副总护送。

车到家门口时,兰欣欣正欲告别下车,郭副总叫住她,从上衣兜掏出一张牡丹卡递过去,解释说:"兰小姐,这是石总经理嘱咐让务必交给您的酬谢金,多少我不知道。"

兰欣欣一怔,冷静地拒绝:"这我不能收,要送就送到我们公司去。"

"您可千万别难为我,非要退的话,也得您亲自对石总去说。石总还让我转告您,给贵公司的那份酬劳已另有安排。"

兰欣欣无奈地在车内静坐一会儿,深深长出口气,终于收起银行卡,淡淡地说:"好吧,那就先留我这儿保存,劳驾您了,谢谢,再见。"说完跳下车,无精打采地走进家门。

爸爸睡午觉。妈妈在看电视,看见女儿回来了,立即关掉电视,起身相迎,照例是嘘寒问暖。兰欣欣说自己想先睡一觉,让妈妈接着看电视。

得到应允后,兰欣欣上到二楼,关上房门,掏出手机和牡丹卡,拨通了查询号码和卡号:"请帮我查一下这张卡的金额,什么时间存入的。"

"请稍等。"对方很快查询完毕,回复道:"人民币一百万元已存入两天。"

"谢谢!"兰欣欣放下手机和牡丹卡,躺在床上发呆,好半天没动一动。她心里很烦乱,左思右想不知该如何处理,最后还是拨通了石常理的手机:"说话方便吗?身边有没有外人?"

"没有,到家了?好好休息休息,今天真让你受累啦!我心里一直过意不去,有啥事吗?"

"当然有,我想问问你,送我这牡丹卡是什么意思?"

"还有什么意思,这是你该得的酬劳。"石常理听出了兰欣欣的不满,小心翼翼地回答。

"我凭什么拿这一百万？我值那个数吗？再说,你给我们公司又是多少？"

"你当然值,我还觉得拿不出手呢！你凯旋回京后,首次亮相就是为我们公司助兴,这是对我石某的厚爱,怎么酬谢都应该。你可能还不大清楚,现在北京、上海、广州等地的知名企业,要想请一线的演艺明星出场助阵,一般的酬金都在五十至八十万之间。对了,欣欣,我开给你们公司的也是五十万,她们不过众星捧月,绿叶扶花,怎能与你相比！你别想那么多,也别同金曼丽提这码事。"

"常理,你让学生同老师争名夺利,就不怕别人笑话？再说,金老师为我付出那么多心血,我绝不能做对不起她的事情,这一百万你痛快收回去！"

"你可别犯傻。你有你的天分,她有她的功劳,两相情愿,各得其所。"

"犯傻可进可退,大有回旋的余地！再见！"

兰欣欣放下手机,越想越不是滋味。她脱掉外衣,到卫生间打开热水器,站在喷头下用温水淋了好一阵,神情显得郁郁寡欢,怅然若失。

地方晚报在当天的刊发消息时,对兰欣欣的返场表演和飞吻特意加上这样的新闻引题:是哗众取宠,还是最高礼仪？主标题是"兰欣欣誉满全球,对国人爱心依旧"。

第七章

当晚,兰欣欣征得爸爸的同意,特请妈妈与自己同宿。母女俩喁喁细语,从小时候说到现在,从现在说到将来,从家里说到社会,从男人说到女人,笑语连连,嘱咐不断。说着,说着,妈妈便有意提到了婚姻恋爱,小声叮问:"真的,欣欣,你同那石常理处得怎么样啦?要差不多就领家来看看,也好过过你爸爸这道关。他那双在大海上练出的眼睛,看东西都十拿九稳。"

"还是原来那样,仍是备选男友。"欣欣想回避这个话题,可妈妈却不依不饶,兴趣大增:"哪能还那样?你这次一鸣惊人地载誉而归,他能没啥表示?臭丫头,还想蒙老妈呀!噢,对,你刚才说什'备选男友',又是从哪儿蹦出来的新词?话哪能这么说呢!"

"妈,这是网上流行的新词。您不常说一家女百家求嘛,多一个选择,多一点把握,这叫优中选优。"

"听着都叫人害怕!欣欣,妈可告诉你,决不准在外面朝三暮四地胡来。干脆吧,你明天就把他请来,先让妈和你爸用老眼过滤过滤。中意呢,就真心相待,相不中就赶快一刀两断。我和你爸在背后都担心,你这小小的年纪,就猛地一下子出了这么大的名,怕你顶不住压力跌跟头。尤其是恋爱这码子事,一旦迷了眼睛,走错了路,可要后悔一辈子!"

"妈,您就把心放稳吧!就凭你二老的警钟长鸣,就凭你女儿的冰雪聪明,还怕误入歧途,上当受骗!"

"那倒也是,你这么说,妈可就真放心啦!好,睡吧,睡吧。"得到女儿的再次保证,妈妈很快翻身睡去,女儿却久久难以入眠,继续想心事。

第二天平安无事,无人打搅,兰欣欣很晚才起床。她打开手机,按下短信键,蓝屏上闪出石常理献上的情话:良辰美景何时有?但愿明日府中求,先祝二老寿南山,再寻天使情意稠。时间是早上六点。欣欣笑着撇撇嘴,小声自语:"美得你,妄想!我妈说了,你先一边玩去。"

"欣欣,你在同谁说话?是石常理吧!怎么还把妈捎带上啦?"

兰欣欣不知啥工夫妈妈进的屋,心里一惊,慌乱地不知如何作答。

"他都说啥了,惹你不高兴?"

看到妈妈已猜到八九不离十,也不想逼着自己撒谎,兰欣欣将手机递过去,让妈妈把短信看个明白,苦笑着说:"他想今天来咱们家看望您和爸爸,问我行不行。我不想让他来。"

"啧,该来就来呗,早晚得走这一遭,你又正好休息,就答应吧!啊?好闺女!"

"爸爸能同意吗?"

"他早想看看,帮你把把关。"

"真的?"兰欣欣见妈妈连连点头,只好答应:"那行吧,我一会儿告诉他。"

耿玉芳喜形于色地转身去告诉老伴。欣欣趁她不在,通知石常理说:"大哥哥,你的请求得到两位老领导批准,今天家宴伺候,顺便为你送行。不过,我可提醒你啊,家父是位很传统的共产党员,火眼金睛,爱恨分明,能不能过他这一关,全在你的造化!"

"请多指教,不胜感激!"

"花言巧语,难掩真相!"兰欣欣快言快语,既是真情,又是警告。

为了迎接头次登门的稀客,兰欣欣开始同妈妈一起收拾屋里屋外,该收藏的收藏,该归拢的归拢,重点是书房和客厅,不到一小时的工夫,便搞得窗明几亮,井然有序。唯一麻烦点的是书房,兰秋田再三申明,不要乱动他的东西,免得过后难找难寻。母女俩小心又小心,还是惹得兰秋田不高兴。事情是由耿玉芳引起的,她见墙上那幅"海纳百川,能容乃大。壁立千仞,无欲则刚"的字画太老旧,不经请示,便用现存的郑板桥的"难得糊涂"条幅替换下来,被老伴发现后厉声喝止:

"告诉你们别乱动我的东西,怎么就不听呢?快挂回去!"

"你凶啥哩?别吓着人!"耿玉芳一边站在沙发上执行,恢复原状,一边不满地叨咕:"都啥年代了,还总想着那些老一套,老本本?"

"你们懂啥!那是为人之根,立国之本,兴邦之策!这根本要是不在了,还妄谈什么改革开放,振兴中华!"

"行啦,爸爸,都按您的意思办!那些舰船模型也先别动,免得碰掉零件。"兰欣欣在好言相劝告的同时,调皮地向妈妈挤挤眼睛。

母女俩退出书房,耿玉芳仍在愤愤不平,回头看看关紧的门,小声嘀咕道:"简直是老古董,是出土文物,还没到七老八十的,脾气就变得越来越古怪!"

"妈,爸爸说的也有道理,优良的传统是不能丢,也就真有点像老古董,时间越久,越显得弥足珍贵,无价之宝。我就特烦什么'难得糊涂'、'忍'、'让'、'和'之类玄而又玄的东西。"

"你这丫头,从小就和你爸一样的脾气秉性,一条道跑到黑,不撞南墙不回头!"她借机撒撒气儿,随即担心地说:"一会儿还真得好好劝劝他,别等人家小伙子来了,没说几句正经话,就又转到什么居安思危,反腐倡廉,与时俱进;什么人生观,世界观,方法论,等等,等等,可别坏了你们的好事。都已经退下来了,就该想想如何过好老百姓的生活,安度晚年。还一天天忧国忧民的,听了烦不烦!"

"哎呀,我的好妈妈,您老人家想的事情也不少啊!"

"少耍贫嘴!哪天把我惹翻了,再不管你爷俩的闲事!"

兰欣欣扑哧笑了,轻轻地哼起来《世上只有妈妈好》这首歌,边唱边摇着耿玉芳的手臂,没等唱完,就把妈妈乐得合不上嘴了。

上午十点,兰欣欣下到楼门口,迎来了喜形于色、容光焕发的石常理。打过招呼后,石常理从座位上取出包装精美的高档礼盒和香味四溢、鲜艳无比的大花篮。

兰欣欣发现,平时十分注意穿衣打扮,总是西装革履、派头十足的石常理,今日却一反常态,换上一身朴素的休闲装,还特意将留着多年的分头,剪成不长不短的板寸,更显得英俊和朝气。她心中一动,脸色微红,掩饰地说:"不是告诉你不要买东西嘛!"

"那哪儿行,我这准姑爷初次登门拜访,总不能让老人们笑话。不然,这脸往哪儿搁!"石常理将礼盒往高提提,让兰欣欣看看正面的包装说:"大连海参,上等货。"

兰欣欣看一眼没作声,提起花篮头前带路。等走到葡萄架下时,她特意站下来,转身小声嘱咐:"再提醒一下啊,我爸可处处是老派那一套,对当今许多事情看不惯,你说话时要分出个里外轻重,别拿自己不当外人!小心被赶出去!"

"放心,放心,这点智商我还有吧,决不会给你丢脸!"石常理信心十足,毫不怯场,心中暗自得意,啥样的大官小吏没打过交道,什么式的深宅大院没进过?太小瞧我啦!

刚进了一楼会客厅,石常理身上就打个激灵。兰欣欣的母亲早有准备地起身相迎,兰秋田却端坐在沙发上一动没动,用犀利的目光盯着自己,仿佛在面对突然闯入的不速之客。

"伯父伯母好!"石常理鞠躬问候,语调显得自然而又恭谦:"我叫石常理,是欣欣的朋友。"说完递上手中的礼盒。

"好!好!"耿玉芳亲切地笑着应答,连用两上好字,那意思是还代替老伴回应。她一眼就看清了未来女婿的英俊模样,满心欢喜地迎上前去,边接下礼盒边责怪:"这孩子,买这么贵重的东西干啥,咱家里啥都不缺。"

"伯母,没啥买的,我初次登门拜见二老,总不能两手空空啊!"他几步跨到兰秋田面前,崇敬地表白:"伯父,久闻您在军界的大名,早想登门求教,可欣欣一直没答应,请您谅解!"

"这边坐吧!"兰秋田微微点头,指指双人沙发。

兰欣欣陪石常理坐在沙发上,饶有兴趣地打量着一老一少两个男子汉,想看看他们是如何相互接纳,由拘谨转为自然,由陌生变成熟悉的,特别是想看到备选男友会有令人满意的不俗表现。

"伯父,许多人都知道,您是中国第一艘现代化导弹驱逐舰舰长,为建设强大的现代化海军立下了汗马功劳,离休后仍在时刻关注海军的建设和发展。为此,中央电视台为您做了专题节目,真令人敬佩不已!"

"军人肝胆,理应奉献;往事如烟,不值一提呀!"石常理的这一招果然灵验,兰秋田脸上露出笑容,仿佛是遇到了知己。

"伯父,不是这样!不是这样!"石常理感到交谈已入佳境,索性又卖弄地感叹:"儿童的可爱在天真,青年的可爱在美丽,老年的可爱在经验。没有你们老一辈的无私指引,能有国家今日的富强吗?能有我们幸福的生活吗?感恩之心,人人有之。"

经他这么一说,老将军更是心中一喜,刮目相看地赞叹道:"年轻人,你能长存此心,实属不易。有这番见识,不愁大业不兴啊!"

兰欣欣见到此情此景,不得不佩服石常理的精明。她趁爸爸不注意的瞬间,赞许地对石常理挤眉弄眼,鼓励他继续表现下去。石常理心领神会。

"来,用茶。"耿玉芳端出两杯绿茶,一杯递给兰秋田,一杯递给石常理。她刚才不但听清了一老一少的高谈阔论,也看到了两个年轻人的眉目传情。她对女儿招招手说:"欣欣,来给妈帮帮手。"

兰欣欣应声起身,紧随其后走进厨房,门关严后笑问:"妈,第一印象咋样?"

"还真不错,我姑娘挺有眼力。这一来,妈就放心啦!"

"这才哪到哪儿,可别光看表面,他可是个让人不放心的'富二代'!他爸爸是京城有名的天力建筑集团的创始人和董事长,因年事已高,身体欠佳,已将管理公司的重任交给儿子,据说上市后的总资产市值已达260亿人民币。从本意讲,我并不想攀他的高枝,可他总对我追着不放,这也是我迟迟不让他进咱家的原因。"

"噢,原来是这样,怪吓人的。不过,他本人的品性如何?没听到有啥闲烂杂事吧?"

"暂时还没有。"兰欣欣停顿一下,又说:"妈,等晚上您同爸爸说一说,让他动用动用老关系,全面了解一下石常理本人和家族的情况,我不好开这个口。"

这时,客厅里的两辈人也正谈笑风生,唠得正热乎。看到老将军兴致挺高，石常理不等询问，主动介绍起自己的身世："伯父，不知欣欣跟您讲没讲过的我们家的情况，我想借今天的机会，对您细说说。"

"愿闻其详，不必多虑。"兰秋田正有这个愿望，自然满口答应。

"伯父，我爸爸名叫石参，今年六十岁，是京城天力建筑开发集团的创始人和董事长。因身体欠佳，患有心脏病、高血压和糖尿病，从去年6月份开始，已将大部分公司的管理业务推到我肩上。对此，我一直深感责任重大，诚惶诚恐，不敢有丝毫懈怠。因为我深知，这重任不但关系到家族企业的兴衰，也关系到社会责任和许多家庭的冷暖。古人尚有'先天下之忧而忧，后天下之乐而乐'和'安得广厦千万间，大庇天下寒士俱欢颜'的博大胸怀，我辈怎可追之不及呢！我也知道，现在社会上对所谓'富二代'、'官二代'、'星二代'多有诟病的事例也屡见不鲜。但我相信，自己决不会步其后尘，令家族蒙羞，让国人受损。我时刻想的是，如何把事业发扬光大，为国争光，为民求利。为此，伯父，今后还请您多多指教。"

"但愿如此，好自为之吧！"面对这番冠冕堂皇的表白，兰秋田情绪骤然降温，在惊愕之余，还对女儿产生了疑虑和不满。怀疑她看人是否准确，不满她为何不事先透一点风声。

午饭是在彬彬有礼，略显拘谨的气氛中进行的。欣欣想尽量调节气氛，亦难如愿。唯有石常理显得坦然无忧，自我感觉良好。

第八章

休假结束后，兰欣欣早早起来梳妆和用餐，刚放下饭碗，手机就响了，是郭雯雯打来的，说车已开到门前等待。

"爸，妈，我走了啊！"兰欣欣同父母打过招呼，拎起手包匆匆走出家门。

郭雯雯见兰欣欣走过来,伸手打开副驾的车门,互致问候后,兰欣欣不好意思地道谢:"雯姐,劳驾了,以后别再来接我,打的也挺方便,时间还好自由掌握。"

"那哪儿成,我不都告诉你了嘛,这接送你的事儿,也是我的本职工作之一。今后,除了你在家休息和谈恋爱,恐怕其他时间咱俩都要形影不离呢!有我想不到做不好的地方,你还要随时提醒着点,千万别客气。你要不这么做,那才真是难为我呢,到时金总非炒了我不可!"

"看让你说的,咱姐妹之间,啥时候也到不了那地步,谁要欺负你,我首先不让。"

兰欣欣说得很认真,郭雯雯听了也挺感动:"欣欣,有了你这话,姐姐就啥都认可啦!"

"喂,雯姐,今天公司有啥安排?"

"听金总说要为玛丹妮公司拍新产品广告。"

"从哪儿请的摄影师?"

"好像还是央视综艺部的那位帅哥,跟你不是挺熟的吗?"

"啊,还可以,水平不错,人也随和,叫宋洪涛,那脚本写好了吗?"

"写好了吧,金总这两天就忙乎这件事,改了好几遍。"

兰欣欣一进走廊,就从敞开的办公室门口看到金曼丽正同宋洪涛谈笑风生。宋洪涛看见兰欣欣到了,立即起身相迎,握手问候:"天使驾到,有失远迎,多日不见,甚为想念!"

"宋大哥,您可别跟小妹来这套咬文嚼字的,别吓着我。"

"不会吧,小妹绝顶聪明,胆识过人,打遍天下无敌手,正该领此殊荣。"

"得,得,宋大哥,您就饶了我吧,晚上请你吃正宗重庆火锅,以谢您的鼎力相助。"

玩笑过后,转入正题,金曼丽将脚本递给兰欣欣,让她提提意见。

兰欣欣把脚本简单看一遍,觉得无论是外景的选择还是内景的配置,都挺有新意,便说:"金总,挺好的,没意见,拍出来会更好看,宋记者看过了吗?"

"早看过了,提出不少好主意。"金曼丽微笑地望着宋洪涛,接着说,"这次洪涛又帮了大忙,答应从头至尾全权负责。你快去准备准备,上午拍外景,下午拍内景,时间够紧的。申洛克等着要看样片,说是要送巴黎总部审查。"

外景和内景的拍摄都很顺利,一气呵成。大家的心情十分不错,兰欣欣故意把开玩笑说过的话当成真事,非要请众人去吃川味火锅。盛情难却,大伙只得从命,痛快地吃个大汗淋淋,通体活络,心满意足。从火锅店出来告别后,宋洪涛驾车直接回台里去编辑加工,答应明天上午送来成品。

返回办公室,金曼丽同兰欣欣商量起另一件事:"欣欣,马力夫昨天来了,说他们筹办的春季国际时装展销会,敲定的开展时间为2月1日至7日,赶在春节前的购物高峰期。经过谈判,组委会同意除聘请我们公司参演之外,又应外商的要求请了意大利一家著名的模特公司参加表演,每天早一场,晚一场,安排可是够紧的,你有什么意见?"

"没意见,只是别同玛丹妮的活动撞车就行。"

"不会的,这由我来协调。欣欣,你不知道,马力夫他们的筹备工作早就开始了,只是在等这次世界小姐总决赛的最后结果,好决定聘哪一家模特公司参演,其实呢,就是在等我们。合同签了,每场酬金二十万元人民币,一共十四场,先付一半,一百四十万。"

"不是听说还要给人家回扣吗?"

"啊,那也谈妥了,事后给他们提取百分之二十的份额,这是业内统一的规矩。"

"那要给申洛克提多少?"兰欣欣好像随便问起这件事,说完,自己也觉得有点太唐突。

金曼丽稍一迟疑,说道:"他的胃口可大了,硬要回扣百分之三十,我没答应,最后还是定在百分之二十。"

经过上次的接触,兰欣欣对申洛克的印象不大好,也曾风言风语地听说他与金曼丽当年的那些风流韵事,现在又见他狮子大开口,便鄙夷地说:"这位申大人可真是,竟然张得出口!要那么多钱有啥用?累不累呀!"

"这年头,还怕钱多咬手吗?"金曼丽诧异地盯住兰欣欣,感到不可思议,随口道:"你没见,你的那位男友家族资产已达二百六十亿,却仍在大力开拓海内外市场。你们一旦结了婚,兰欣欣小姐便立时成为京城第一富婆。咱可先说下啊,到时候可别忘了我这大媒人!"

"看让您说到哪儿去啦,八字还没一撇呢!不过我可以告诉您,不论我将来走到哪一步,是穷还是富,都会与老师您同甘共苦,患难与共!"

"嗯,这还差不离,老师听了比吃蜜还甜。"说到此处,金曼丽话头一转:"开个玩笑,不说了。你先去同雯雯商量个方案,看看都要哪些角儿出场,怎么个走法。我琢磨着为了壮阵势,造声威,最少也得三十人以上。我一会儿就去找马力夫,让他无论如何先搞到意大利队的出演名单,然后咱再商量如何对决。欣欣,这次演出其实也是一场国际性质的比赛,影响广泛而又深远,必须高度重视。我们要充分发挥主场优势,先声夺人,战胜对手。我的意思你听明白了吗?"

"明白了,老师,您尽管放心吧!"兰欣欣来到另一间属于自己和郭雯雯共用的办公室,简单沟通后,打开一张卷起的联络图,那上面注有各地加盟模特的简介和照片。她俩一一审选,从中挑出三十名优胜者。

兰欣欣快晚十点才到家,爸爸已经休息,妈妈边看电视边等自己。一见女儿进门,立即关掉电视问寒问暖,然后从厨房取出炖好的一大碗乌鸡汤,硬让女儿喝下去。欣欣乖乖享用,喝完后说:"妈,您快去休息吧,我也累了,明天还要早起呢!"

洗漱完毕,兰欣欣刚躺在床上,石常理的电话就到了。他们已互相约定,为了不影响工作,没有特殊情况,白天不通话联系,有事放到晚十点后再说。

"欣欣,刚到家吧?又累一大天?"

"可不呗,刚要躺下,你又来烦人。"

"没办法呀,不听听你的天籁之音,无法入眠。"

"又耍贫嘴,是不是?再瞎说,我可关机啦!"

"别的,别的,我有正经事儿。"稍停片刻,石常理小心探问:"欣欣,你爸你妈对我印象如何?"

"不咋好。"

"不能吧?我在啥地方做错了,说错了?"

"因为你把台词背得太熟太多,就显得虚情假意。"

"冤枉,冤枉,这可是天大的冤枉!欣欣,我是百分之三百的真情实意!一百对你爸,一百对你妈,一百对你,天地良心!要是玩一点虚的,那还是人吗?"

"你心我心,日月可鉴。反正我爸妈对你们这些'富二代'没啥好印象。"

"那是以偏概全,人云亦云。我历来洁身自好,抽烟、喝酒、打麻将、跳舞几乎全不会,圈内的哥们儿都笑我是四等残废。这年月,像我这样的真童子,上哪儿去找哇!欣欣,你可要替我申冤叫屈,讨个清白。不然,我死的心都有!"

"少来这套啊,本小姐不欣赏!我只不过是实话实说,好心好意提醒你。"

"这还差不离,让我心里暖和暖和。"石常理转忧为喜,胆子又大起来:"欣欣,要说'富二代'什么的,我不但觉得自己冤枉,也替你冤枉。"

"我冤枉什么?"兰欣欣不觉地问。

"冤枉什么?你没见人们已经将'富二代'与你们'官二代'、'星二代'相提并论了吗?说句玩笑话,咱俩也算同命相怜,门当户对呀!"

兰欣欣辩解说:"我爸爸只是个离休的军人,他算什么官?你封的?"

石常理觉出自己的失言和兰欣欣的气恼,赶紧说好话服软:"欣欣,别生气,只是开个玩笑,玩笑而已。等哪天,我当面谢罪,爱打爱骂,任由处置。"他还想说下去,无奈欣欣已关掉手机。

"'官二代',我怎么是'官二代'呢?"兰欣欣怒气难消地将手机丢在床上,在地当中转着圈喃喃自语。

第九章

早八点整,郭雯雯准时开车来接兰欣欣。坐稳后,她一边开车,一边有意无意地提起件事来:"欣欣,你现在的事业如日中天,想没想到该正式签约的事情?"

"雯姐,说实话,我还真没来得及想呢,还望姐姐指教。"

"人小鬼大,你少跟我玩这套啊!我是怕你将来吃亏,好心提醒提醒。"

看到郭雯雯挺不高兴,兰欣欣只好认真起来:"雯姐,谢谢你的一片真情。我现在也挺为难的,金总为了培养我,没少花费心血。我在事业上刚刚迈出第一步,今后的路还很长,怎么好意思为自己开口呢?还是稍等等,等到她主动提起这件事再说。"

"那就耐心等待吧!"郭雯雯讥讽地说:"哼,你不好意思,人家可能好意思。我把话搁在这儿,她要会主动提出与你签约这件事,那就不会是金曼丽啦!"

"这——能到那地步吗?"兰欣欣有点不大肯信。

郭雯雯没有正面回答,迟疑一下,反问道:"欣欣,你看没看这几天的晚报?"

"没有,哪有闲空啊,累得我到家就只想睡大觉。那上面又登演艺界的绯闻了吧?"

"哼,这么大的风波,你竟然闭塞视听,不闻不问,天都快吵塌啦!"

"啥事呀,这么大动静?"

"这件事可是惊天动地!"郭雯雯见兰欣欣真像不知情,便简单介绍说:"国内的一位名模,曾经是金曼丽的密友,前几天竟然在网上扬言,因不堪忍受金曼丽的控制和敲诈,要与其对簿公堂,讨回清白与公道。金曼丽亦在网上公开回应,愿随时奉陪到底。并且抛出重磅炸弹,说这位名模忘恩负义,收一位'富二代'一百万的酬金,却铁公鸡一毛不拔。"

"真会有这样的荒唐事儿?"兰欣欣瞠目结舌,好半天缓不过气来。不知何故,她忽然想起了石常理送给自己的百万金卡,想起爸爸的警劝和社会上的风言风语,身上不寒而栗地打个冷战,脸色一片苍白。

"欣欣,你怎么啦?"郭雯雯没想到兰欣欣会有这般反映,关切地问,"吓住了吧?别多想啊!"

"没有,没有。"兰欣欣连忙否认,可那惊骇般的眼神却难以掩饰。

"欣欣,姐姐告诉你吧,这演艺界、模特界的水浑浪大着呢!你刚刚出道,又一路走得太顺,不知背后有多少人盯着你,琢磨你,算计你,想把你当成争名逐利的工具,当摇钱树和聚宝盆!甚至想掠夺你的身体和感情。可得处处当心,时时防范,不可因一时之念,失去自己的人格。"

兰欣欣默默点头,心里十分感动,等到身上的寒意全清,才说:"雯姐,你的嘱咐我会牢记在心,真的非常感谢。不过,我现在还没啥主意。你说该怎么办吧,我听你的,别人谁也不会对我说这些掏心窝的话!"

"你可别听我的,主意得自己拿。我只是看你年纪小,人又特实在,没一点防人之心,纯洁的心灵像外貌一样美丽,不忍看你日后上当受骗,才无遮无拦地说这些话。"郭雯雯似乎对刚才说出的话有些后悔,不想言多语失。可看到兰欣欣一脸茫然无助的可怜样儿,又忍不住说下去:"欣欣,依我之见,你最好尽快同公司签下合同,如果不便自己直说,可以请律师代言,列出双方的责任、权利、义务,特别要写清合作的时间和收入分配比例,再到公证处公证一下,免得日后生乱,好友绝情。俗话说,长痛不如短痛,短痛不如不痛。现在是商品社会,是契约时代,你绝顶聪明,自然会掌握好时机和分寸。"

"雯姐,我年幼无知,凡事懵懂,还谈什么聪明不聪明的,你可别故意高抬我,抬得高,摔得疼!这件事我再好好想想,怎么做才合适。今后,还望姐姐及时指点迷津。"

"欣欣,你这么说就远啦!"郭雯雯道:"善为善而生,善不求报。恶为恶而亡,死有余辜。我不过是说该说之言,做应做之事。好了,到此为止,你多想想下文吧!"

天道酬勤终得报,由于有金曼丽的新历亲为,有兰欣欣的高位引领,经过短短两三天的操练磨合,这些平素往来不多的姑娘们便很快融为一体,信心十足,英姿勃发地踏上辉煌的舞台,一连数日激情不减,风韵卓然,丝毫不亚于人高马大,骨感诱人,动作夸张的意大利名模,赢得了参展商和现场观众与媒体的如潮好评。

在展销会鸣锣收金的当日,京城多家报纸的娱乐版几乎同时登出两条有关兰欣欣的消息,标题和位置都挺醒目。一则说,兰欣欣在三亚参加世界小姐总决赛时,有位神秘的失语画家临场为其作画,其出神入化,急就而成的几幅速写令兰欣欣颇为动容,欲出五万元人民币重金相求,不但遭到拒绝,还令画家中途退场消失,并求证说,这位神秘画家应该就是当年名噪一时的海南黎族少年绘画天才黎天成。另一则消息则说,兰欣欣一夜成名后,有众多国内外知名公司慕名而至,已签下近亿元人民币的代言和演出合同,按业内五五分成的惯例,个人的税前年收入可能会高达五千万人民币之多,已远远超过国内演艺界的一线明星。

兰欣欣是在回家的路上,从郭雯雯特意递给她的报纸上看到这两条消息的。郭雯雯降低车速,等到兰欣欣看完这两条消息,脸上大惊失色时,用试探的口气问:"欣欣,有何感想?"

兰欣欣没有立即回答,而是不知所措地把报纸重看一遍,沉思片刻,扭头盯住郭雯雯追问:"雯姐,这是怎么回事?谁这么胡说八道,胆大妄为?"

"我还想问问你呢!"郭雯雯以为兰欣欣在装腔作势,不满地反问:"这样惊人的内幕故事,外人能编得出来吗?"

兰欣欣满脸惑然,满腹委屈地无言以答,不得不承认郭雯雯的判断有一定道理,便敞开心扉说:"雯姐,你相信我会做这种下三烂的事吗?会不顾人格地去炒作去招摇?我自己不但永远不会做,也不允许我的家人和朋友去做!"

看到兰欣欣态度鲜明,郭雯雯相信地点点头,以饱经风霜的口气叹道:"欣欣,坏人之心不可有,防人之心不可无。江湖险恶,且有时又身不由己,不得不防啊!"

"我一定要查清是谁所为。"兰欣欣又恨恨地说:"我必须要还自己一个清白!"

"查清?我的好妹妹,你到底是年轻啊!"郭雯雯叹息道:"有些事情是永远查不清的,你可千万小心行事!弄得不好,倒可能会越抹越黑。你眼前要想要办的只有一件事,那就是如何面对金曼丽的猜忌和责难。她肯定以为是你在请人大做文章,故意同她叫板争名逐利呢!"

"雯姐,那我该怎么办?该如何向她解释?我现在心里乱糟糟的,你务必得帮我拿个好主意。"

"我上哪儿去找好主意?你还是自己梦自己圆吧!"郭雯雯说完,见兰欣欣黯然神伤,惶惑无主的样子,又于心不忍地提醒:"不过,你可以去同石常理说说这事儿,他在金曼丽跟前面子比你大,备不住能帮你化解化解!"

"嗯,姐,我听你的!"兰欣欣感激地答应着,心里却像倒了五味瓶,石常理的面子会比我大?为什么呢?他们之间到底是什么样的特殊关系?现在看,这件事的最大嫌疑恰恰就在石常理身上。兰欣欣收起报纸,折叠后放入兜中。

两个人一时无语,各想各的心事。

兰欣欣一进家门就感到气氛不对。往常一到十点钟,爸爸就要进屋休息,妈妈则边看电视边等自己。今天的情形则颠倒过来,爸爸正在沙发上看报纸,好像在等自己归来,妈妈却躲在屋里没露面儿。

"爸,您还没睡?"兰欣欣小心地打招呼。

兰欣欣猜得没错,她刚说完这句话,兰秋田就指着报纸冷语相加:"你看看这些!我睡得着吗?你们为何要这么炒作自己,败坏风气?"

为了不让爸爸生气,兰欣欣从兜中掏出那张叠着的报纸,放在茶几上,气恼而又委屈地解释:"爸,我是刚才在回家的路上才看到这乌七八糟东西的,真叫气死人啦!"

"欣欣,你啥时学会的这一套?没有你的自编自演,谁人会如此所为!"

"爸,您好好想想,我从小到大,说过谎骗过人吗?我这满肚子的委屈,还不知向谁诉呢!"兰欣欣坐在父亲身边,眼泪汪汪地表白。

妈妈听清了动静,从屋里冲出来说:"我都同你说几遍了,咱姑娘绝不是那种不要脸面的人,不会做丢人现眼的事儿。你就是不肯信,还向我喊个没完没了。欣欣,你好好同爸爸说清楚,免得他气自己又气别人。"

"妈,您就别跟着掺和了,少说几句吧！我爸也是好心好意,处处护着我。爸,您放心,我一定会查出这事是谁干的！"

听了女儿善解人意的解释,兰秋田的火气消了一大半,但仍不放心地追问:"你真的事先一点儿不知道？你们公司真的没人参与？"

"是真的,爸,妈,你们仔细想想,这前一件事再怎么说,还无伤大雅,也可以说是事实,我也曾对你们讲到过。这后一件事纯属无中生有,故意编造,想达到什么目的,一时还看不清,只是让我背了个大黑锅,也会引起金总经理的猜疑和不满。"

"嗯,你这么说还真有些道理。"兰秋田的态度变得平和起来,但仍旧忧心忡忡地嘱咐起女儿:"欣欣哪,我早就对你说过,这演艺界、模特界历来是惹是生非的地方,是良莠不齐、鱼龙混杂的社会旋涡,一旦身陷其中,便难以自拔,更别说什么洁身自好了,我看你还是早点脱离为好。"

听了这话,妈妈跨前一步替女儿助战:"什么叫有些道理？什么叫难以自拔？我闺女说得是百分之百的真理,真理面前,人人平等到！欣欣历来是冰清玉洁,你一会儿替古人担忧,一会儿为今人发愁,累不累呀！"

在爸爸和妈妈偃旗息鼓之后,兰欣欣回到自己的房间,越想越不是滋味,反复追问着暂时还无法得到的答案:这事到底是谁干的呢？联想到雨润花园发售仪式后登在报纸上的那则消息,她若有所悟,立即拨通了石常理的手机。

"石常理,你现在在哪儿？我想跟你说件大事。"

"啊,欣欣,我在办公室呢,有事吗？我派车去接你。你在什么位置？快说,我正好要对你报个喜儿。"

"不必劳驾,我已经到家了。"兰欣欣强压怒火,思索着从哪儿说起来。

"欣欣,你看到今天的晚报了吗?上面登的有关你的两条利好消息,引起了很大的轰动。"

"什么利好消息,值得你这样大惊小怪的?"兰欣欣没想到石常理会主动提起这件事情,断定其幕后操纵者已非他莫属,便不动声色,想看看他会如何表演,于是说:"我一天天忙得脚打后脑勺,连看报的时间都没有。"

"这么大的好事你都没听说?至于忙到那地步嘛!那好,我现在就详细告诉你。"石常理用讨好的口气说:"一条消息说在三亚世界小姐总决赛现场,你要出五万元人民币买下三张速写画被拒,并引起失语画家神秘地中途退场。另一条说你夺冠回京后,身价飙升,不到一个月时间,就为金辉公司签下上亿元的演出合同,个人税前年收入可望达到五千万元,远远超过国内一线的影视演员。这样的大好事,你真的一点不知道?"

"你说呢?我又耳不聋、眼不瞎,想不知道都不行!"兰欣欣继续说:"刚看到报纸时吓我一大跳,便想,谁这么大的狗胆敢为本小姐做主哇?又一想,虽然事实上有很大出入,可人家也备不住是好心好意的,有机会真该感谢感谢。只是,公司的金总经理肯定会为此事大动肝火,以为是我自己在故意炒作,想与她争名夺利。你说说,这可该如何收场?我正打算同这帮记者们好好论论理儿呢!"

"欣欣,可别小题大做,没事找事!记者一贯好哗众取宠,夸大其词,这些人可千万得罪不得,只能以礼相待,或敬而远之,免得一天天盯着找你的不是,做蜜不甜,做醋酸。至于金总那里,她要真是个明白人的话,就不会为难你。再说了,这样免费的大幅广告,别人想都不敢想呢!你放心,她要真的犯浑,由我替你摆平!"

"石常理,你别在跟我演戏啦!"兰欣欣终于按捺不住,气恼得失去控制,"你说,这缺德事是不是你干的?若是老实交代,咱还可以商量,要是再成心骗我,干脆一刀两断!"

— 57 —

那边石常理一听不对劲儿,没敢立时答复兰欣欣的质问,有些后悔地想:莫非这回是把宝押错啦?不能啊!他很快计上心来,用非常委屈的语调矢口否认:"欣欣,看你想哪去啦!不经你的允许,我哪敢乱说乱动。你可千万别冤枉好人!你也知道,现在这些记者都神通广大,无孔不入,防不胜防,他们非要盯住你那么写,谁有啥办法呀?等我下功夫好好查访查访,得机会收拾收拾他们。欣欣,眼下你要好好休息休息,别为这些小事儿费心劳神的。"

兰欣欣见石常理不认账,话又说得有点合情合理,怀疑自己是不是真的冤枉了他,口气无奈的软下来:"好吧,那就先谢谢了,一旦有消息,要立即告诉我,关机啦!"

没等对方反应过来,兰欣欣便把手机关掉扔在床头。

第二天早晨去上班时,郭雯雯在车上好意提醒:"欣欣,你今天可要当心点,金曼丽昨天为报纸上的事大发雷霆,说了许多难听话。"

"这事与我无关,我还不知找谁去发发火呢!"

"与你无关?说得挺轻巧!"郭雯雯见兰欣欣有点漫不经心的样子,开始为她分析:"欣欣,你可别不当回事儿。你越是这样,就越难脱干系。金曼丽断定是你和石常理共同所为。如果你不是昨晚上对我说了那些话,我也会像她那样得出结论的。这种望风扑影、亦真亦假的事情,真是有口难言,有苦难诉!你没见这个门那个门的?有多少人能全身而退,明辨是非的?你还是好好想想,如何才能向金曼丽解释清楚,做好后续工作,免得再生是非,再起风波。"

"雯姐,我昨晚气得一夜没睡,头疼得厉害。我按你说的话给石常理打了电话。他虽然否认是其所为,但也答应去做金曼丽的工作,还说要帮我查个水落石出呢!"

"我的小老妹,你可是太天真啦!这商界中的男人女人,各个身经百战,莫测高深,你要是轻信了他们,就等于把自己卖了还得替人家点钱。你要向石常理讲明白,不管这事是不是他干的,他都必须尽快做好金曼丽的工作,了却你的一桩心事。以你现在同他的关系,和他与金曼丽的老交情,我估计金曼丽心里再怎么不满,表面上也不会太难为你。我看你今天就别到公司了,我为你请病假,就说你为这事气病了,我现在就送你去找石常理。"

"好吧,雯姐。"兰欣欣木然地听从郭雯雯的悉心指点,好半天没再作声。

郭雯雯将车来个左转弯,快速驶向石常理的办公地点。她不时看看陷入沉思的兰欣欣,也没再说什么。

位于三环边上的天力建筑开发集团的办公大楼豪华气派,员工们正陆续赶来上班。因为几分钟前接到了兰欣欣的电话,石常理正打算下楼去迎接时,兰欣欣已经来到18层的办公室,同刚要走出门口的石常理碰个面对面。石常理闪身让进兰欣欣,随手关上门,转过来小心地应付。

"欣欣,你又累瘦了,还是请几天假,我陪你出去散散心。"

"谢谢你的好意,我现在可没这份闲情逸致。我只想知道,那报纸上提到的事情,你到底参没参与,想达到什么目的!"

"咳,你咋还惦着这事儿!我不是都告诉你了吗,本人与此决无干系,并且一定要查个水落石出,然后再好好规矩规矩这帮野小子。对了,是不是金曼丽难为你啦?"

石常理越是信誓旦旦,装腔作势,他心底的惶乱就越难掩藏,早被兰欣欣看个清清楚楚。考虑到郭雯雯的嘱咐,还得靠始作俑者来收场,兰欣欣强压怒火,很不自然地回答:"那倒没有,我还没来得及同她见面呢!我来的目的是想请请教,如何平息这场风波。"

"我说欣欣,这是啥大不了的事!"石常理先是不屑一顾,接着又摆出一番道理:"这其实也是件歪打正着,无心插柳柳成荫的好事,免费为你和金曼丽做一场宣传广告。仁者见仁,智者见智,就看从什么角度去看呗!"

"你说得倒轻松,能那么简单吗?金曼丽认定是我和你共同所为,昨天在公司里大骂一通,什么忘恩负义,狼狈为奸,什么急功近利,自毁前程,什么人小鬼大,诡计多端,什么……反正啥难听的话都有,在家里,我爸也把我骂得无处藏身。社会上的人还不知会怎样说东道西,煽风点火,唯恐天下不乱。更可恨的是,有人做的'好事'却不敢承认,心甘情愿要做无名英雄!"

看到兰欣欣如此伤心,石常理真的有点于心不忍了。他咬着嘴唇沉吟片刻,摆出付英雄救美的架势:"欣欣,你不必想那么多,啥事我都替你兜着!假如金老板真的把好心当成驴肝肺,还要难为你,我就花钱去登个声明,说那些事全是瞎编的,看谁损失大!我量她不会蠢到那种程度。要不然咱干脆另立门户,争个你死我活!"

"你可千万别胡来!"看到石常理气势汹汹的样子,想到绯闻缠身,官司不断的可怕情景,兰欣欣吓得一时不知说什么好:"我现在只想明白做事,清白做人。真要是再这样乱哄哄闹下去,我就干脆退出这个行业,回到校园接着读书!"

"欣欣,你别担忧,我相信事情不会到那一步。金曼丽是个聪明的女人,最会掂量轻重。"

"石常理,我听说你们俩之间有老交情,她大概会顾及你情面的。"兰欣欣没忘寻机解开沉到心底的疑惑,顺水推舟地巧妙盘问。

"什么老交情,还不都是生意场上的互相利用罢了。不过,要从我俩的关系上讲,她倒是个值得感激的月下老人。没有她的牵线搭桥,两颗孤寂的心灵,说不定还在空中飘荡着呢!"

"又耍贫嘴,是不是?我现在可没心情欣赏你的表演。你快去办该办的正事吧,我一宿没睡,得回家去休息。"

"我去送你吧？"

"不必了,我打的,免得又生闲言碎语。"

"也好,那就委屈你啦！我送你到楼下。"石常理不顾兰欣欣的劝阻,硬把她送到楼门口,直等到欣欣上了出租车,才轻松地吹着口哨往回返。因为他十分清楚地知道,就在送兰欣欣下楼的过程中,会有许多年轻而又嫉妒的眼睛,从办公室的门口和窗口盯看着自己。

石常理回到办公室,坐在宽大的老板台后,冷静地思索片刻,点上一支烟细品细思,脸上很快露出稳操胜券的笑容。他不慌不忙地打几个电话,然后拎起精致的公文包,信心十足地去会金曼丽。

此时,金曼丽正冷着脸听郭雯雯汇报兰欣欣请病假的事情。当说起兰欣欣看到报纸后如何震惊,回到家受到父亲的责骂,在电话里同男友争吵,一气之下卧床不起时,金曼丽审视着问:"雯雯,你相信欣欣的话吗？"

"相信。看她那病恹恹的样子,真让人心疼。再说了,金总,这整整一个星期大家都在日夜操劳,早出晚归,她一个刚出道的小姑娘,哪会有那么多歪歪心眼儿！您要说石常理会搞这种事,那倒有可能,并且一定是背着兰欣欣去干的。"

"雯雯,你这分析好像还有道理。可石常理为啥要这么做呢？"

"这还不明白？为兰欣欣争名争利呀！人家两个人现在处得好去啦！您亲手牵线搭桥,把手中的宝贝拱手相送,后悔了吧？"

"后悔？等着瞧吧！"金曼丽非常自负地应一句,随即转移话题说:"雯雯,你跟我多年,情同姐妹,你要替我多看着点,有事及时提醒提醒。这次让你暂时做兰欣欣的专业助理,我思前顾后地想了许多,主要是信着你,也是给你个锻炼的机会。等我找到了合适的人选,你就回来当副总,多替我分担分担。自己的姐妹,到啥时候都比外人靠得住。这年月人心不古,对谁都得防着点。我知道,现在有许多人在打兰欣欣的主意,想挖我的墙脚,可没那么容易!"

两个人还要往下说,不想石常理忽然推门而入,并且不顾郭雯雯在场,也没等金曼丽同他打招呼,竟高调地先赔起礼来:"金大姐,小弟负荆请罪,只是一时没找到荆条。"

"石先生何罪之有?"金曼丽以为来者不善,于是冷语相讥:"站着说话腰疼,快请坐。"

"哎,看来,石某的好心真的被当成驴肝肺啦!"石常理面对讥讽,不恼不怒,坐下后两手一摊,继续说想好的台词:"我本来想趁热打铁,为您和兰欣欣做一场免费的广告,好好帮衬你们一把,以谢您对我们俩的知遇之恩。没想到却落个里外不是人的可怜下场。欣欣同我又哭又闹,竟以绝交相威胁,非要我来出面向您谢罪。我听说您也大气儿难消,怀疑我和欣欣别有用心,这可是天大的冤枉!特别是欣欣,本来这些天已是身心疲惫,日渐消瘦。经过这场意料不到的风波,大病不起,恐怕一时半时都难以恢复。您看,我这不是好心办错事,酿成了天之大祸吗?真是后悔死啦!您说怎么办吧,要打要罚我全认!"

"行了,小老弟,你别装委屈啦!说真心话,我刚开始是挺生气,可听了你的表白和刚才雯雯对我的劝解,我感到还真该好好谢谢你的良苦用心呢!"金曼丽的随机应变,让石常理和郭雯雯都挺意外。

"谢?谢我什么?"石常理没料到金曼丽会来这一手,态度转的这么快,心中窃喜地明知故问,想看看对方会玩什么样的鬼把戏。

"谢谢你帮姐姐的大忙啊!你免费为我们推出这么惊世骇俗的重磅广告,最起码我半年之内都不必再破费,就坐等财源滚滚找上门来。说吧,一共花多少钱,姐姐加倍偿还。"

"您可得了,您不怪我比啥都强,还谈什么钱不钱的。"石常理顺坡下驴做可怜状。

"行了,行了,小老弟!话不说不透,理不辩不明,大姐真的是感谢你你先替我捎个话,让欣欣在家好好休息休息,等身体恢复了再上班。今晚上有空儿,我再给她打电话。不过,我们姐弟之间也该立个规矩,今后你再想办这样的好事,最好先通通气儿,免得生误会。"

"好,一定照办,那您忙着,改日再会。"石常理起身离去,从头至尾竟旁若无人地没理会郭雯雯。

金曼丽送走石常理,返回办公室时见郭雯雯还没走,苦笑一下,故作高深地说:"雯雯,看到没有?这小子幺蛾子多,在我面前耍花枪,他还嫩了点!"

"就是,他哪儿是您的对手,哄哄欣欣还差不多。"

"那也未必!我这次陪欣欣到三亚参加总决赛,对这孩子的性情和能力,有了新认识,你慢慢看吧!"

第十章

兰欣欣解除了心灵上的负担,身体自然很快得到恢复,又开始投入到紧张的工作之中。

宋洪涛为玛丹妮公司设计和拍摄的新产品代言广告短片十分成功,虽然只有短短的三分钟,却尽展了超级名模兰欣欣青春靓丽的神韵和新产品润肤养颜的功效,得到了商家的认可和业内人士的好评。其中最受赞誉的是这样一句话,您别光听我说,亲自试试就知道啦!画面上,兰欣欣正欲露还羞地侧转身体,眉目间传出难舍难离的钟情。

伴随着这条广告在全国各地电视台的联播,申洛克和金曼丽又亲率销售和模特组成的团队,在二十多个省会和直辖市开始现场模特表演和产品推介,搞得轰轰烈烈,效果颇佳。不过,却把由兰欣欣和郭雯雯为正副领队的模特们折腾得疲惫不堪。

在上海的巡演仅仅进行了四场,兰欣欣的健康就出了严重问题。这天,演出刚一结束,正在后台收拾行装时,兰欣欣一头栽在地板上,吓得郭雯雯赶紧抱起她问:"欣欣,你这是怎么啦?怎么啦?"

兰欣欣干呕几声之后,痛苦地睁开眼睛,勉强苦笑地回答:"雯姐,没啥大事,只是头晕、胸闷,身子软的站不住,可能是感冒了。"

"不,不,我这几天就发现你不对劲儿,吃不像吃,睡不像睡的,没了往日的精气神儿,是不是来事啦?"

"没有,早呢!"兰欣欣自怨自责地说:"你说我这身子骨,咋儿就这么不争气呢!"

"啥叫不争气?纯粹是累的!再这样长时间脚打后脑勺似地运转下去,把大伙都得拖垮!不行,我得再和金总说说,必须同申洛克据理力争,把档期调一调!"

"就是呢,雯姐,你就快说说吧,已经病倒好几个人啦!"围上来的模特们催促道。

"雯姐,算了吧,不是已经说过了嘛!这合同上写着的事儿,哪好随意更改。"兰欣欣有气无力地阻拦。

郭雯雯站起身,看看兰欣欣和姑娘们,坚决地说道:"欣欣,这次我是不能听你的。你已经低烧多日,可别耽误了治疗。我不但要为你负责,也要为大伙负责!快,谁去叫出租车?我陪欣欣上医院,你们收拾好行装先回宾馆。"

众人应声而动,不大的工夫,就来了一台出租车,郭雯雯扶兰欣欣上车,急驰而去。

在一家医院的门诊部,兰欣欣做了全面的检查,测完血压、脉搏、体温,又做了脑电、心电,再询问完近期的生活和工作情况,男医生下了结论:"暂没发现什么大事,只是血压偏低,体温略高,要多吃点有营养的东西,睡好觉,再静养几天就会好的。"

"大夫,她已经失眠、厌食、头晕、胸闷、关节酸痛挺多天啦!还是让我们住院治一治,再全面详细地检查检查。"

"有这个必要吗?"医生笑着反问。

"有!求您啦!"郭雯雯恳切地坚持。

"有医保吗?"

"没有,这无所谓,治病要紧!"

"好吧,那就先住下,观察治疗。"医生开出住院单。

"谢谢您啦!"郭雯雯代为感谢,然后扶着兰欣欣坐电梯上到六楼。

办完了住院手续,等到护士扎上静点,兰欣欣睡着后,郭雯雯来到僻静处,先给金曼丽打了手机:"金总,欣欣累病了,还病得不轻,已经住进虹桥医院,您是不是赶过来看看?"

"挺重吗?都有什么症状?"

"重!人都瘫得拿不成个儿,不吃不喝,情绪烦躁,实在是支撑不下去啦!我一会儿还得给石常理打电话,真要有个好歹的,咱可别落埋怨!"

"也行,你打吧,看看他是啥意见,然后立即告诉我。"

郭雯雯拨通石常理的手机,把刚刚对金曼丽说过的话再说一遍,得到回应后,转而向金曼丽报告:"金总,石常理发火了,还把人骂一顿,说要立刻飞来上海,接兰欣欣回北京,这可咋办?"

"好,我知道啦!你先照看好欣欣,我一会儿同石常理商量商量。"

次日上午,石常理和金曼丽坐同一航班赶到上海,到医院看到兰欣欣时都吓一大跳:神情倦怠,微微气喘,面无血色,强打精神与他们打过招呼,便不再想说话。10月的上海气温仍然挺高,许多人还穿着夏日的单衣,可兰欣欣却大被加身,不寒而栗。

"欣欣,你都觉得哪儿不舒服?"石常理抓着兰欣欣缩在被子里的另

— 65 —

一只凉手,急切地询问。

"浑身上下的骨头节都酸疼,可能是感冒了。"

金曼丽上前好言相劝:"欣欣,再到别的大医院好好检查检查,或者看看中医,怎么样?可千万别耽误。"

"不用了,没啥大事儿。"

趁着金曼丽同兰欣欣说话的工夫,石常理把郭雯雯叫到走廊的一头,恳求地说:"雯雯老妹,你跟我说实话,欣欣真的没查出什么病吗?"

"这事我还敢瞒你们!医院的专家说,这种无名低烧,一般情况下是长期身心疲惫、精神忧郁所引起的,只要好好静养调理,远离烦忧之事,自然会慢慢恢复健康。我叫你们来的意思,就是让把欣欣接回家去,好好养一养。她这么年轻,病来得快,好的也快,你说呢?你先回病房照看欣欣,我等会儿再回去。"

"谢谢你的一番好心和对欣欣的照顾,我现在就去办这事儿!"

石常理心急如火地返回病房,态度坚决地说:"金总,我刚刚请教完医生,他们说这种无名低烧是身体过度疲劳,精神压力太大所致,必须好好调养些时日,我今天就把欣欣接回家去。"

"这恐怕不行吧!我们同玛丹妮公司的合同怎么办?我看还是先让欣欣在上海治疗几天,我这面再同申洛克沟通沟通,想个万全之策。不然,落个违约的责任,损失可就大啦!"

"什么违约不违约的?你们把档期安排的这么紧,把人折腾成这样,我不找他算账才怪呢!还要看他的脸色?狗屎!"石常理激怒得失去往日的文雅,有意放重话回击金曼丽:"我现在就联系机票,说走就走。你如何同申洛克协商,那是你们的事儿。你替我转告这家伙,欣欣真要有个好歹,我跟他死磕没完!"说完,摔门而去。

金曼丽知道,今日的石常理已远不是昨日的公子哥。看出事情已无法阻止,只好无奈地表示同意:"雯雯,既然这样,那就快收拾收拾,办完出院手续,结了费用。然后再给欣欣取两万元钱带上先用。另外,根据原先的安排,后天该去杭州了吧,车票和宾馆都订妥没有?"

"你放心,都已安排好。只是欣欣这儿——"郭雯雯提醒地说了半截话。

"啊,这事儿我同申洛克去交涉。咱现在不想别的,给欣欣治好病是头等大事!他如果再耍蛮,那就干脆废了合同!"金曼丽信誓旦旦地说给欣欣听:"欣欣,回家后尽量多吃多睡,再用点西洋参、蜂王浆等补品,静养些日子。别担心工作上的事儿,我再有难处,也要首先保护好你这宝贝身子!"

"谢谢金总。您放心,只要好一点能挺得住,我一定尽职尽责。"

"有你这话我就放心啦!要用钱你就吱声,花多少都行,公司全报。"

石常理从代办处买到机票,立即打手机给兰欣欣,让她速做准备,然后匆匆赶回医院。

在郭雯雯的帮助下,兰欣欣很快办好出院手续,收拾好行装。这时,看到石常理心急火燎地走进来,心中十分感动,想说点感谢的话,又一时不知该怎么开口。金曼丽见状善解人意地问道:"常理,几点的飞机?看把你急得那个样儿!"

"南航747,浦东机场,下午一点整,还有不到三个小时。"石常理不理会对方的揶揄,走到床前关切地问:"欣欣,好些吗?咱得立即动身,出租车在楼下等着呢!"

兰欣欣没有应答,坐起来看看金曼丽,似是请示,又像是告别。

金曼丽会意地催促道:"欣欣,那就快准备动身吧!时间够紧的。"然后又嘱咐说:"常理,路上要照顾好欣欣。到北京后,是先回家,还是先上医院,你俩商量。我把这里的事安排安排,三两天也回去。到家后告诉我一声,免得惦记。"

"好吧!"石常理答应完,特意转向郭雯雯说:"雯姐,这些天多亏你照顾欣欣。滴水之恩,定涌泉相报,咱后会有期!"

"哟,看你说的!我们姐妹情深,说什么报不报的!你把欣欣照顾好,让她早日康复,就是对我们公司,对金总,对所有姐妹最好的报答。欣欣,你说是不?"

兰欣欣含羞而笑,没有作答。

金曼丽对这番话却十分受用,趁机着意强调:"常理呀,听清楚没有?欣欣是我们大家的心肝宝贝,现在暂时托付给你,相信你一定不负众望!"

"那还用说?放心吧!"此时此刻,石常理可没心思同别人玩语言游戏。他心中只有一个念头,那就是带着兰欣欣赶快离开医院,早点到机场,到北京。他自信,只要让兰欣欣离开可恨的舞台,只要两个人单独相处些时日,兰欣欣很快就会恢复健康,重现迷人的容颜和风韵,同时会让他们之间的情爱更诱人,更成熟,再也听不到"备选男友"之类讨厌的话语。

把兰欣欣送上车,互道珍重后,郭雯雯如释重负,显出些许轻松。但却发现金曼丽望着渐渐远去的轿车黯然神伤,若有所失地沉思起来。

"金总,咱也回酒店吧!"郭雯雯提醒道:"噢,对,回酒店。"金曼丽心绪烦乱地边走边问:"雯雯,你说该怎么对申洛克讲这件事?按理是该事先同人家商量商量才对。"

"我看您没必要想那么多!事情明摆着的,把人累成这样,他还有什么理可挑的?不说别的,欣欣真要有个好歹,不用别人出面,石常理那小子就不会轻饶他!"说到此处,郭雯雯见金曼丽仍有些忧心忡忡,又安慰道:"金总,您不必担心,欣欣这姑娘很要强,难受了这么多天,就是不让我告诉您,硬挺着坚持。您就放心吧,她只要静养几天,身体一恢复,保准自己飞回来!"

"真是路遥知马力,日久见人心哪!雯雯,你跟着我快十年了,只有你最知我的心,最理解我的苦衷!"

郭雯雯未做回应,只是微笑着轻轻摇摇头。

出租车驶到候机楼的入口处,石常理跳下车,把已经打开车门的兰欣欣扶下车。

"不用扶我,身上感觉好多啦!"兰欣欣不好意思地说。

"那哪儿行,你先站一会儿,我去取包。"石常理嬉笑着应答,一手提拉杆箱,一手挽住兰欣欣,快步走进大厅。

"常理,你的手包呢? 没落在车里吧!"

"放进你的箱子里了,放心!"

托运完行李,换好登机牌,通过安检,进入候机室,一路走来,体力不支的兰欣欣已有点微微气喘,浑身冒汗。石常理赶紧扶兰欣欣坐到椅子上,不由分说地将她揽入怀中,爱怜地问道:"累坏了吧? 快依在我肩上歇歇!"

"没,没事!"兰欣欣边答边想脱出身子,面露羞涩。

"别动,听话,让你好好歇歇!"石常理小声劝止。

说来也怪,既然挣脱无望,又闻悄悄耳语,兰欣欣竟真的乖乖顺从下来,并且感动得有点难以自己。因为这是她第一次体尝到了雄性心脏的强力跳动和热血奔流,第一次感受到了无法抗拒的力量和信任。她全身燥热,活力顿生,因低烧引发的寒意一扫而去。她迷醉地闭上眼睛,享受着从未享受过的幸福之感:温馨、甜润、缠绵而安详。

开始登机了,兰欣欣如梦方醒地坐直了身子,扭脸对石常理感激地一笑。哪知这一笑被视为了爱的邀请,石常理当众献上一个长长的热吻。

"别乱来,人家都看着呢!"兰欣欣一边挣脱,一边小声央求着。

石常理十分不情愿地随兰欣欣站起身,仍用双手板着她的肩头,笑望着兰欣欣红苹果般羞怯的脸颊。

工作人员开始放行,通过长长的廊桥步入头等舱,安置好行李,石常理让兰欣欣坐在挨着舷窗的里侧,又迫不及待地抓住那双温热绵软的双手。这一次兰欣欣没有惶恐,没有拒绝,耳红心跳地接受抚摸,享受渴望的甜蜜。

在进行完安全提示后,飞机开始滑行、转弯、加速、起飞,经过短暂的盘旋上升,很快进入安全空域,转为正常飞行。这时,仍在心醉神迷的兰欣欣,面对石常理渴求的笑脸,主动献上情深意长的吻。正是这一吻,使她心中一直坚守的感情防线彻底瓦解,荡然无存。

晚六点整,在石常理的护送下,兰欣欣顺利回到家中。

石常理和兰欣欣一进家门,就把兰秋田和耿玉芳吓一大跳。看到女儿弱不禁风,神情抑郁的样子,妈妈扑上去抱住女儿惊问:"欣欣,欣欣,你这是怎么啦?"

"伯父伯母,欣欣感冒了,正在发烧,我刚把她从上海接回来。"石常理边放行李边解释。

"感冒?多长时间啦?咋病成这样?欣欣,你昨天不是还在电话里告诉我,说一切都好吗?这孩子,有病还瞒着我。噢,对了,病成这样为何不在上海住院,等好些再回来?"

"已经住院了,医生说这种低烧是由于过度疲劳和精神压力大所致,建议回家好好休息些日子,等体力一恢复,精神一放松,很快就能好。我半夜得到信儿就赶忙飞过去了。"

"常理,你快陪她进屋歇歇,我先给你们弄点吃的。这两个傻孩子,也不先打个电话,好提前准备准备呀!"

"我是想打了,欣欣说啥不让,怕您二老着急上火。"石常理说完扶欣欣上了二楼。

在他们一问一答的过程中,兰秋田一直在旁边默不作声,等到两个人进了卧室,才坐在沙发上忧虑地摇摇头,那里面的含意十分复杂。

耿玉芳很快端来两杯热牛奶和一盘点心,让两个人边吃边喝,然后又去厨房准备饭菜。趁这工夫,石常理说:"欣欣,你先休息休息。我夜里走得太急,回单位安排一下,晚上再来陪你。行吗?"

"谢谢你了,快回去看看吧!晚上千万别来,我只想一个人静静心,有事儿给你打电话。"兰欣欣坐起来,脸上露出感激的笑容。

"也行,明天上午我一早过来。"石常理拎着手包下到一楼客厅,同兰欣欣的父母告别,又把刚对兰欣欣说过的理由解释一遍。兰秋田点头应承,耿玉芳则没忘感谢:"常理,多亏你把欣欣接回家。要是再待在外面,没人看没人管的,那可惨啦!"

"也会有人管,单位的同事都对欣欣挺好的。我只是放不下心,才把她接回来的。在家和在外,毕竟是两个天地,大不一样啊!"

"对,对,老兰,你看这孩子多知情达理,善解人意!"耿玉芳觉得老伴一直对人家挺冷淡的,在夸奖的时候特意把他捎带上。

送走石常理,兰秋田才起身上到二楼女儿的房间,疼爱地询问:"欣欣,感觉好些吗?还烧不烧?"

兰欣欣想坐起来,被爸爸伸手阻止。她把身子往里面挪一挪,示意爸爸坐在床上,说:"爸,您说怪不怪?我刚一进家门,看到您和妈妈,这烧就立时退了。"

兰秋田以为女儿是在有意遮掩,于是继续问:"已经低烧多长时间啦?"

"大概有二十多天了,做了几次检查,都没找到原因,最后才确诊为精神性低烧症。"兰欣欣知道瞒不过,只得实话实说。

"那为何不早点回来?"兰秋田追问。

"爸,离不开呀!二三十号人都在看着我,合同上又写得明明白白,要求我每场必到,档期又安排得太紧,实在是没办法。"

"你必须这么做吗?"

"那可不呗!这是我出道后首次大型演出活动,各方面都挺关注。我们要是违约,那影响和损失可就太大啦!"

"是金钱重要,还是健康重要?我劝你还是干脆退出这个行业,它不适合你。"兰秋田郑重提出建议。本来,在女儿刚回家,身心状况又不好的情况下,他是不该这么说的。怎奈是思量已久,不吐不快。

"那哪儿行啊!爸,我历来看重的是理想和事业,现在刚刚有成,怎么能急流勇退呢?"

"急流勇退是聪明之举,需要洞察、智慧和决心。"

"爸,大道理我也明白一些,人生本来就是一个不断选择的过程,有所失才能有所得。我不可能当一辈子模特,最多干个三五年,就得转行,因为这是个青春园地。可现在就是想退也退不出来,您想想,假如我真的就此止步,那法律责任谁负?社会舆论怎么办?"说到此处,兰欣欣见爸爸沉默不语,便抓住爸爸的手,装出轻松的样子说:"爸,您别担心,我知道自己的身体没啥大事。我这么年轻,只要睡几天好觉,多吃点妈妈做的饭菜,保证很快就会恢复。"

兰秋田见女儿的态度很明确,精神状态还算不错,也就不想再深说什么。他知道,从目前的情况看,说也没用。弄不好争犟起来,更会徒增烦恼。他起身想走,又突然站住,看着欣欣的笑脸,好像又想起件事来。

"爸,您有话尽管说,我听得进去,没事。"

兰秋田犹豫一下,还是认为抓住时机把压在心里的话全说出来为好:"欣欣,你和石常理现在相处得如何?"

"还是原来的那样,备选男友呗!"欣欣笑望着爸爸,不明白为何又突然提起这档子事。

"你觉得他人品怎么样?你了解他的全面情况吗?"

兰欣欣紧闭嘴唇想一想,说:"咋说呢?人品还算可以吧。至于要了解全面的情况,那是以后的事啦!"

"以后还来得及吗?你也知道,社会上对什么'富二代'、'官二代'、'星二代'的评价都不太好。"

"爸,那也不尽然,公正与偏见,真理与谬误,总是同时存在,此长彼消。存在决定意识,一切事物都处于不断的发展变化之中。变是绝对的,不变是相对。您平时不是总用这样的唯物辩证法来教导我吗?"

"具体问题具体分析,你不必跟我斗嘴,我是以父爱的责任提醒你,他爸是富人,你爸是平民,门不当,户不对。他是'富二代',你是'兵之女',身份大不相同。他是'70后',你是'80'后,距离太大!"

"爸,如果换个角度和方法来思考,恐怕就不尽然啦!"兰欣欣见爸爸把话说得如此绝对,如此偏颇,一时也来了情绪,也想借机开导开导可敬可爱又可叹的父亲:"我现在是这么看的,他爸是创业致富的巨子,我父是中国军界精英。他是商界的后起之秀,我是世界顶级佳丽。他有七〇后的成熟,我多八〇后的智慧。人文学上的定律是,距离产生引力,产生美,产生友谊。"经过这次石常理到上海强行把自己接回家中休养,兰欣欣已经打消了对他的种种疑虑。

兰秋田万万没想到女儿会用如此有力的宏论回击自己,一时竟失去了平时的自信和威严,底气不足地选择了退却:"得,得,你既然如此自信和固执,我就啥话不说了,让事实来证明吧!"

一直倾听父女交锋的耿玉芳,听到女儿说了许多自己想说而又不便说的话,又见老伴甘拜下风,便几步上到了女儿的房间,来了个乘胜追击:"老舰长,又乱发什么导弹!孩子有病刚到家,就又忍不住啦!有你这样的爹吗?"

"没你啥事,闭嘴,添什么乱!"兰秋田不想再陷入两面夹击的劣势,闪过老伴的身子,下楼去了。

耿玉芳扭头撇撇嘴,然后得胜般对女儿笑一笑,小声说:"欣欣,别听你爸那一套老皇历！我看石常理这孩子就是不错,对你实心实意的。不然,别人咋没去接你回家!"

"妈,我刚才是与爸爸说着玩的。他老人家看人看事,比一般人要透彻得多。其实,爸爸说的也有道理,路遥知马力,日久见人心,看人不能只看一时一事,只看表面。我现在还不想同石常理走得太近,有些事情还没看准,您也不必对他太过热情。"

看到兰欣欣说得挺认真,耿玉芳只得收起笑容,不太情愿地点点头。

第十一章

一周之后,恢复健康的兰欣欣不顾父母的劝阻,又精神抖擞地踏上了征程。这一站是哈尔滨的国际会展中心,公司特意为每个人提供一件名牌羽绒大衣。

首场的模特表演和产品展销大获成功,预计三天销量的产品被抢购一空,申洛克让销售人员又连夜从北京空运同样的数量。这天晚上,申洛克特意举办答谢酒会,感谢当地的生意伙伴大力支持,慰问属下员工和模特们的辛苦。他还在众目睽睽之下,忘情地拥抱了金曼丽和兰欣欣。

回到酒店房间休息时已是午夜十二点多,屋子里显得有些阴冷。熄灯时,兰欣欣在被窝里突然连打两个喷嚏,吓得郭雯雯赶忙起来给她倒杯热水,又摸摸额头,没见发烧,才笑着说:"我的娇小姐,您可得平安无事,求上帝保佑!"

"放心吧,没事,看把你吓得!"兰欣欣边喝热水边笑说。

"欣欣,你吓着我不要紧,可别吓着申洛克和金曼丽,他们可都指望你这财神爷发财呢!"

"指望我发财？我有那份能耐？财神爷不都是男的吗？"兰欣欣心情不错地戏谑。

"傻妹妹，你还不知道吧？"郭雯雯在被窝里说道："因为你有病休息的事儿，申洛克同金曼丽大吵一通，竟以退约相威胁，金曼丽的火可上大了，体重掉了好几斤。你要再不好，她非得急出病不可。"

"真有那么严重？都怨我这身子骨不争气！"兰欣欣自责地叹息。

"怨你？谁让他们把档期定得那么紧，根本不考虑别人的健康和承受能力，整个人心都被钱熏黑啦！"

听到郭雯雯为自己鸣不平，兰欣欣反倒劝慰起她来："雯姐，咱都挺一挺。申洛克不是答应将四天一次的演出调整为五天了嘛！金总也说要给大伙多发奖金，合同期满后再集体到三亚游玩几天。"

"欣欣，你可真是太天真，太善良啦！睡觉，睡觉。"郭雯雯有点不满兰欣欣的解释，用遥控器熄了全部灯光。

三天时间，打赢了半年多来最大一场胜仗，各方皆大欢喜。回到北京后，金曼丽大大方方地提前给每人发放六万元的年终奖，私下里还多给兰欣欣和郭雯雯各四万元，乐得人人喜形于色。

金秋的北京是一年中最好的时节，阳光灿烂、天高气爽、万山红遍、硕果累累，赶在这样的时候回家稍事休息，兰欣欣的心情自然极好。当兰欣欣将十万元的百元大钞放在茶几上，说是给爸爸妈妈发奖金时，耿玉芳满心欢喜，兰秋田却无动于衷，只冷冷看上一眼，问道："这又是什么钱？哪来的？"

"奖金啊，是我们公司让转奖给爸爸妈妈的。这些年来，您二老对女儿厚爱绵绵，无私奉献，劳苦功高，理当受奖。只是时间仓促，难备厚礼。等到年终时，女儿定将奉上百万巨奖，以谢养育之恩！"

"且慢，且慢，你可别吓坏我们。"兰秋田闻言，表情顿时严肃起来：

— 75 —

"欣欣,你要明白,不该拿的钱是定时炸弹,可以在瞬间毁掉一个人!"

"爸,我所有的钱都干干净净,因为那是艰辛的劳动所得,是各尽所能,按劳分配。"兰欣欣没想到孝心竟带来父亲如此的责难,心里挺不是滋味,便理直气壮地进行解释。

兰秋田盯住女儿的笑脸,一字一句地叮问:"你妈对我讲了,你那百万元的金卡是怎么回事?你只亮相短短一会儿的工夫,就值那样的天价?你心里坦然吗?"

"老头子,你又乱发什么巡航导弹,是不是闲得难受,自己找不自在?"耿玉芳一看大事不好,站起来想紧急灭火,便急不择言。

"你先一边听着!"兰秋田挥手怒斥:"这么大的事情,不讲清楚,后患无穷!"

"妈,您别跟着掺和了,这件事情早该跟爸爸说明白。"兰欣欣扶耿玉芳坐下来,然后平静地解释:"爸,这张卡是石常理硬让人留在这里的,我根本就不想用,等哪天一定退给他。您放心,我一直同他保持着相当的距离,用当下网上的话来说,仅是备选男友而已。至于我当前的身价到底值多少钱,我自己也不大清楚。不过,和国内外同行的明星们相比,恐怕这百万身价就算不上高了。您知道吗?还不到一年时间,我为公司创造了多大收益?已签约的年度合同总金额达到四千六百万元,已履约入账的现金至少有两千五百万元。如果按业内通行的薪酬计算,到年终时,我个人税前的所得至少应在一千三百万元左右。这个数对国内一线演艺明星来说,还算可以。可要同国外的同行相比,就差多啦!这样算来,到过年时为您和妈妈发个千八百万的年终奖,还有问题吗?"

听完女儿的一番细说细算,兰秋田心里虽然安稳了许多,却仍不肯服输:"我现在由党和政府养着,用不着花你一分钱。到时候你要真能挣那么多,应该给贫困地区的学童多捐出去一些。前几天,中央电视台播了广西山区学校的小学生,人人都盼着能有本新华词典,我听了心里到现在还难受,已经让你妈邮去五万元钱。"

"爸,您的建议很好,我会认真考虑的。"

"老舰长,这回你心里不折腾了吧?我就知道,喜鹊永远唱不过八哥,您就服气吧!"

"闭嘴,闭嘴,老夫懒得搭理你!"兰秋田边说边站起来,说声我遛弯儿去了,一个人匆匆走出家门。

"老头子,等等,我和你一块去!"耿玉芳在后招呼,兰秋田假装没听见。

又是几个月过去,正当人们准备要喜迎新年之际,在北京的演艺界,又爆出一颗杀伤力更大的重磅炸弹。有一家地方报纸的娱乐版,在继续发烧这个门那个门的同时,直言当初是金曼丽牵线搭桥,安排某著名女模特与号称京城四大风流阔少的石常理相识相会,用一夜情换得百万回报,并由此引发出后续的一系列事件。

兰欣欣是在去广州演出的飞机上看到这张报纸的,脑袋当时像要炸开一样。要不是郭雯雯好言相劝,她就会立刻返回北京,当面向石常理和金曼丽问个明白。

"欣欣,这只是无聊的传闻,不足为信,千万不可一时冲动办傻事。"

"不,雯姐,无风不起浪,我也早有预感。不管石常理与此事有无牵连,他都不会是清白的处子之身。不然,这'四大风流阔少'的美名从何而来?"兰欣欣恨恨难平地说出自己的判断。

"不管是真是假,咱总得把这趟差办完才能回去讨究竟,你说呢?"

兰欣欣无言地点头应允。

广州的三天演出草草结束,兰欣欣在首都机场同众人告别后,立刻打出租车直奔石常理的公司。她在车内打过去电话,说有要事相商,务必见面。

石常理从兰欣欣的语气中已猜出什么事儿,不但没有一点惊慌失措,反而镇定自若。所以,当兰欣欣冷着脸推门而入,怒不可遏地将报纸摔到桌子上时,他仿佛没看见一样,仍然像往常那样起身相迎。

"这么快就到了,没先回家看看?"

"石常理,你说实话,真有这事儿吗?"

"你说呢?你想我是那样的人吗?"石常理坐回原处,从写字台下抽出一份同样的报纸,轻轻放在桌面上,冷静地说:"我比你知道的还早,已经委托律师起诉这帮龟儿子。我要让他们好好看看,马王爷到底是几只眼,要让造谣者付出身败名裂的代价!欣欣,你可知道,我心里受到的伤害,可比你深呀!坐吧,坐吧,我非常理解你此刻的心情,你要是没有这样的反应,那反倒是奇怪啦!你比我年轻,没经过这种无风起浪的血雨腥风。我则不然,类似的阴谋诡计已经是见怪不怪。其实,怪也没用,怕也没用,重要的是要学会忍耐和等待,抓住时机坚决反击,战而破之。谁笑到最后,谁笑得最好,你等着瞧吧!"

面对石常理坦然处之的坚决态度,兰欣欣反倒无言以对,怒气渐消了,但仍然愤愤不平地说:"无风不起浪,我给你一个月时间,必须把这件事弄个清清楚楚。"

"无风三尺浪,一波连一波。只有退潮时,才会水落石出,你就放心吧!走,咱不说这些烦心事儿,先去用餐,已经定好了。"

两个人来到附近的一家川菜馆,石常理点了四样欣欣平时爱吃的菜和一瓶红酒,殷勤相劝。兰欣欣因心里发堵,吃得味同嚼蜡,草草收场。

在送兰欣欣回家的路上,石常理见坐在副驾位置的兰欣欣神情抑郁,默然不语,小心劝道:"欣欣,别再想那些事了,我一定给你个明明白白的交代。"

"我不想行吗?回到家如何面对父母?今后又如何同金曼丽相处?"

"那不都是无中生有,造谣中伤嘛!用不着跟谁解释。"

"你说的倒挺轻快!有些事情,是永远弄不清的,甚至会越抹越黑。"

"我才不信那份邪呢!"石常理恨恨地说:"我这回就非要给它抹出红的来,白刀子进、红刀子出!"

"石大公子,快收起你那套吧!您现在可是京城名人,不是街头无赖!"

车到家门口,石常理欲与兰欣欣同进,被兰欣欣阻止:"当事人,您还是先回避为好,免得大家都不自在。"

"也罢,那就听你的。"石常理其实并不想此时去见兰欣欣父母,只是做个姿态而已。

兰欣欣忐忑不安地推开家门,拉着旅行箱走进客厅。出乎她的意料,家里好像什么事也没发生。妈妈仍然是满心欢喜,爸爸一如既往地不怒而威。她颇感意外,又十分释然,故作轻松地同父母打个招呼,然后便借口太累,上楼休息去了。

兰欣欣本来想在假期里好好放松放松,没想到却事与愿违,挥之不去的心灵阴影时时盘绕在脑海之中,夜难成眠。她越是小心翼翼地同父母说话做事,就越觉得别别扭扭。几次想同他们说说报纸上登的那些事儿,对方都躲闪着回避,仿佛那是颗即将起爆的定时炸弹,谁都不想去摸去碰。就连素来心直口快,母女连心的妈妈,也像变了个人似的,强作欢颜地说东道西,显得慌乱无章。

兰欣欣心里越来越郁闷,整夜翻来覆去地睡不着觉,有时刚要闭上眼睛,又被可怕的噩梦惊醒,好一阵心惊肉跳。她反复地追问自己,我当初的选择是对还是错?为什么不顾父母的反对,贸然闯入这一行?我要追求的到底是什么?未来的人生之路通向何方?她一时无法解答,只好在反复的回忆中寻找答案。

北京,某著名大学礼堂,首都大学生艺术节决赛现场,扮成电视剧《西游记》中玉兔精的兰欣欣载歌载舞地旋到舞台中心。那天生的丽质、野性的激情、甜润的歌喉、妙曼的舞姿,顿时激荡了全场观众的心。作为评委的北京金辉文化传播有限公司总经理的金曼丽更是眼前一亮,欣喜难掩。评选结果很快出来,北京音乐学院二年级女生兰欣欣表演的歌舞《是谁把你送到我身边?》,以最高票数获得第一名。

演出结束后,获奖者参加了有各界名流人士和评委临席的庆祝晚宴,金曼丽与兰欣欣相邻而坐,不时亲切交谈,吸引了许多嫉妒的目光。

晚宴结束时,金曼丽说:"欣欣,你是回家,还是回学校?我用车送你。"

"不用!不用!金老师,学校已经安排好车了。"

"我看你还是先回家向父母报个喜讯,说不定他们正在电视机前等你呢。走吧,别客气了,顺便我还要和你说说心里话。"

"金老师,这多不好意思!那您稍等,我去和带队老师说一声。"

"好吧,快去快回。"目送兰欣欣卸装后轻盈的身影,金曼丽脸上露出满意的笑容。

几分钟后,兰欣欣拎着个双肩包高兴地返回来,挽住金曼丽的左臂走出宴会厅。来到停车场时,金曼丽指着一台凌志车说:"欣欣,你家住什么地方?"

"朝外大街南里×××号,离使馆区不远,金老师,您没带司机来?"

"那多麻烦,我一直自己开,来去自由。"

"可也是,多一个人多一份负担。"兰欣欣善解人意地应合。

两个人坐入车内,等驶上快车道时,金曼丽问:"欣欣,听说你是音乐学院服装模特队队长,挺喜欢这一行吧?想不想在这方面好好发展发展?"

"喜欢是喜欢,发展就谈不上了,只是觉得挺好玩,臭美呗!"兰欣欣笑着自嘲。

金曼丽说:"服装模特和选美、选秀等活动,是人类文明发展的重要标志,是人性道德的结晶升华,是文化艺术的一个门类,通过看你今天的出色表演,我发现你很有这方面的天赋,只要经过精心打磨,就可以放出奇异的光彩,不想试一试吗?"

"金老师,我哪有什么天赋,更不敢有啥奢望,您不知道,我妈就经常说我是少不更事的大傻丫头。"

"那是母亲对孩子特有的昵称,做父母的都这样。"金曼丽继续启发道:"欣欣,机遇青睐追求,追求通向成功。你今天的成功,不正是如此吗?当今全世界有三大选美赛事,其中最著名的是美国的世界小姐大赛,已经连续举办七十多届,近些年仅在中国三亚、深圳、广州等地就举办过多次。北京地质学院的二年级女生张梓琳还夺得了第67届的总决赛冠军,为国家和民族带来巨大的荣耀。该项赛事今年12月份又将在三亚举办第X届总决赛,你为何不去试一试呢?我看你很有夺得冠军的希望!"

"金老师,您太高看我啦!我哪有那能耐!再说,我们大二的课程安排得特别紧,也没有时间和精力想这些美事。"说到此处,兰欣欣稍一迟疑,又加上另一条理由:"不瞒您说,我老爸老妈历来就看不惯当今这些新潮时尚的东西,我这次参加大学生艺术节,都是瞒着他们的。你等他们看到这档节目,肯定又要对我进行一通革命传统教育!"

"不至于吧?都改革开放这么多年了,你父母又都是素质很高的人,会那么不开通?"

"您不知道,我爸妈在军队服役一辈子,离休后对地方上的许多事情看不惯,就拿我上大学这件事来说吧,爸爸让我考军队院校,妈妈要我学医接班,可我从小就特喜欢音乐舞蹈什么的,立志要当个音乐家。谈判了多次,最后我以弃学相威胁,才算勉强获胜。他二老要是听说我想当模特,参加选秀选美比赛,非得气昏过去不可!"

金曼丽放慢车速,扭头注视着兰欣欣,沉思片刻,感叹地说道:"欣欣,在人生的最重要的阶段,真正的机遇只有一次。您知道吗?我在十八年前获得亚洲选美比赛的冠军之后,就再也没机会参加世界小姐大赛,留下了终生遗憾。这些年来,我一直在寻找像你这样难得的璞玉,想用全部心血打磨成材,然后去夺取世界小姐总决赛的冠军,以遂平生之愿。今天,我终于等到了你,发现了你,这是历史赐给我们的机缘。现在,距12月中旬的总决赛只有半年多时间,离中国赛区的选拔赛仅剩102天,机不可失,失不再来,我们必须珍惜这个机遇,珍惜未来。至于你父母的工作,我想不会像你说得那么难。你告诉他们,你只是利用业余时间参加培训,不会耽误学业,也不会出任何差错。必要时,我可以亲自同他们好好谈一谈。"

兰欣欣果真被金曼丽所描绘的美妙前景所打动:"金老师,那我就试一试?让您多费心啦!不过,我得好好想想,怎样才能求得两位老革命的同意。"

金曼丽释然地笑道:"你放心,只要把道理讲清楚,你父母会通情达理的。当爹妈的,谁不想让自己的儿女早日成功成名呢?你回家后,先从网上看看有关世界小姐大赛的资讯,也好对父母做说服工作。如果顺利,咱就从周一晚间开始突击培训,每天两小时,周六周日加班,我亲自开车接送你,有什么情况随时打电话。"

"好吧,我尽量争取。顺便问一问,金老师,有多少人参加培训?"

"就你一个,单兵教练,务求成功。"金曼丽见兰欣欣大惑不解的样子,又笑着解释,"不过,到时候为你服务的人可不少,除了我和助理郭雯雯、两位陪练的模特之外,还要请造型师、化妆师、服装设计师、摄像师、乐师、营养师、英文翻译,等等。"

"唉哟,这么大操持,怪吓人的,到时候真要不成功可咋办?"兰欣欣受宠若惊地表示担忧。

"有志者事竟成,你只要全身心地投入,定会脱颖而出,一鸣惊人!为了这一天的到来,我愿意为你付出一切。对了,别忘告诉父母,你的培训和参加此赛的全部费用,都由金辉公司承担。"

兰欣欣深受感动,神情严肃的表了态:"金老师,您放心,为了不辜负您的良苦用心,我一定尽心尽力!"

"好!到家后,代我向父母问好,并告诉他们,等到你成功夺冠的那一天,全中国和全世界的人们,都会衷心感谢英雄的父母养育出你这天仙般的绝世美女。"

"老师,您太过奖啦!"

"一点不过!我这叫慧眼识珠,众心所望。十几年来,金辉公司培养出的模特,在国内国际比赛中拿了几十个奖项,却始终没能在世界小姐大赛中夺冠。现在,这个寄托着民族期望的历史重任,就该由你来承担啦!"

闻听此言,兰欣欣顿时产生一种勇挑重担、舍我其谁的昂扬之气,身上从里向外一阵燥热,脸色微红如含苞待放的桃花,迎着金曼丽神情庄重的目光,使劲儿点头应承。

车到家门口,兰欣欣谢过金曼丽,便掏钥匙打开前后两道门,爸爸妈妈已经休息,但还没入睡,她隔门问候过之后便快步上到二楼自己的卧室,立即打开笔记本电脑,上网搜索起来有关世界小姐大赛的资讯,边看边简单作了笔记,越看越心如潮涌。她憧憬着明天,憧憬着未来,想象自己终于戴上世界小姐总决赛桂冠时的情景……

第二天是星期六,兰欣欣一反常态,早早起来洗漱梳妆,让每天早起遛弯儿的父母大感诧异。

"欣欣,今天是咋啦?太阳从西边出来了吧!往日睡到太阳照床,叫几次都懒在那儿不愿动弹!"

"妈,一年之计在于春,一日之计在于晨,我今天要亲自做早餐,好好孝敬孝敬父母,您和爸爸快去快回。"

"哼,就你那手艺,和你爸一个档次,初级阶段,能做熟就不错了。"

"看让您说的,不都全怨您吗?平时包打天下,独家手艺秘不外传!嘻嘻!"

"哟,少来花言巧语,今天妈就成全成全你,一日三餐,坐享其成,看能吃到什么好席面。老伴,听清没有?到时候可不准你跟着瞎掺和,乱动手!"

"遵命,走吧!你这当妈的,闺女要孝敬孝敬你,还想乱挑毛病,到吃饭时,可别咸了淡了鸡蛋里挑骨头!"兰秋田借机揶揄起老伴来。

"你爷俩呀,从来是一唱一和!"耿玉芳挽起老伴的胳膊,笑着向门口走去。

父母离开后,兰欣欣照着书本,手忙脚乱地操作起来,费好大劲儿才做出四样菜。

七点钟刚过,兰秋田和耿玉芳就匆匆返回家中,一进屋便闻到了香味。"嘿,这丫头还真动真格的了,快去看看都做了啥好吃的。"耿玉芳催促道。

"不必看不必看,非咸即淡,一如往常。"

"那是说谁呢?我姑娘可不像你,牛犊子撵家雀——心灵身子笨!"

这时,兰欣欣闻声从厨房走出来,有点自鸣得意地招呼道:"爸、妈,开饭,开饭,主食两样,小菜四碟,新学乍做,敬请品尝。"

"怎么做那么多菜,早晨简单点就可以了。"耿玉芳边说边进餐厅。

"妈,这可是我照书本新学的,酸辣黄瓜开胃,炝藕丝清火,香椿炒鸡蛋提神,西芹腰果滋补。这莲子米粥营养丰富,请多多享用。"

兰秋田坐稳后首先把四样小菜尝一遍,故意褒奖道:"嗯,不错、不错,色香味俱全,比往天的好吃多啦!"

经他这么一挑逗,耿玉芳立即佯装气恼地回应:"欣欣,听清没有?从今往后,就有劳你天天这么孝敬父母吧!谢谢啦!"

"我的好妈妈,您可别难为我!我今天是照葫芦画瓢,硬凑出这几样,明天就不知该做啥呢。要是天天这老四样,用不了几天就得被您撤职查办,赶出厨房。"

"哼,孩子他爸,听清楚没有?您要是吃不够,就天天满足供应。"

"无所谓呀,跟着头羊吃草,跟着头狼吃肉,你吃啥我就吃啥呗!"

"美的你吧!"耿玉芳不屑地瞪一眼,说完又得意地笑起来。

用过早餐,收拾利落,兰欣欣上楼取来从网上下载的资料,小心地递给兰秋田:"爸,这是从网上查到的有关世界小姐大赛的资料,您和妈妈抽空好好看看,今年12月中旬,将在海南三亚市举办第X届总决赛,到时候我可能要参加。"

"啊?什么?什么?你要去参加选美?你有什么资格参加?那可是全球最有名的顶级赛事,要经过各个国家各大洲层层筛选的,你不是在做梦吧?"见多识广,平时特别关注国内外新闻的兰秋田惊愕地盯住女儿,怀疑她脑子是不是出了毛病。

耿玉芳在旁也担惊受怕地追问:"欣欣,你咋突然想掺和这种事?是谁给你出的馊主意?什么选美选秀的,那都不是正经人想干的事儿,咱可离远点。再说,你现在已经大二了,学习那么紧,哪有闲工夫去凑这份热闹!"

"爸、妈,你们都别忙着反对,先看看这些东西,再上网查一查,事情并不像你们想的那样。我在昨天的首都大学生艺术节获得第一名之后,著名的北京金辉文化传播公司总经理金曼丽女士,认定我有这方面的天分、条件和机会,愿意倾全力利用业余时间对我进行突击培训,所有的费用由公司承担。金总早年毕业于戏剧学院,曾是世界小姐大赛亚洲区的冠军。她立志要把更多的中华美女推向世界,期望我能夺得今年的中国区和总决赛两项冠军,以实现她毕生的夙愿。"

"什么把中华美女推向世界,整不好就是推向深渊!你就看着那些当初风光一时的国内外著名美女吧,有几个能洁身自好,善始善终的?你趁早断了这念想,好好读书,免得上当受骗。"兰秋田态度坚决地反对。

"爸,您这么说就太偏颇了吧!当今的教育提倡个性发展,广泛交流,这世界级的选美大赛,绝不只是简单的时装走秀,还包括民族传统服饰展示、现场智力问答、个人才艺表演等多项内容,除了先天条件之外,还必须有较高的综合素质。不然,是很难层层过关,闯入总决赛的,那可比考状元、考博士难多啦!现在,我遇到了名师,遇到了机会,为何不能奋力一搏呢?成功更好,不成功也罢,都可以从中学到宝贵的知识和经验,给未来的人生之路奠定一块基石。对了,金老师还特意嘱咐我转告,说等到我真的夺得了总决赛的桂冠,全中国和全世界的人们,都会衷心感谢你们养育了我这天仙般的宝贝女儿。"

"欣欣,你可要知道,诱惑多陷阱,时尚似昙花呀!你这样贸然行事,执意而为,是要付出很大代价的。"

"爸,追求是人生前进的动力,成功必然要付出一定的牺牲。您和妈妈必须给我这个机会,不管成功还是失败,我都无悔无怨。"

"欣欣,你这是说的什么话?吓不吓人?咱可把话说到家,你要非去试试不可,谁也绑不了拉不住,可有两条规矩必须遵守。第一条,必须按时完成学业。第二条,必须在结婚前保护好女儿身。秋田,你说我这两条要求过不过分?"

"不过分,理应如此!我还建议要写下书面保证。"

"欣欣,听到没有?你要真有决心,现在就写。"耿玉芳继续同女儿叫板。

"写就写呗!"兰欣欣见父母松了口,顾不上多想,便随手从茶几下层取出便笺和圆珠笔写保证书。写完后,还故意满身轻松地念道:"保证书,女儿兰欣欣郑重承诺,在参加世界小姐总决赛培训期间和以后的时日里,保证做到按时完成学业，并在结婚前保护好女儿身，请父母监督。"

兰欣欣念完后，想把保证书递给父亲，兰秋田没去接，挥手指向耿玉芳："给你妈保存，她不是咱们家的纪检书记嘛！"

"妈，用不用去公证处公证？"兰欣欣在母亲接过之后，笑问。

星期一下午四点，兰欣欣上完钢琴课走到校园门口，看到金曼丽总经理和助理郭雯雯正站在车旁等自己，赶忙快步迎过去，这是她们约好的时间和地点。在此之前，兰欣欣已将同父母如何谈判，并写下保证书的事情，用手机玩笑般地告诉了金曼丽。

互致问候后，金曼丽将女助理介绍过兰欣欣："欣欣，这位是咱们公司的资深模特和我的得力助手郭雯雯，今后你们要常打交道的。"

"您好，郭助理，我叫兰欣欣，请多关照！"兰欣欣热情地同她握手。

"你好，欣欣小妹，不必客气，你以后就叫我雯姐吧，这样显得近便。"郭雯雯落落大方地回应，一看就是位在职场上游刃有余之辈。

兰欣欣从对方职业性的微笑中，隐约感到有点冷漠和莫测。

"上车，边走边聊！"金曼丽拉开车门。

"金总，我来吧！"郭雯雯上前请求。

"不用，我来开。"金曼丽回头笑望着兰欣欣："欣欣第一次到公司，理应重视嘛！"

等到都坐稳后，金曼丽发动起车，拐个弯驶出校门。兰欣欣听着她的话语，看到她熟练的驾驶技术，心生感动和敬佩。

紧张的突击训练几乎到了难以忍受的程度，远远超出了兰欣欣的想象。劈腿、展腰、拉押、蹦跳、仰俯起坐、俯卧撑、走台，痛楚难忍，遍体湿透。好在有金曼丽的现场指导和鼓励，有两位模特的陪练，更有郭雯雯的悉心照料，再加上心性刚硬，兰欣欣便咬牙坚持下来。这其中，最难受的还是穿高跟鞋走台，刚开始简直是战战兢兢，寸步难行，一抬脚就要摔倒，只两天工夫,就磨破了脚面。金曼丽亲自给她消毒,敷药。

"欣欣,再痛也得坚持穿,这样才能练好关节、筋腱、肌肉、神经,以适应舞台表演。你除了在校上课和睡觉之外,其他时间都要鞋不离脚。这关要是过不好,会直接影响舞台效果。"

兰欣欣默不作声地点头,眼中闪出泪花。

到了星期天的上午,正进行形体训练时,金曼丽请来一位男性造型师,这位中年造型师看完训练后,仔细给兰欣欣测量了"三围"和身高,赞叹道:"简直是魔鬼身材,天生丽质,无可挑剔!金总,您果真得到件大宝贝!"说完,他转向兰欣欣:"姑娘,你是三生有幸,既拜上了名师,又遇到机会,相信你一定会取得最后的成功!"

"谢谢您的鼓励!"汗津津的兰欣欣羞涩地道谢。

"王老师,我这颗明珠的最后打磨加工就全托付给你啦!希望能将我们东方美女的神韵尽情展现出来。"

"尽力而为,责无旁贷,我先设计设计,这对我也是一次难得的机遇呀!"造型师满口答应下来。

"欣欣,你们接着练,我去送王老师。"金曼丽说。

"王老师再见!"兰欣欣握手同造型师告别。

在送客人下楼时,造型师再次发出感叹:"金姐,您这位高徒先天条件实属罕见,后天素质出类拔萃,大有希望一鸣惊人。"

"希望是挺大,只不过还略显青涩,缺少点成熟美女的魅力。"

"此话怎讲?你莫不是自谦吧?"

"你没见她刚才羞窘的表情?肯定是还没有男朋友,所以胸乳有点略显平滑,必须要补救一下。"

"有什么高招儿?"

"当然有,只是秘不外传。"

"得,您那套真功夫早有耳闻,只是别操之过急!"造型师亦心照

— 88 —

不宣。

"快走吧,轮不到您操心!熟客不留,留了麻烦!"

"您等着吧,麻烦在后边呢!"造型师一语双关,挥手而去。

当天的训练结束后,金曼丽让郭雯雯和陪练的模特先行离开,只留下兰欣欣说话。

"欣欣,跟我说实话,有没有男朋友?"

兰欣欣一愣,语塞地说:"老师,这——"

"你别多心,我只是随便问问,关心关心。"

兰欣欣沉吟片刻,认真回答:"老师,我大学毕业前不想处男朋友。"

"为什么呀,你这样漂亮,又多才多艺,那些男生不发疯地追求才怪呢!"

"老师,真的,我妈说了,在校的男生都靠不住,凡是拼命追你的,不是浮浪子弟,就是歪瓜裂枣。所以,谁的情书我都不看,谁送的礼物全都不收。"

"因此才得个'冰冻美人'和'冷血公主'的绰号。"

"哎哟,老师,您连这些都知道?"兰欣欣大惊失色。

金曼丽不无得意地表白:"我既然收下你这学生,就要全面了解你的情况,关心你的成长,要不怎么叫老师呢?欣欣,说句不客气的话,你受父母的影响太深!都啥年代了,还固守着老一套的观念,逼女儿写下那样的保证书!任何事物,包括人和动物在内,都有个自我成长的成熟期,正如每年春天,春草都要发芽,鲜花自会盛开。你没听人说吗?现在是小学生写情书,中学生谈恋爱,大学生忙同居的年代。年轻人交朋友,谈恋爱是天经地义的事儿。前几年,俄罗斯的科学家做过一个有趣的实验,他们用仪器测出,当年轻的男女两情相悦时,双方身上发出的生物电波就会交融重组,体内分泌系统出现神秘的变化,从而产生所谓柔情蜜意,令男性英姿勃发,让女性楚楚动人,反之则互相排斥,挥手告别。刚才,造型师临走时说,你虽然总体条件不错,但由于身材较高,胸乳显得有些平滑,会影响到女性特有的娇媚,建议进行人工按摩或是药物刺激。我想好几天,怕药物对身体有伤害,还是觉得给你介绍个男朋友比较妥当。你要知道,越是美女,越需要爱情的滋润,越需要男人的呵护,这样才能永葆青春。"

"老师,那可不行!绝对不行!我妈要是知道了,非骂死我不可。再说,我现在白天上课,晚上训练,既没时间,也没心情。"兰欣欣不管不顾地断然拒绝。

"欣欣,你别急着拒绝,我只是关心你的身心成长和健康,期待你在事业上会有最完美的发展。再说我要给你介绍的这个人,可是相当优秀的青年才俊,名叫石常理,32岁,经济管理学博士,北京天力建筑开发集团总经理,因倾心事业,一直未婚,是许多姑娘追求的钻石王老五。你不妨认识认识,有没有触电的感觉,那就看你们的造化啦!"

兰欣欣见金曼丽说得如此真情实意,觉得不好再直接回绝,灵机一动,突然提起另一件事:"老师,我有个疑问想请教您,可以吗?"

"当然可以,师者,传道、授业、解惑也!"

"我爸常说,一个成功的男人有四个标志,一是事业有成,二是婚姻美满,三是子女成材,四是身心健康。男人如此,女人不也一样吗?可您和雯雯姐姐都老大不小了,为啥还不结婚成家呢?"

金曼丽一怔,没想到兰欣欣会提及此事,心中虽然不快,脸上却仍带笑容:"欣欣,谢谢你对老师的关心。可是,作为女人,特别是作为我们演艺界的女人来说,这是很难办到的。你没发现吗?国内外许多著名的影星、歌星、名模,无论男的女的,一直和自己的异性恋人同居,却不敢迈入婚姻的殿堂。有的即使结婚生子多年,也要千方百计地进行掩盖隐瞒,闹出不少笑话。对于女艺人来说,结婚常常意味着艺术生命的终结,因为一旦有家室所累,有法律羁绊,就等于失去一半的人身自由。话再说回来,我想让你处个男朋友,这和同居或是结婚是两码事,你好好体会体会我的良苦用心吧!"

"好,老师,那我就再想想,不着急。"兰欣欣心绪虽烦乱,可内心深处,却好像受到了很大触动。

又过几天,经金曼丽的再次劝导,兰欣欣终于同意和石常理见面,地点在金辉公司附近的一处高档酒吧。石常理特意选了两束红玫瑰,一束送给兰欣欣,一束送给金曼丽。金曼丽在给他们互相介绍认识后,便借故驾车离去,并把那束盛开的红玫瑰随手丢在副驾的座位上。

经过一番彬彬有礼、略显拘谨的交谈,两个年轻人很快互生好感。石常理从内心深处被兰欣欣天然去雕饰的美貌清纯所吸引,大有相见恨晚之意。兰欣欣则对他的相貌堂堂,谈吐不凡,温文尔雅的气质留下深刻印象。

等到几天后下一次见面时,石常理的彬彬有礼和温文尔雅,已被热情殷勤的举动所取代,再次为兰欣欣献上一束红玫瑰,说了许多令人脸红心跳的甜言蜜语。兰欣欣也没有初次会面的怯场,谈吐变得自然开朗起来,但却在临别时不顾社交礼仪,出人意料地提出约法三章:"石大哥,我们虽然可以继续交往,但鉴于目前的处境,我的学习和培训都十分紧张,时间有限,压力也大,我想提个要求,可以吗?"

"当然可以!对小妹妹的要求,当哥哥的理当有求必应。"

"那我就有话直说了。"兰欣欣收起笑容,认真说道:"第一,咱俩今后只能每星期天晚上见一次面。第二,不要互送礼物,包括鲜花在内。第三,在世界小姐总决赛前,对我们相处的事情保密。"

"这、这——欣欣,这是不是太过分了!别的还好说,可我只想天天见到你!"

"石大哥,这实在是没办法的事儿,我们都要以事业为重嘛。"

"那好吧,我试试能不能做到。"石常理满脸的无奈。

"不是试一试,而是必须说到做到,不然,就只好挥手告别了。"兰欣欣斩钉截铁,没留丝毫余地。

"哎,我的傻妹妹,你这简直是折磨我呀!不过,男子汉一言九鼎,驷马难追!谁让我是大哥哥,又事先答应了呢!"

自从有了这"约法三章",石常理还真就挺守约,只在每个星期天的晚上,把兰欣欣接到既僻静又优雅的去处,把积存多日的温情话语一吐为快,使兰欣欣在羞怯难掩中,体尝到了初恋的甜蜜。

一晃两个月过去,在一个星期天下午训练结束时,兰欣欣整理好行装欲走,郭雯雯忽然拉住她,神秘地问:"欣欣,你最近进步挺快,变化也挺大,满脸的粉面桃花,遇到喜事了吧?"

"啊?喜事儿?什么喜事儿呀,我咋不知道?"兰欣欣一惊,立刻猜到郭雯雯肯定知道了自己的秘密。

"小老妹,还想蒙我?"郭雯雯戏谑道:"看看您这妙处,最少比刚入行时高半寸还多!"

"去你的,您这当大姐的,净想拿人家寻开心!"兰欣欣红着脸掩饰,"人家这几天正来麻烦事呢?"

"就是,没有麻烦,哪会有这么大的变化!"郭雯雯不依不饶地继续追问:"坦白交代,处多长时间了?"

"我跟谁去处哇,一天天让你看得死死的,想偷会儿懒都不行!"兰欣欣装出委屈的样子。

"算了,算了,个人隐私,不得侵犯。"说到此处,郭雯雯忽然表情严肃起来,用颇为知心的口气告诫说:"欣欣,我可提醒你,这谈恋爱,处朋友,可是件容易使人迷恋,又最劳心伤神的事情,谁都得过这一关。只不过,处在你目前的境地,最好先缓一缓,冷一冷,全身心地向理想的高峰冲刺,千万不能因儿女情长而误事。我这话已憋了多少天,觉得还是要及时说给你。凭你的过人聪明，相信既能理解我的心，也能把握好自己。现在，这么多人在为你服务，这么好的机会等着你去创造奇迹，你一定不会辜负大家的期望。"

郭雯雯的软硬兼施和真情忠告，使兰欣欣一时无语相对，先是惊出一身冷汗，很快又浑身燥热难忍。两个多月来的亲密接触，天天相伴，耳闻目睹，早已令兰欣欣对她越来越亲近，越来越敬佩。兰欣欣发现，公司里的许多事情，金曼丽一般都要同郭雯雯商量后才做决定，具体操作起来，更离不开她的身体力行。兰欣欣同时还看到，郭雯雯除了做事认真之外，还为人真诚，善解人意，是位不可多得的知心朋友，所以也才会有这番令人振聋发聩的劝诫，让人惊醒和感动。她眨动着湿润的眼睛，抱住郭雯雯的肩头，十分知己地应允："好姐姐，谢谢您对小妹的体贴照顾。你放心，欣欣知道自己身上的责任有多重，决不会让大家失望的。"

"就是，欣欣就是与众不同，一定会取得最后的成功！"郭雯雯高兴拍着兰欣欣的肩头，等她松开手臂后问："欣欣，你去哪儿？我用车送你。"

"不用，不用，我还要去学校取作业，您先去，姐夫正在外面等着呢！"

"星期一见！"

"再见！"兰欣欣等郭雯雯走后，慢慢步出练功房，发现办公室的灯都已关闭，便锁好大门，坐电梯下楼，打开手机同石常理通话："常理，我今晚有点急事，去不了啦！"

"什么急事？用不用我帮忙？用车吗？我给你当保镖和司机。"

"不必，不必，家里来了客人，妈妈让我务必帮厨，再见。"兰欣欣不善说谎，怕言多语失，赶快关了手机。

一个多月后，在中国赛区的选拔赛中，金曼丽亮出了秘密武器——不见经传的兰欣欣，果真收到了横空出世，一鸣惊人的奇效。那超凡脱俗的美貌，那不同寻常的神韵，那话语机智的灵秀，那着意彰显的风情，震动和征服了所有人,以总分第一的成绩,顺利获得参加世界小姐总决赛的资格,一时间好评如潮。有业内权威人士评论说,兰欣欣的脱颖而出,已不仅仅是张梓琳的再现,而是一颗更加光彩夺目的新星。

在公司举行的庆功晚宴上,有多家商界和演艺界的老总们,纷纷表示要与兰欣欣签约或赞助她参加总决赛,都被金曼丽婉言谢绝,唯有天力建设开发集团得到了独家赞助的殊荣。春风得意的石常理当众宣布,赞助一百万元人民币,支持兰欣欣参加世界小组总决赛。在热烈的掌声之后,有人开始交头接耳,不满地进行种种猜测和非议。

在送兰欣欣回家的路上,兰欣欣心情复杂地提起这件事:"常理,你有必要非要独家赞助吗?"

"那当然啦!必须这么做不可!"

"为什么呢?"

"为什么?这你还不明白?为了你,也为了我,为了我们甜蜜的爱情!爱情是自私的,不能与他人分享。"石常理说着,冷丁扭头回吻一下毫无防备的兰欣欣。

"别胡来,快开车!"兰欣欣像是挺不愿意地申斥。

"欣欣,你不知道我现在是多高兴,多激动,因为我心中的金凤凰即将展翅高飞,直冲云天,为世界带来荣光,让中国感到骄傲!"

"行了,行了,那还只是奋斗目标,是幻想,你的赞美词说得太早了点!"

"早什么早?衷心祝愿,才会美梦成真。欣欣,等你戴上总决赛桂冠的时候,即使全中国的人都为你祝福和欢呼,那还有用吗?"

兰欣欣不无感动的回报一个动情的笑脸,因为她确实没想得那么深,那么远,也没想到石常理会如此深情。

第二天一早,北京的多家报纸刊出了兰欣欣即将参加世界小姐总决赛,天力建筑开发集团独家赞助的消息和石常理与兰欣欣共进晚餐,同车离场的照片,产生了很大的轰动效应。一夜之间,兰欣欣就成了万人瞩目的公众人物……

是精心诱惑,还是自觉自愿?是率性而为,还是命运使然?我好像正在走上一条不归路——上有天网笼罩,下有迷魂阵陷身!我还退得出来?还能逃脱吗?回想起那一幕幕、一段段悲喜交加的经历,兰欣欣讷讷自语,无法回答,由不寒而栗所引发的心灵颤抖,使她泪流满面,痛不欲生。

第十二章

今天又要去外地演出了,兰欣欣无精打采地起床、梳妆、吃饭,然后在妈妈忧虑的目光下走出家门。她来到离家门口不到一百米远的拐弯处站下来,这是和郭雯雯商定的乘车地点,每天七点三十分在此准时相会。可今天怎么啦?都已经快八点啦!兰欣欣正在思索时,手机响了,是郭雯雯打来的。

"喂,雯姐,我是欣欣,到哪儿啦?"

"欣欣,实在对不起,我今天早晨有点特殊事儿,不能去接你了,打的吧,等到单位再同你细说。"

"好的。"兰欣欣刚答应完,一辆出租车就主动停在身旁。兰欣欣对经验丰富的中年司机投去感谢的一笑,坐入后厢,半小时后顺利到达公司。

一进办公室的走廊,兰欣欣就发现气氛有点异常,往日里聚到一起的姑娘们,总是叽叽喳喳说个没完,可今天却都躲在屋子里不吱声了。金曼丽每天这时候,都是开着门安排工作,今天却屋门紧闭,听不到动静。兰欣欣小心地敲敲门,等里面传来"请进"的声音时,才慢慢推门进屋,发现金曼丽正和郭雯雯面对面交谈。等到兰欣欣随手关上门后,金曼丽从桌子上拿起一份辞职书,递着她看,不阴不阳地说道:"欣欣,看来今后你要耍一阵子单帮啦!"

兰欣欣接过辞职书,没等细看,就惊愕地问:"雯姐,你真的必须走吗?你走了,我可怎么办?"

"我怀孕了,打算近日结婚,实在是没办法的事。"郭雯雯说得平静又坚决。

兰欣欣把辞职书还给金曼丽,想知道她是什么态度。

"雯雯,既然你去意已决,我想留也留不住了。"金曼丽用惋惜的口气说:"这样吧,咱都按规矩办事,你再坚持上十天班,我好另选人顶上。不然,欣欣可就累完啦!工资待遇上的事你别考虑,我从来不亏欠谁的。一会儿就让会计算一算,在你该领的数额之外,我再多送你五万。你跟着我打拼这么多年,功劳苦劳都挺大,这份姐妹情谊,我永远不会忘。你啥时候想回来,我都真心欢迎。"

"谢谢总经理的知遇之恩,那我这就先安排去重庆演出的事情了。"

"好吧!"等到郭雯雯走出后,金曼丽从办公桌后面走过来,拉着兰欣欣的手坐到沙发上,耳语般地小声问:"欣欣,你看她像是怀孕的样儿吗?"

"哎呀,我一个姑娘家,哪儿知道这种事啊!"兰欣欣羞涩地说。

"哼,想遮住我的眼睛,可没那么容易!你就等着瞧吧,她要是不怀孕个两年三年的才怪呢!"

看着金曼丽冷漠而又自负的表情,兰欣欣噤若寒蝉,站起来想退出去。

"欣欣,你先别走。"金曼丽拉住兰欣欣,表情严肃地宣布:"从今天起,我正式任命你为副总经理,提职加薪。等郭雯雯走后,再给你配个助理。"

"金总,这恐怕不行。我能力有限,当下这演出的任务又重,这副总的差事我可干不了,您还是另请高明吧!"

"傻丫头,依你现在的身份和能力,当我这个角儿都富富有余。我这位子,早晚得由你来接!别说了,快去准备出发吧!"

列车从北京站缓缓出发,兰欣欣和郭雯雯对坐在临窗的位置上,默然无语。当列车加速时,兰欣欣终于忍不住,抓住郭雯雯的手问:"雯姐,你真的想退出?真的怀孕啦?真的要结婚?"

"对呀。"郭雯雯笑望着兰欣欣,好像在调侃一个不懂事的小姑娘。

"金曼丽会相信你说的理由吗?"

"自己的命运自己做主,说不说由我,信不信由她。"

兰欣欣虽然心里赞同郭雯雯的说法,可口中却发生凄凉的叹息:"雯姐,你这一走,我可怎么办?连个说心里话的人都没有啦!"

"人各有命,富贵在天。欣欣,你是个年轻、美丽、善良而又单纯的好姑娘,许多事情还未曾经历过。姐姐是真心喜欢你,爱你,因此,有些话要对你说明白。"郭雯雯沉默片刻,然后抬头看着兰欣欣渴望的眼神,从思绪中寻找最恰当的词句,语重心长地留下临别赠言:"欣欣,真、善、美是人性中最优秀的品质,为善而为,则光芒四射,可与日月同辉。为恶所服,则往往以悲剧告终。恕我直言,你面临的选择不外乎两种,一是自立门户,独闯天下,二是急流勇退,另择他路,再不可久留这是非临渊之地,我把话说清了吗?"

"说清了,我也听明白了。姐姐,你的肺腑之言,欣欣终生难忘!"在振聋发聩之余,兰欣欣激动得热泪盈眶,紧接着提出个难以回答的问题:"姐姐,我心中一直有个疙瘩解不开,请务必直言。"

"说吧,我即将是自由之身,再没啥可顾及的。"

兰欣欣脸色羞红起来,神情有些惶乱地躲闪着郭雯雯的注视,欲说还休。

"快说呀,话到嘴边还想收回去?"

"说就说!"兰欣欣鼓起勇气,一吐为快地探问,"姐,你告诉我,那报上登的金曼丽为女模特牵线,石常理以百万重金相赠的事情到底是真是假?"

郭雯雯如期所料地打量着兰欣欣,掂量着该如何作答,左思右想,觉得还是回避为好:"欣欣,这种男女之间隐秘的事情,谁能说得清楚呢?你大可不必为此伤神分心,还是多想想今后的事情。"

"不,不,姐姐,我实在放心不下,因为这是我的初恋,已经被它折磨得寝食难安。我也问过石常理,他不但坚决否认,还说要到法院去起诉那家报纸。"

"哎呀,我的小老妹,你又做了件傻事!"郭雯雯顿一顿,继续规劝,"在有些人眼里,金钱可让鬼推磨,乾坤颠倒谁人知,你若非要见到自己盼望的结果,往往是沮丧加上绝望。可别再折磨自己啦!眼不见,心不烦,耳不闻,神不乱啊!"

"照这么说,我只有同他们全都一刀两断啦!"兰欣欣异常悲愤地叹息,沉思片刻,又说:"雯姐,有朝一日,我可能要远走他乡,彻底避开这伤心之地。"

"当断则断,不断则乱。不过,远走他乡则大可不必。志存高远,天地自宽。咱这北京城历来是藏龙卧虎,英雄辈出的宝地。你真要想搞艺术,创基业,非它莫属。再说,姐姐一旦想你了,也好找啊!"

"看看吧!"兰欣欣一时还无法完全消化吸收郭雯雯的劝告,不过却对她产生深深的敬意与感激。

在成都之行后,郭雯雯真的离开了金辉文化传播公司。金曼丽也没负前言,把该说的话,该办的事都表演得漂漂亮亮,既是给众人看,更是为堵郭雯雯的嘴。因为她对自己了解太深,知道的事情也太多太多。

欢送郭雯雯的午宴结束后,兰欣欣将郭雯雯送回酒店的房间。关紧门后,从兜中掏出一张牡丹卡郑重地递给郭雯雯,说:"姐姐,咱这一别,不知何日再相见。人生得一知己足矣!你我相识以来,你为我付出了许多心血,小妹不知该如何感激。这十万元就作你们结婚时的贺礼吧!你千万不能拒绝。"

"欣欣,你这是干啥,快收回去!"郭雯雯后退着摆手回绝:"古人云,君子之交淡如水,礼越重,情越轻。再说,我们什么时候结婚还没定呢。"

"你不是说已经怀孕了,要急着结婚吗?"

"我要不那么说,她会痛痛快快放我走吗?我这么做,也是为免去里外有人猜疑,无事生非。"

"姐呀,你真是大智若愚,大巧若拙,深谋远虑,我啥时候才能学成你这一套真功夫!"

"我不是对你说过嘛,大道天成,大美自然。你冰清玉洁,祸乱难生,只要长存善念,必会功德圆满。"

"姐姐,我悟性太差,对你说的一些话还似懂非懂,只好等过后慢慢理解,咱还是先说正事。"兰欣欣趁对方不注意,伸手取过郭雯雯的手包,飞快地将牡丹卡放入包中,然后拉紧拉链,抱在自己怀中,难舍难离地接着说:"雯姐,你还是快点结婚,快点生个宝宝,这点钱,就算将来给宝宝的见面礼,总可以吧?"

郭雯雯见扭不过兰欣欣,只好暂且不去撕扯。这时,她忽然想起刚才兰欣欣说要远走高飞,不知何日再相见的话,心头顿时涌出一片不祥的乌云:"欣欣,你往下会有什么打算?真要远走高飞,去国外发展?"

"那倒不是,只怕今后人海茫茫,咫尺天涯,难得一会呀!"兰欣欣应付着。

"那绝不可能！你不想我,我还想你呢！我一天一个电话,跟踪追击,看你往哪儿躲！"

"我不会换手机呀?"

"跑了和尚跑不了寺,你的身份证号码总改不了吧！现在办啥事都要用它,连买个车票都要实名制呢！"

"可也是,这人肉搜索太厉害,无处躲无处藏的,简直已经没有个人隐私可言。"说到此处,兰欣欣又忽然生出个疑问:"雯姐,你说金曼丽都四十多了,为啥还独守空房不结婚？依她的条件,什么样的王老五、王老六找不到！"

"你咋知道她独守空房？她阅人无数,男友多多,在那隐秘的住处,恐怕天天都有人陪伴,还用结婚吗？其实,人家早把退路安排好了,父母已迁居香港多年,据说在那里还有个混血的小女儿,已经七岁多。可她对外却一直宣称自己未婚待嫁,准确说是待价而沽。"郭雯雯鄙夷地揭出老底。

"噢,原来真是这样！我一直不敢相信。这样说来,石常理也是难逃魔掌,身在其中啦！雯姐,你说是不？"

"是与不是,要有事实根据。可悲的是,这样的根据你到哪儿去找？不过,欣欣,你要记住,美女全是妖怪,靓男多是野兽。此话有相当的道理。要不,历史上的哲人们怎么会总结出'红颜祸水'、'红颜薄命'呢？现代的贪官不多数都养有情妇吗？"

"按你这么说,我也是个小妖怪啦！"

"欣欣,你还有幸没'升华'到那个程度,但愿你永远也不会变成妖怪！"郭雯雯乐呵呵说:"你要知道,所有的妖怪全是人变的,需要多年的修炼才能成功。你恐怕没有这方面的天分,这也是你难得的福分。"

"雯姐,你为人善良,爱恨分明,人情练达。可又高深莫测,洞若观火,进退自如,令人敬而生畏,望尘莫及！"

"那只是因为你太年轻的缘故,等你到了我这个年龄,经历过那么多事情,自然就什么都懂啦!"

"姐,我就是打心眼里佩服你!什么巨星、名模、超女、达人,跟你一比,全都不值一提。至于我自己,那更是不足挂齿,此生难追呀!"

两个人推心置腹地一直说到太阳偏西,才依依难舍地分手。

送走郭雯雯,兰欣欣打车回到公司。她在同郭雯雯一番深谈之后,便痛下决心,以求全身而退。

兰欣欣的突然出现,令金曼丽颇为诧异:"欣欣,你没回家休息,有事吧?"

"有,而且还是件挺难办的麻烦事。"兰欣欣做出很无奈的样子,用恳求的语气说:"老师,我在西山订一套房子,总价四百八十万,已交二十万的订金,说好月内交房。可我一时没筹够全款,再有几天就到最后期限了,这可咋办? 能不能从公司先借点?"

"还差多少?"

"还差三百万。我爸妈原打算把上海的老房子卖了,说好的五百万元。可对方突然出了车祸住院,暂时办不了啦! 我本不想给您添麻烦,可又实在没别的办法,我妈为这事都急病啦!"

"你没同常理说说吗? 这点钱对他来说小菜一碟。"

"金总,我早就对他说明,在没有结婚之前,不会花他一分钱。他是想为我买车买房,都被我拒绝了。您说,我这么做对不对?"

"有志气,有志气!"金曼丽不冷不热地夸奖。她虽然相信兰欣欣的话,却又舍不得打开自己的钱箱。可要是不答应吧,又觉得不妥。不但情面上过不去,还可能伤了兰欣欣,影响到下面的合作。她把手中的圆球笔摆动几个来回,认识到不能因小失大,便用商量的口气说道:"欣欣,你看这样好不好? 这段时间,公司的开销大,又刚刚发过工资和奖金,我给你出二百万,再以我的名义向石常理借一百万,先帮你解决眼前的困难,等到年终结算时,咱再一起清账,行不行?"

"那可太感谢您了。不过,您可千万别向石常理为我借钱。不然,我认可不买,扔了那二十万!"

"放心吧,老师这点事儿还不会办?只要是你需要的,我啥都答应。我一会儿就通知会计和出纳,你明天一早来取现金支票。快回家去报个信儿,别让爸爸妈妈再上火。"

"谢谢老师,那我就先走了。"

"走吧,走吧。"

第二天上午十点,兰欣欣取走了现金支票,随即到工商行转入自己新设定的银行卡上,并取出20万现金。然后便躲进自己的卧室,开始分别给父母、金曼丽和石常理各写一封信。在给父母的信中,她细说了近一年来的大波大折与喜怒哀乐,说自己很后悔当初没听父母的劝阻,仅凭一时的兴趣闯入了模特界,侥幸成名后很快变成各方争名逐利的工具,结果变得身不由己,身心疲惫,精神忧郁,难以再支撑下去,否则就可能命丧T形台。她说已退出金辉公司,彻底告别模特界,并得到了自己应得的三百万元的酬劳。说她已同石常理断绝一切关系,并退回了那张一百万元的牡丹卡。说为了不给父母添麻烦,决定到一个遥远的地方去隐居,这期间将不同任何人联系,包括父母在内,请他们千万不要惊慌失措地寻找自己。她还嘱咐父母,不要将信给其他人看,只说女儿是突然出走,不知去向。更不要同任何人纠缠,不要接触记者,实在不方便,就回上海老家住些日子。

兰欣欣写给金曼丽的信也比较长,除了细说因身体原因不得不从此告别T台,另谋生路之外,还对媒体的纠缠深恶痛绝,对名利的诱惑不屑一顾,对老师的悉心栽培深表感谢,为此,特将世界小姐总冠军的金冠和证书一并留下。对于暂借的三百万元的事情,兰欣欣说她是按业内最低标准取得自己应得的那一份额。当初之所以没当面明说,是怕老师伤心,自己也伤心,实属无奈之举,敬请谅解。最后,兰欣欣特意强调,自己的举动与父母及其他人均没一点关系,希望不要打搅他们的生活,让受伤的心灵再雪上加霜。说有啥过不去的事情,等她康复后回家再说。

写给石常理的信极为简单"备选男友,今生拜拜;江湖险恶,好自为之;金卡送还,尽情享用。"

下午四点多钟,兰欣欣收拾好旅行包,对父母说要去新疆乌鲁木齐演出,可能时间要长一点,不必惦记,嘱咐他们要保养好身体。

兰欣欣含泪走出家门,坐进出租车后险些失声痛哭。司机见状,十分体谅地说:"年轻人初次离家,都这样!"

兰欣欣擦去眼泪,感激地一笑,让司机先送她到附近的邮电支局。在营业大厅,她办了三份保价专递,分别发给父母、金曼丽和石常理,然后又乘另一辆出租车离开。

兰欣欣的神秘失踪,立即惊动了各方,金曼丽首先到公安机关报了案。公安机关紧急介入,分别到兰秋田家和石常理的公司进行调查。得到消息的新闻记者有意推波助澜,很快编排出诸如叛国出逃、忧郁自杀、绑架被害、遁入佛门等等故事。消息传到国外,那番热闹劲儿可想而知。

有关部门为了查清事实,平息风波,不得不强力干预,协助公安机关取到了兰欣欣写给父母、金曼丽和石常理的信件,并到银行、车站、机场、电信、邮政等部门调查,最后还是无法确定兰欣欣的具体去向。唯一的收获是,确认兰欣欣没有出走国外,因为她申请的出国护照还没办下来。

第十三章

在一个阳光灿烂,海风习习的下午,一辆豪华型旅游客车驶进三亚市长途客运站。车门打开,旅客们鱼贯而出,取出行李后便各奔东西。这时,一位身着浅淡的花色连衣裙,身材高挑,秀发披肩,戴着茶色墨镜的美女最后走下车门。她刚从行李箱中取出拉杆箱,有位眼尖的出租车司机便将车停到跟前,客气地问:"您去哪里?请上车。"

"大东海,埃德蒙顿酒店。"

司机开门下车,将客人的行李放入后备厢,然后轻车熟路地驶向目的地。

车到酒店门口,女客付完车费,取下行李,直奔接待大厅。

接待处暂无别的旅客,她走上前去,对起身相迎的女接待员歉意地说:"小妹妹,实在对不起,我刚下车就被小偷掏了钱包。钱倒不多,可身份证在里面,你看这可怎么办?"

"我们这里规定,没有身份证登记,不能入住的。"普通话说得挺流利的接待员解释道。

"我每次来三亚都住你们这里,老熟人了,照顾照顾吧!"

年轻的女接待审视地打量着客人,问:"您还有别的证件没有?例如工作证、驾照、护照什么的?"

"噢,你这一提我想起来了,我箱里可能有个学生证。"她弯腰打开拉杆箱,很快找出学生证递过去。

"兰欣欣,22岁,北京音乐学院声乐系学生……"接待员没等读完全部内容,便突然恍然大悟地惊叫起来:"啊?您就是那位世界小姐总决赛的冠军兰欣欣吧？"

"不是，可能重名。"兰欣欣赶忙否认。

"不对，不对，就是您，没错，我一直留着报纸上的照片，可别蒙我啦！"接待员兴奋地看着兰欣欣，以为她是担心不安全、受干扰才想隐姓埋名的，便解释说："您不必担心安全问题，我们这里的安保措施十分到位。一会儿我就向总经理汇报，对于您这样的名人明星，我们还有特殊的安排。"

接待员越热情，兰欣欣就越不安，自从辗转离开北京，她最费心思的事情就是如何隐姓埋名，不露马脚，不留痕迹。现在该怎么办？

"好吧，小妹，那我就住下来。不过，有件事儿请你帮帮忙。"

"您说，您说。"

"我住下来后，请你务必为我保密，不要向领导汇报，只当咱姐俩互不认识。我这次来三亚，是有特殊任务，不想打搅各方，更不想添麻烦，可以吗？你要不答应，我可就去别处住了。"

"这、这，我是可以答应您。但这电脑上的资料是要存档的，想瞒也瞒不了几天，像你们这些大明星，到哪儿都挺招风的。"

"能瞒几天算几天，谢谢你啦！对了，你叫什么名字？几点下班？下班后能不能陪我出去逛一逛？"

"我叫黎花，按我们黎族的习惯，您叫我阿花就行。我下午两点下班。这样吧，您先到房间歇一歇，我下班后直接去找您。这是三楼304房间的门卡。"阿花说话爽快，办事利落，挺招人喜欢的。

"阿花，你还没收我押金呢，忘了吧？"

"您看，您看，我光顾高兴了。先收三天的吧，每天一千五百元，一共四千五百元。还有，一会儿我通知餐厅，让她们到房间为您订午餐。"

"好吧，你想的真周全。"兰欣欣递上押金，办好入住手续，乘电梯来到304房间。她忙不迭地换上睡衣，到卫生间给浴缸中放满温水，随即躺卧在泡沫之中,闭上眼睛想心事。

兰欣欣说要邀阿花陪她逛街,其实是另有打算。这不,两个人刚在闹市中走不到一里路,兰欣欣便借口又累又渴,把阿花引入街旁的一家冷饮店,各要一份冰淇淋,慢慢品起来。

"阿花,你认不认识那个名叫黎天成的哑语画家?"

"黎天成?哑语画家?啊,您说的是不是那天在决赛现场为您画画的那个人?"

兰欣欣大吃一惊,问:"你怎么知道他在现场为我作画?你们是一家人?还是亲戚?"

"都不是,我是从报纸上看到这消息的,说您当时要出五万元买那几幅画,他不但说啥不卖,还吓得中途跑没影了。"

"啥时候出的报纸?他现在住在哪里你知道吗?"兰欣欣尽量把语气控制得平和一些。

"快有好几个月了吧。那些天,我们这儿的报纸天天登您的事情,大伙都抢着看。他住在哪儿我可不知道,好像是有人说住在虎头崖那儿的海边上,经常在夜里鬼哭狼嚎地闹腾。您同他认识?"阿花从兰欣欣的神情中猜出必有一段不同寻常的故事,兴趣顿时浓重起来。

兰欣欣想求阿花帮忙,所以不得不透出一些真实的情况:"只是一面之交,我这次来三亚,就是想拜访拜访他。"

"还要拜访他?他又聋又哑,疯疯癫癫,见了他不害怕?"

"不怕,要不你和我一起去?"

"哎呀,我可不敢,他要一发疯,把我推进大海里去,连尸首都找不到。"

"没那么严重吧?我是非得见见他不可。阿花,你说的虎头崖在什么地方?通不通车?能不能带我去?"

"海军航母基地那儿有个叫虎头崖的黎寨,通小客车,还有个小码头可停船。去年一动迁,家家都搬到了政府给建的新村,只剩下这疯子硬赖着不走,说是要给他妈在老屋守孝三年。从此车也不通了,船也不见了,除了军队和施工的车辆,谁也不让进。"

"那他怎么进出,总得买些吃、穿、用的东西吧?"

"有人说他做了个小竹筏子,夜里出来时,就从咱前面的大东海北边上岸。兰姐,我劝你还是别冒险去见他。"

"看看情况吧,来,把冰点吃完,咱就往回走。"

回到酒店已下午四点,黎花道别后回宿舍休息,兰欣欣便倚床头反复端详着黎天成的照片,琢磨怎样才能尽快找到他。黎花的劝阻不但没使她灰心,反而产生了更强烈的欲望。

心路一宽,精神就放松了,这一夜,兰欣欣睡了个多少天来难得的一次好觉。早晨醒来时,已是7点多钟,她打着哈欠伸伸懒腰,起身到卫生间去洗漱梳妆。

兰欣欣刚收拾停当,门外就传来黎花的敲门声:"兰姐,起床了吗?"

"起了,起了。"兰欣欣边应边走过去开门。

"姐,来个男的,指名道姓要见你!"

"是黎天成吗?你怎么跟他联系上的?"兰欣欣惊喜地问。

"不是他,是位警察,说是认识你,人长得可帅了,姐,是不是男朋友?"

"别瞎猜,我根本不认识他。"兰欣欣懊恼地回答着黎花,心里十分不悦。怎么这么快就被盯上了?难道是这黎花搞的鬼?想到这儿,她冷冷地说,"你去告诉他,我不见!"

"兰小姐,不见恐怕不行吧?"门一推开,林伟奇警官不请自来。为了打消敌意,避免误会,还特意将警官证递给兰欣欣看,说:"我叫林伟奇,三亚市公安局高级警官,奉命前来保护您的人身安全。"

"是谁给您的命令？我不需要您的保护！也不想认识您，请吧！"兰欣欣送还警官证，愤怒地下了逐客令。

为了镇住兰欣欣，林伟奇突然收起笑容，严肃地说："我可以告诉你是谁下的命令，是三亚公安局的领导，是大名鼎鼎的兰秋田海军少将。你若不相信，请现在就打电话查询。"

林伟奇的这一招儿，还真把兰欣欣镇住了。她愕然地思索片刻，便苦笑着对站在旁边的黎花说："小妹，你回去休息吧，我和林局长单独谈谈。"

等到惊骇的黎花诺诺退出后，兰欣欣也想好了对策，决定来个以柔克刚："林局长，请坐。其实，我只是来三亚度假，放松放松身心，何劳各位兴师动众？真不好意思！"

"恐怕不那么简单吧？"林伟奇嘲讽地说："来度假是好事，可为何要不辞而别，又写下那么多绝情信？要知道，你现在可是世界级明星，是中国人的骄傲。你的一举一动，一言一行，都会引起各方的关注。你知道你的神秘失踪影响有多大吗？几天来，国内外的互联网和电视报纸等媒体，几乎都成了你的御用工具，千奇百怪的猜测搅动了许多人的心。你如此这般地炒作自己，不觉得有失身份，得不偿失吗？说是再难听一点，还有没有起码的社会责任心？"

"林局长，您完全误会了。不管您信不信，我都明确告诉您，我已决定永远退出模特演艺界，做一个清清白白的自由人，重新找回失去的健康、美丽和自尊。您不知道，一个人一旦为名所累，为钱所迷，为情而昏，那是多么不幸，多么难以忍受的痛苦！"

面对兰欣欣看似真情的诉说，林伟奇疑惑地注视着，思忖着，不知是真是假，遂以守为攻地说："我不了解你说的那些事儿，也不想多知道。但你有你的选择自由，我有我的神圣职责，请务必配合我的工作。只有把你安全地交到父母手中，我才会如释重负。"

看到林伟奇开始退让,兰欣欣将计就计,话语变得亲热起来:"林局长,您不想知道可不行。您既然是奉命来保护我的,就有责任听我道出内情,更有责任帮我实现愿望。"

"好吧,看来只有洗耳恭听,欣然从命啦!"林伟奇心里有了底数。

兰欣欣为林伟奇递过一瓶矿泉水,并陪他坐到沙发上,开始说起那些外人难以探知的诸多内幕,尤其是自己身心所受到的折磨,自己为何要急流勇退,为何要只身来到三亚。

林伟奇被模特界、演艺界的黑幕惊呆了,更被兰欣欣的遭遇打动了。

兰欣欣见状,赶紧把话打住,她取出纸巾,递给林伟奇一块,自己用一块,擦去泪痕后歉意地说:"真对不起,让您也跟着伤心。"

"没啥,男儿有泪不轻弹,只是没到伤心处。兰小姐,你说吧,都需要我帮什么忙?"

"我想尽快见到那位为我作过画的失语画家黎天成。"

"为什么?能把原因告诉我吗?"林伟奇愕然不解地问。

"我也说不太清楚。"兰欣欣迟疑一下,说:"我想当面向他赔礼道歉,因为总决赛那天,他被我老师的行为吓得中途退场,这是一种很大的人格侮辱,是对艺术的粗暴摧残。您知道吗?他当时是特意买的贵宾席票,是想尽可能看清楚一些,画得生动一些,为日后的艺术创作保留下灵感与素材。这样的机遇,对普通人来讲,可能算不得什么,可对痴心于艺术的画家来说,就太珍贵啦!"

"啊,这事呀,我当时就在现场,金女士好像并没有太出格的举动,只是想出大价钱买下那几幅速写。至于他因何要中途退场,与这件事好像没什么直接关系,你有必要去拜访吗?"

"非常必要。近一年来,我经常想起这件事,还保存着他的几张照片,是央视记者提供的。"说完,兰欣欣递过照片。

林伟奇看几眼照片,忽然提起个人来:"是宋洪涛拍的吧?这小哥们儿,大概早把我给忘啦!你们在北京常联系?"

— 109 —

"还可以,他一天天忙够呛,认识的人也太多,您别怪罪他。"

"听你这么一说,两位的关系挺不一般!"

兰欣欣听出林伟奇话里有些嫉妒便说:"哥们儿嘛,有时聚一聚,如此而已。咱不也一样吗？只不过您是军警,有别于民间百姓。对了,林局长,我们是不是现在就去虎头崖找黎天成？求您了,回头我请客。"

"你还没用早餐呢!"林伟奇提醒道。

"是啊,咱快去快回,劳驾,帮我把箱子拎着!"

"拎它干嘛？不是一会儿就回来吗？"

"我想到那儿照几张相留做纪念。"说完,兰欣欣麻利地收拾起自己所有的东西。

"好吧!"林伟奇无奈地拎起旅行箱,先走出房间。

兰欣欣回头再看看,伸手关紧门。

两个人坐电梯下楼,兰欣欣对林伟奇说:"您先把东西放到车上,我和服务台打个招呼。"

等到林伟奇走出接待大厅,兰欣欣快速结了账,匆匆离去。

第十四章

警车一上宽敞的大道,兰欣欣便忍不住盘问起来:"林局长,您是怎么找到我的？"

林伟奇不无得意地说:"你离开北京好几天了吧？在你失踪的第三天,有关部门经过综合分析,认为你最可能的去处就是三亚,指令我们24小时监控各家旅店、饭店等场所。我们公安局指挥中心和派出所的电脑系统,都与主要场所的监控系统联网,旅客只要用身份证一登记,便会在电脑上显示出来。你尽管一直没使用手机和身份证,可你昨天刚入住,我在电脑上一看见兰欣欣的大名,就立即锁定了目标,并调看了酒店的录像。为了不打搅你休息,才等到今日前来拜见。"

"您是不是昨天就向上级汇报了?"

"那当然啦!不然,不就是徇私渎职吗?"

"您也是在昨天同我父母通的电话?"

"对,你不知道两位老人多么焦虑,听我报了平安,你妈妈当时就大声哭起来。你是不是该打开手机,安慰安慰父母?"

"暂时不必,他们啥时候能到三亚?"

"大概要明天下午吧!你看你,一时头脑发热,惹出了多大的麻烦事儿!"

"都是互联网惹的祸!"兰欣欣不服气地反驳,暗指林伟奇使用监控系统找到了自己。

"不对,是互联网救了你,保护了你。"林伟奇立即予以纠正。

兰欣欣不想再同林伟奇争论,转而提出另一个问题:"林局长,这黎天成的身世到底是怎么回事?为何说什么的都有?他的精神真的不正常吗?"

"你想免费细听听?"

"那当然,我相信,只有从您这里,才能听到真实准确的情况。"

"这算让你说对了。在三亚,唯有我同他接触的最多,了解的最深,直到现在对他的调查还没最后终结。"说到此处,林伟奇顿一下,提出个建议:"兰小姐,我先提个要求可以吗?"

"当然可以,请不必客气。"

林伟奇听她这么一说,反倒觉得有点不大好开口了。他扭头瞅一眼兰欣欣,脸上露出一丝意味深长的笑容。因为他意识到,要想保护好兰欣欣的安全,必须尽快取得对方的信任。

"您倒快说呀?我正急等着听呢!"兰欣欣催他。

"那好吧!"林伟奇真诚地说:"我们虽然接触不多,可也算老相识了。我这个人不善外交辞令,总听你叫我林局长林局长的,觉得生分。我叫你兰小姐或是兰同志,也觉得外道。我看咱干脆以兄妹相称,你叫我林大哥,我称你兰小妹,这显得多自然,你说呢?"

"那可太好啦!认了你这个大哥哥,我在三亚就谁也不怕啦!"兰欣欣打心眼高兴并立即付诸实践,"林大哥,那你就快给我介绍黎天成吧!"

"黎天成从小就是个苦命的孩子。他八岁那年,父亲出海打鱼碰上强台风不幸遇难,连尸首也没找到。他母亲深受打击,精神变得有些失常,每天傍晚和夜间,就坐在海岸的悬崖上等丈夫归来,谁劝也没有用。族人怕她和孩子受不了风吹雨淋,临时在悬崖上搭建一座茅草屋,并轮流守护陪伴。又一次台风来袭,茅屋被掀入大海,没办法,大伙又给她娘起石头房。后来,黎天成的母亲身体渐渐康复,却仍不肯离开悬崖边的石屋,白天退潮时去赶海,晚上纺线织锦做黎装,再加上族人的接济和政府的照顾,日子过得还算可以。黎天成从小就显出了绘画的天赋,6岁开始便无师自通地画高山、画大海、画黎寨、画花鸟虫鱼,画啥像啥。小学3年级时,一幅水彩画《黎寨早晨》,在国内国际同时获奖,从此便一发不可收,到高中三年级时,他就出了本画册,并被中央美术学院破格录取。黎天成的媳妇名叫阿凤,与他是高中的同学。他们是在黎天成念大四时结的婚,在第二年生下女儿小阿美,算起来这孩子该有七岁了。婚后不久,黎天成用卖画所得,重新为母亲和妻子翻盖了新屋,就是他现在住的悬崖上的那座平房,全部的钢筋混凝土结构,如同一座堡垒矗立在那里。黎天成大学毕业后便到海外去游历学习,据说不但在艺术创作上颇有提高,也挣了不少外汇,只是一走七年,仅回过一次家乡。你可能要问,他在国外漂泊多年,混得不错,为何不常回家?或是把母亲和妻儿接出去呢?他是曾经动过这样的念头,可母亲和妻子不肯离乡,只得作罢。要问他为何不常回家,那说法可多了。有的说他对绘画艺术的痴迷,已经到了忘情忘我的地步,失去了正常人的情感。有的说他是被西方的生活方式融化,被外国美女俘虏了,已经无法摆脱,难以救药。"

"那你相信哪种说法是对的?"兰欣欣打断林伟奇的叙述。

"这很难说。从他这次回来后的情况看,我比较倾向于前者,你说呢?"

"对,这样的例子在古今中外的文学艺术史上多有所见,说好听的是为艺术而献身,说不好听的叫鬼迷心窍,走火入魔!林大哥,你刚才说他的案子到现在还没结,那又是为什么呢?"

"这事儿说起来就有些荒唐啦!他这次从海外赶归来为母亲守孝,正赶上全村要整体搬迁。去年,市政府为他们在红砂镇建造一片漂亮的别墅式小区,大家都争着抢要。唯独他死活不走,非要在这悬崖上的小屋为母亲守孝三年。为这事儿,我同他打过多次交道,好说歹说,就是不为所动,最后竟要以死相搏。海军基地的王林副司令员看他是个大孝子,便法外开恩,允许他暂住下来,在航母基地建成使用前,务必迁走。这期间,有人举报说黎天成有特务之嫌,可能是为窃取基地的情报才拒绝搬迁,并举出当年日本海军偷袭美军珍珠港前,就曾派间谍长期潜伏,云云。为澄清事实,安全部门特委托我们公安局参与调查和监控,以防万一。"

"简直是无稽之谈,或者叫天方夜谭!"兰欣欣说:"现在的情报搜集,还用得着那老一套吗?几年前,美国的间谍卫星早已将三亚的海军基地监视得清清楚楚,有多少艘潜艇,多少艘导弹驱逐舰、护卫舰,将来能停泊几艘航母,都明明白白,还将多幅照片公布于世,早就没什么秘密可言啦!林大哥,你可不能轻信谣言,冤枉好人!"

"我要冤枉他,你还有机会前来拜访吗?你的同情心倒是挺难得。"

"那他妻子和孩子离家出走又是咋回事?"

"他们夫妻间的事情,我还真说不太清楚。只知道在婆婆去世后,阿凤按乡间的风俗安排完后事,随后就领着女儿离家出走,至今不知去了何处。据说,阿凤给黎天成留下一封长信,诉说了要求离婚的理由。又说,在婆婆三周年的忌日,她会带孩子归乡扫墓。信里所说的离婚理由到底是什么,外人无法得知。"

兰欣欣伤感地叹息,又问:"他真的是又聋又哑?那如何同别人进行交流?"

"哑是真的,聋倒未必全聋。他不愿同人交流,实在躲不过,或用笔写,或发手机短信。听说还一直在作画,画室从不让人进,说那是母亲的灵堂,不能让外人打搅。"

"别人不让进,你还进不去吗?为啥不探个究竟?"

"民族风俗和保护个人隐私权都不允许我那么莽撞。其实呢,我也是不愿意陷在这些琐碎事之中。"

警车从山间公路穿出,不远处赫然出现一道长长的钢筋混凝土大堤,一头与山体相连,一头远远地伸向大海,林伟奇指着窗外介绍道:"看见没有?那就是将来航空母舰停靠的泊位,黎天成的小屋就在它附近。"

"咱快到了吧?"兰欣欣无心观赏眼前的景致,只盼着早点到达。

"望山跑死马,还得十分钟呢,别着急。"

前面出现一个岔道口,一处通山沟,一处沿海岸,两位海军战士在检查过往车辆。用松木制做的栏杆上钉着块木板,上面用红字写着"军事禁区,停车检查"几个大字。林伟奇显然是这里的常客,他降低车速,呜呜喇叭,一位战士认出是他,压起栏杆立即放行。兰欣欣见状,笑道:

"林大哥,看来你真是常来常往啊!"

"那当然,职责所在嘛!"

警车顺着坑坑洼洼的海岸施工路缓缓上行,左侧的山坡上,一处处关门闭户的砖瓦结构的民房空无一人。兰欣欣指着那片空房子问道:"这就是原来的村落吧?"

"对,都还没拆除,听说可能要留作将来部队的家属区。"

又前行几分钟,在距大堤不远处的海岸悬崖上,一座孤单单的暗黄色小屋出现在眼前,同时从那里传出一阵狗叫声。在小屋对面的海湾中央有座两体相连、山头分立的小岛,在小岛附近,几艘大型船只正在施工作业,为未来的航母疏通航道。林伟奇见兰欣欣紧盯着小岛观看,便像导游一样介绍起来:"兰小妹,看见对面海中的那座小岛了吗?它叫情侣岛,每当海水落潮时,便会露出与海岸相连的大片珊瑚礁,可以从这面滢水过去。揭开那些活动的珊瑚石,可以捉到藏在底下的海参。那小岛南侧的沙滩非常干净,山坡上大树成林,曾经是三亚有名的景点之一,更是当地年轻人谈情说爱的好去处。等有机会,带你去玩玩?"林伟奇笑着提议,似在向兰欣欣暗示着什么。

"那当然好哇,看啥时候能有机会吧!"敏感的兰欣欣似乎听懂了他的弦外之音,却实在没心情想别的事情,又不想失礼,只得随口搪塞过去。

小屋近了,狗叫得更欢,为了掩饰心中的紧张,兰欣欣明知故问:"林大哥,是不是到了?"

"到了,别害怕,他那狗总用铁链锁着,只为报警用。"

久盼的小屋终于到了,林伟奇停车首先跳下去,兰欣欣小心地跟在后面,等到两个人平行时,他指着屋前那棵巨大的榕树小声说:"看见坐在大榕树下的那个人没有?他就是黎天成,鬼精去啦!只要大黄狗一报警,他便立刻锁上画室的房门,到这大榕树下坐等相迎,从不让任何人进屋。"

"他不是专为母亲守孝吗?哪儿还来的创作激情?"兰欣欣不肯相信。

"谁知道哇!要不怎么会成为怪人呢!"

"那他生活怎么办?"

"用手机联系呀!现在航母基地正在施工,还没有完全对外封闭。需要吃的用的,便会用手机招来人骑摩托车送货上门,或是从海上划舢板上岸。"

"林大哥,你说他会怎样对待我?他真要拒绝,你可要及时相助。"

"放心吧,他不敢对你失礼,不是有我在场嘛!"

"可我还是突然有点害怕。"

"小妹妹,你那不叫害怕,是叫渴望和激动,这你可瞒不了我。快走吧,他正盯着我们看呢!"

兰欣欣抬头前望,果然看见那个坐在树根上,穿着短衣短裤长发长须的男人,正盯着她这不速之客,手中摇着一根带叶的树枝。那只黄色的大狗乖乖地卧在身边,吐着鲜红的长舌。

"这真是他吗?那天决赛时可不是这般模样!"

"就是他,一点不错!"林伟奇有意让兰欣欣放松心情,逗她说:"兰欣欣小姐,你现在不也是难见当时的惊艳吗?彼此彼此!"

兰欣欣心里却对这样的解释颇为认可,她虚心地继续求教:"林大哥,你说我该怎么称呼他?是叫老师,还是叫黎画家?或是叫黎大哥?"

"你认为该咋叫就咋叫。你如此胆大心细,还用我教?"林伟奇其实是一语双关,故意把胆大妄为说成了胆大心细,没想到却被兰欣欣一语揭穿:"什么胆大心细,你要说的是胆大妄为,我会读心语,你可小心点。"

第十五章

客人走近了,主人却视而不见无动于衷,既不起身相迎,也不打招呼,直到林伟奇走到他面前站定,才被迫点点头,并用手中的树枝一指,示意他也坐在盘根错节,裸露于岩石之上的树根上。他以为林伟奇是领女朋友来游玩的,因为已是老熟人,所以便不太注意礼节。

"他对谁都这样,别在意,坐吧。"林伟奇边说边坐在黎天成对面,并用手掌拍拍身边的一段粗壮的树根,让兰欣欣坐下。

兰欣欣没有坐,一直注意观察黎天成,想找到那个身着黎族服装,蓄着长发长须,神情专注于画板上的神态,她失望了。眼前这位失魂落魄的邋遢的男人,怎么会是天才的画家呢?可就在兰欣欣深感失望的那一刻,黎天成突然睁大眼睛,惊愕地注视起她来。兰欣欣心头猛一颤,对方的眼睛正入木三分地层层剥去自己的伪装,透视最隐秘的心灵田地。他肯定是认出了我,也正在脑海中寻找T型台上那个昨日的天使。兰欣欣在一瞬间找回了自信,看到了希望,特意行了个西方式的屈膝礼,单膝下跪,双手扶胸,十分恭谦地自我介绍:"黎老师,您好!我叫兰欣欣,是特意从北京来向您赔礼道歉的。"

黎天成大吃一惊,从地面上弹起身来。他不但熟知西方世界中男女交往时的礼仪,更对兰欣欣的形象记忆犹新。可又实在搞不明白,兰欣欣为何会在林局长的陪伴下突然出现在自己面前?为何要对自己行西方的跪拜礼？她不是从三亚飞向世界的天使吗？黎天成有限的情商和判断力显然不够用了，他求助地转向正在起身的林伟奇，眼神惶惑而又急切。

林伟奇嘲讽地一笑，不紧不慢地掏出手机，快速点出一条短信，递给黎天成看："她是专程来拜访你的，说是要为你决赛时中途退场的事情赔礼道歉。"

黎天成看完后欲掏自己的手机，林伟奇乘机对兰欣欣说："兰小妹，还是用手机代言，这样双方都方便。你的手机带没带，没改号码吧？"

"你知道我的手机号？"

"那当然！"林伟奇准确地说出一组数字并说："怎么样，我的记忆力还行吧？"

兰欣欣左手握手机，右指轻轻点出一条短信，发送给对面的黎天成："黎老师，我为您那天决赛时中途退场的事情，真诚地赔礼道歉，敬请原谅。"

"没有必要。"黎天成只回四个字。

"请务必接受！"

"谢绝！"

"为什么？"

"此事与他人无关。"黎天成向兰欣欣点点头，意在强调和肯定。

"与谁有关？"

"个人隐私。"

这一来，兰欣欣茫然了，黎天成态度如此冷漠，接下去的交流还如何进行？她看看林伟奇，发现他正摸着大黄狗的耳朵玩耍，好像故意要看热闹。她无奈地收回目光，心中一阵悸动，又点出一句更不靠谱的话："我要拜您为师。"

"不收。"

"我要暂住些时日。"

"去宾馆。"

"我必须留下。"

"我坚决拒绝。"

"我宁死不走。"

"我宁折不弯。"

"你残酷无情。"

"你年少无知。"

"你冷血!"

"你神经!"

双方冷眼相对,僵持难收。片刻之后,黎天成转守为攻:"从光辉到可笑,只有一步之遥!"

"从可敬到可恨,只有半步之多!"

"你是妖娆神女,不可落于尘世!"

"你是画坛怪才,正在返回人间!"

"你美艳绝伦,应多自重。"

"我心神紊乱,苦不堪言。"

"艺海茫茫,难寻成功之路。"

"心神所向,终可攀上高峰。"

兰欣欣被黎天成冷峻的对答所震惊,这哪里是个疯癫之人?分明是位罕见的智者!她觉得自己已不知所措。她无奈地将手机递给林伟奇请求支援。

林伟奇把屏幕上的内容细看一遍,站起来半真半假地开起玩笑:"两个精灵,一对疯癫!"

此刻,黎天成仍在为兰欣欣的举动和言词的锋利所惊呆,不想再同她玩这可怕的游戏,连忙收起手机,有点恐惧地看着林伟奇。

林伟奇看到该是自己出场的时候了,便把手机还给兰欣欣,走上去将黎天成拉到悬崖边上,在掏出手机的同时,示意他重新准备接收短信。黎天成只得顺从。

林伟奇回头看看兰欣欣站在原地没动,放心地点出黎天成想要知道的秘密:"她得了严重的忧郁症,有明显的自杀倾向,是从北京离家出走的。为了不发生意外,你可以先答应她的所有要求。"

"我无能为力,不想骗人。"

"你必须配合,别无选择!"

"我不想卷入其中,只要安宁。"

"是你引发的危机,责无旁贷!"

"你冤枉我!"

"我信任你!"

"她真会自杀?"

"这很难说。"

"原因何在?"

"暂时不得而知。"

"你能证明我清白?"

"理所当然!"

"她非要住下怎么办?"

"我日夜监护。"

"好吧,遵命!"

"感谢,致歉!"

两个人同时收起手机,互相点点头,转回大榕树下,却见兰欣欣正在无声地饮泣。黎天成见状,用力把林伟奇推上前去。

"欣欣,别这样,别这样,黎老师已经答应了你的请求。"

"真的?你骗人!"兰欣欣泪眼迷离地看着林伟奇,再看看黎天成,不肯相信。

林伟奇用眼神示意黎天成表态。黎天成心领神会,勉强地做出个笑脸,向兰欣欣点头称是。

兰欣欣转着泪珠四下瞧瞧,当她确信不是欺骗时,猛然扑上去抱住黎天成,轻叫一声"老师",便哽咽难语了。

黎天成被吓得不知如何是好,扎扎着双手,挺直身子,头使劲儿往后仰。少顷,又如梦方醒,顿生怜爱之心,用手轻轻拍拍兰欣欣的肩头。

兰欣欣面对林伟奇："林大哥,谢谢你的真情相助。"

"谢什么谢?有缘千里来相会,无缘对面不相逢。你们二位的精彩表演,可谓是惊天地泣鬼神。你看看,仅仅几分钟的工夫,就一见如故地言归于好,让我变成了多余的人啦!"林伟奇佯装委屈地叹道。

"没有舞台相隔,无须花钱买票,独享本色出演,又见美女靓男,我说大哥哥,你就偷偷乐吧!"兰欣欣的心情顿时前后判若两人,顺着林伟奇的思路触发联想,机敏应答。

兰欣欣望着林伟奇的轻松得意和黎天成脸上露出的微笑,暗自慨叹:粗犷的男人未必粗心,漂亮的女人难见豪爽!

"林大哥,我都快饿昏了,咱和黎老师一起先下山去吃饭吧!"兰欣欣望着冉冉升起的太阳,提出请求。

"饿啦,这还不容易,你既然是来拜师的,就得让老师好好招待招待,让他请咱们吃海鲜,我也早饿了。"林伟奇说着,用手对黎天成比画出一连串动作,先指指悬崖下的海面,再用手做个向上提拉的姿势,然后又指指张开的嘴。

黎天成会意地走进屋去,不大一会儿,取出几根拴着鱼钩的长线和装在水桶里的小活虾,坐在悬崖边上,把活虾去皮后穿在鱼钩上,然后将长线放入海中。

林伟奇和兰欣欣饶有兴趣地观看,几分钟不到,钓线微微一动,黎天成轻轻往上提一提,一条活蹦乱跳的石斑鱼就被牵出海面,在挣扎中落入水桶。

"这钓鱼就这么简单,那我也行!"兰欣欣大惊小怪,跃跃欲试。

"简单?这叫手钓,全凭手感控制,你来试试。"林伟奇内行地解释。

黎天成也看出兰欣欣要一试身手,主动把一根钓线递给她。兰欣欣如法炮制,得意地将钓线抖上几抖给林伟奇看。

这工夫,黎天成手中的另一根钓线开始不停地上提下放,不到半个小时,六条半斤以上的活鱼就进了水桶。可兰欣欣去干瞪眼干着急,换几次鱼饵,一条鱼也没逮着。

"这鱼还认生啊？气死我啦！"兰欣欣把钓线还给黎天成。

"那可不呗！"林伟奇一本正经地回答："你初来乍到，又心性浮躁，把鱼都吓跑啦！"

"去你的吧，别糊弄我！"兰欣欣心里却挺服气："看来，干哪一行都有门道啊！"

"这话在理。你等会再看看，下一幕更精彩！"林伟奇说着走过去从黎天成手中接过水桶，示意由他来收拾。然后又向情侣岛方向一指，催促黎天成去取什么东西。

黎天成乖乖听令，将钓线挂在大榕树的枝丫上。又进屋找到个厚实的塑料袋，穿上一双塑料凉鞋，从悬崖的石缝间向下滑到海面。

此时正值退潮刚结束，在悬崖与情侣岛之间，隐隐约约露出一片黑色的珊瑚礁石。黎天成站在浅浅的海水中，小心地翻动一块块珊瑚石，不时将一种东西放入塑料袋。

"林大哥，他在找啥东西？"

"在捉海参，好给你补补身子。"

"这可比钓鱼容易多了，好像俯拾即是，我也下去试试。"兰欣欣又来了兴趣，眼里闪出亮光。

"你可饶了我吧，别再添乱！"林伟奇毫不客气地阻止，用教训小学生的口气说："你是见啥都新鲜，看啥都简单，年轻！都是在城里呆傻啦！"

兰欣欣自嘲地讲起个笑话："我平时最爱吃鸡爪子，城里人叫它凤爪。大概是小学五年级时，我妈炖了一只小母鸡，两个鸡爪全让我吃了，吃完还想要。我说，妈，再给我一个凤爪。我妈说，还哪儿有？两个都进你肚子里啦！我纳闷地问，鸡不是四条腿吗？要不怎么走路？还有两个呢！听了这话，我妈笑弯了腰，我爸洒了酒，只有我愣怔怔不知道咋回事。"

林伟奇听完捧腹大笑起来，笑完后，不阴不阳地说："你可真可爱，怪不得这么虚心好学。"

"你更可爱！说出的话都含沙射影，潜台词丰富，当个话剧演员会特棒！或是做个福尔摩斯二世三世的也行。"兰欣欣反唇相讥。

"得,得,你学问高深,见解独特,甘拜下风。"

就在两个人戏谑之时,黎天成已从石缝中爬上来。林伟奇伸手接过塑料袋,拿出一个大个头活海参递给兰欣欣看。

兰欣欣望着那胖乎乎的海参大惑不解,用手比画着对林伟奇说:"这叫啥海参?海参有这么大?你可别蒙我啦!我家经常吃,只有这么大小。"

"你又年轻了,是不是?这活海参肚子里藏着个大沙包,开完膛,洗干净,晒干了才那么大,你就学去吧!快,我收拾鱼,你收拾海参,两不耽误!"

"我可不敢!怕咬手。"兰欣欣躲闪着告饶。

黎天成见状,笑一笑,对林伟奇指指山脚,先拎起袋子走过去,经过厨房时,顺手带上一把剪刀。林伟奇提着水桶,招呼着兰欣欣紧跟其后。

原来,悬崖下面有一眼山泉,甘洌清凉,是一处绝美的水源地。

黎天成将海参倒入泉子旁边一个特意凿出来的石坑中,用剪刀一一挑开海参的肚子,倒出里面的肠子和泥沙,再用泉水冲洗干净,很快就完事,然后又和林伟奇一起收拾起活鱼,他把装在袋子里的海参交给兰欣欣,又拎一桶泉水返回。

三间平房的中间是厨房,看样子是不经常使用。在厨房窗台的外面有个用石块砌成的大锅灶。黎天成先把鱼放在外灶的铁锅里,加上各种调料后,用晒干的树枝生火,很快飘出了香味。鱼炖好了,整整一小盆,馋得兰欣欣肚子"咕咕"直叫。海参的加工比较简单,切成条块后配上佐料,用油红烧,翻炒几下就成,也装了个大半盆。

黎天成从厨房搬出折叠式餐桌放到大榕树下,再取出板凳和碗筷,一应俱全后,又变戏法似的端出一盘凉拌山野菜,一盘切成条的腌黄瓜,最后用砍刀砍开三个新鲜椰子,各插入一根吸管,放到每个人的面前。在整个过程中,兰欣欣一直以欣赏的目光观看,产生一种亦梦亦幻的奇妙感觉。

这顿海鲜便餐,三位劳心劳力之人都吃得津津有味,之后,林伟奇放松了警惕,天使放下了矜持,画家稀释了疑虑。

等到黎天成和兰欣欣收拾完桌面,林伟奇打着哈欠说:"欣欣,我实在是太困了,到车里睡一会儿。你用手机同老师好好交流交流,有事儿叫我。"

黎天成洗净锅碗瓢盆后回到大榕树下,他见欣欣在等他,猜出有话要对自己说,便向她指指桌面上的手机。

兰欣欣点头会意,拿起手机点出心愿:"老师,我想欣赏欣赏您的画作。"

"不可以!"

"为什么?"

"来日方长,另寻时机!"

"急不可待,难以自安!"

"心有净土,神情自稳!"

"我上天无路,又入地无门!"

"无忧天地宽,无悔心自明!"

"请指点迷津!"

"不敢造次!"

"想袖手旁观?"

兰欣欣还要争执下去,黎天成回了个"免谈"即起身离去。兰欣欣以为他真生气了,默默地跟在后面想寻机再说。

黎天成不理兰欣欣的纠缠,走进自己的卧室,旁若无人地收拾起来。他把自己那套不太干净的行李卷起,放到门口前的栏杆上去晾晒。再取出一床干净的被褥放在床上,向兰欣欣指一指,转身离去。

兰欣欣明白了黎天成的意思,疲惫地倒地床上,心烦意乱,难以自己。她忽然翻身而起,愣怔怔了一会儿,眼前快速闪过昨日那一幕幕苦辣酸甜,悲喜交加的场景。少顷,她悄悄走出房间,想看看黎天成和林伟奇在干什么。她首先看到黎天成正在山泉边冲洗,黧黑的身躯在阳光下闪着亮光,强健的手臂正举着一桶凉水从头顶往下倾泻。

刚才,躲到车内的林伟奇已将情况汇报给公安局政委秦立峰。秦政委指示他务必24小时随身警卫,说海军基地副司令员王林少将也在过问此事。王林当年曾是兰秋田的副舰长,兰秋田已将消息传递给王林,请他协助处理好此事。

"是!"林伟奇听完指示,沉思片刻,睡意全无。

黎天成洗澡时的"哗哗"水声,引起了林伟奇的注意。兰欣欣在干什么呢?他从后排座位上坐起,猛然发现兰欣欣正跌跌撞撞地向悬崖边走去,一种不祥的预感顿时袭上心头,他立即冲出车门,飞快地追上前去。

这工夫,在幻觉幻听中的兰欣欣神情高傲,正沉浸在从未体验过的欢悦之中。

在她张开双臂,纵身一跳的刹那,被一双有力的大手从后面紧紧抱住,她想挣脱,却浑身无力,她欲呼喊,却发不出声……直到林伟奇把她抱到大榕树下,还没有清醒过来。

"兰欣欣!兰欣欣!"林伟奇抱着浑身瘫软的兰欣欣,连声呼唤。

这时,黎天成闻讯赶过来,竟顾不上穿好衣衫。他看着倒在林伟奇怀里的兰欣欣,不知如何是好。

"快说,你都对她讲了些什么?"林伟奇暴怒地喊道,断定兰欣欣是受了黎天成的言语刺激,才欲绝尘而去的。

黎天成"啊啊啊"地叫着,异常恐惧地不停摇头摆手。

又过了一会儿,兰欣欣慢慢地醒来,她看着林伟奇和跌坐地上的黎天成,意识到发生了什么事情。当她发觉自己正被林伟奇托抱在怀里时,便挣扎着坐起来,轻声问:"我这是怎么啦?好像酒喝多了似的,晕晕乎乎地睡着了。"

"你低血糖,晕倒了。"林伟奇尽量平静地解释。

"不对,不对,我好像梦见自己在美丽之冠的舞台上,还看到了蓝天、白云、大海和欢呼的人群,聆听到了这世界上最美妙的命运交响曲。"

"那是梦中的幻觉!欣欣,你现在觉得怎么样?我送你去医院看看吧!"

"不,不！我哪儿也不去,就住在这里。"兰欣欣摇晃着站起来,对扶住她的林伟奇说:"我好像听你在骂黎老师,你为啥要欺负他?他已经够可怜啦！你不能再难为他。"

林伟奇一时没法对兰欣欣说清楚,也不敢同她争辩,只求平安无事。为了打消疑虑,故意轻描淡写地遮掩:"我同他是不打不成交的朋友,朋友之间还说什么难为呀！"

受了误解和责骂的黎天成没有表现出一点委屈和愤怒,他见兰欣欣已没大事儿,默默离开,重又回到泉边去冲洗。

"欣欣,他对你说什么难听的话了吧?"林伟奇望着黎天成的背影,继续探问。

"没有呀,你太多虑了吧！"兰欣欣苦笑地回答。

林伟奇从兰欣欣的眼神中判定必有隐情,严肃地说:"欣欣,我明白告诉你,你和黎天成的手机都已被指挥中心监控,你们刚才都说了些什么,我一问就全清楚了。还是快告诉我实话,免得节外生枝。"

"坦白从宽?"兰欣欣心情刚好一点,又来了调皮劲儿。

"抗拒从严！"林伟奇也同她玩起了幽默。

"你净吓唬人！"兰欣欣不满地瞪他一眼,知道瞒不过去,只得如实招来:"我想看看他的那些画作,可他一口回绝。天底下有这样的老师吗?我不远万里地赶来拜师学艺,赔礼道歉,却遭此冷遇,你说我能不生气吗?心一急,头就晕啦！"

"你何必操之过急,来日方长嘛！"

"还不是被人跟踪追击给逼的！"

"我逼你什么了?别冤枉好人啊！"

看到林伟奇气恼的模样,兰欣欣笑着说:"还真生气呀?是理屈词穷了吧?"

"你真是可气可恨又可怜！"林伟奇指点着说。

"你真是可亲可敬又可爱！"林欣欣出口相对。

"嗯?这么说还差不离,算你有良心！"林伟奇伤感的心灵得到抚慰,乘机又来一番自我表扬:"欣欣,你好好想想,现在除了我,谁能保护你!"

"衷心感谢,永世不忘!"欣欣收起笑容,真诚地向林伟奇深鞠一躬。然而,不知道此时又触到了哪一根神经,又无声地抹起眼泪来。

"欣欣,又怎么了,可别再胡思乱想!你不就是想看看那些画吗?我去跟他说。"林伟奇欲站起来去找黎天成说情。

"林大哥,你别去了,哪有学生强迫老师的?他不想让我看,恐怕也有他的理由。"

林伟奇一琢磨,也是这个道理,只好作罢,重又坐在树根上。

第十六章

黎天成心事重重地返回大榕树下,刚才那惊险吓人的一幕,仍让他心有余悸。他表情复杂地站在林伟奇面前,四目相对,互相揣摩,一方是惴惴不安,一方是冷眼相待。就在黎天成愈加惶惑的时候,林伟奇却突然神情一变,面带笑容地向他挤挤眼睛,轻轻摆头,示意他去同兰欣欣交谈。

兰欣欣望着两个男人演戏般的表情动作,忍不住笑起来。

黎天成面对兰欣欣灿烂的笑容,若有所思。他再次看看林伟奇,沉吟片刻,向前走到兰欣欣跟前,伸手指指画室,示意跟他走。

兰欣欣大喜过望,赶紧站起身,一边点头,一边小声招呼林伟奇:"林大哥,快快!"

林伟奇调侃地说:"盛情难却,那就走吧!"

两个人跟着后面向画室走去,黎天成从房头的石缝中取出藏匿的钥匙,打开紧闭的房门,把他们引进屋。

这是一间不到三十平方米的画室,没灯没亮,前后窗户都被从里面封住,浓重的油彩味呛人口鼻。正当兰欣欣和林伟奇借着门缝闪进的光亮,眯着眼睛四下寻觅时,黎天成伸手打开用蓄电池带着的两盏灯,屋子里顿时亮如白昼,然后挥手指指墙上布满的人物半身肖像,意思是让客人随便观看。

兰欣欣和林伟奇刚开始看时没觉得怎么出奇,因为对面墙上挂的不过是几幅黎家中年妇女的油画肖像,从模样上看好像还是同一个人,只是年龄有些差异,再一看,便十分震惊起来。原来,那画中的人物不是别人,正是画家的母亲,从天真的儿童到妙龄少女,从美丽的姑娘到韵味十足的少妇,从青年到壮年到老年,整整六十余幅系列作品,把儿童的天真可爱,少女的美艳浪漫,少妇的妩媚成熟,中年的刚毅,壮年的沧桑,老年的平和,无不生动地跃然纸上。不同的神态和服饰,不同的背景与色彩,可谓是深情凝于笔端,神笔绘出百态,令人浮想联翩,惊叹不已。兰欣欣同林伟奇从头到尾一幅幅细品细看,心灵的震颤和激动渐渐溢于言表。兰欣欣轻轻对林伟奇嘅叹:"林大哥,我敢说,这组画一旦面世,定会震惊环宇!"

"小妹,这环宇是什么意思?"林伟奇见兰欣欣说得过于夸张,故意明知故问地打趣。

"环宇?环宇就是全世界,是人神共存的宇宙空间。"

"这艺术作品,能以量取胜吗?顺便问一句,你是无神论者,还是有神论者,怎么连鬼神都上来了?"

"你别钻空子,这是形象比喻,与世界观没联系。林大哥不是我贬你,你还不太懂艺术!你以为我说的有些言过其实是不是?你仔细看看,他们每一幅都是精品,组在一起就是一座宝塔,肯定会惊世骇俗,永存于艺术的圣殿!"

黎天成一直坐在门旁的矮凳上闭目养神。

林伟奇不想再同兰欣欣争论,只是半信半疑地点点头。

当他在兰欣欣的执意要求下,陪着她从头至尾又重看一遍时,好像就完全认同了兰欣欣的评断。因为从这一幅幅逐渐变化的画作中,不但看到了艺术的闪光,更触摸到了一颗可贵的心灵,从内心深处开始对黎天成刮目相看。

等到临要出门时,兰欣欣突然想到了什么,在黎天成面前站下来,用手指指自己,又指指墙上的画。

黎天成一愣,以为兰欣欣已经发现了他的秘密,脸上闪过一丝惊慌,站起来连连摆手。

兰欣欣笑着拍拍自己的心房,然后右手向外一摆,做出个不容拒绝的请求姿势。

林伟奇在旁观看,以为他们是在用手语交谈,小声问:"欣欣,你对他说什么了?吓得那个样儿?这可不像是黎天成。"

兰欣欣没有回应林伟奇的疑问。

黎天成只好不情愿地领着兰欣欣和林伟奇向最里面的墙角走去。兰欣欣满脸欣喜,林伟奇却百思不解。

当走到最里面的一个画架前时,黎天成停在那儿犹豫起来。这画架面对墙壁放着,有两米高,一米宽。透过厚实的画布,隐隐约约能看到一个人影的轮廓。他回头看看兰欣欣,知道事已至此无法挽回,只得很不情愿地将画架翻转过来。

刚一看到正面的画像,林伟奇就"啊"地惊叫一声。原来,那幅油画正是兰欣欣在民族装展演时回眸一刻的形象。那一袭象征着富贵的黄色旗袍,那惊世骇俗的自然之美,那与众不同的婀娜多姿,曾经征服了评委,倾倒了观众。现在,这画里的兰欣欣,仿佛比舞台表演时更逼真,更艳丽,更动人心魄,那神形兼备的程度和绝妙的色彩,简直与真人难分彼此。他一边这么想,一边往下看,发现在画作的右下角,题有"天使的忧郁"五个较大的标题字。标题下面有一行用小楷写的注释:"忧郁的天使是病态,天使的忧郁是美丽。"落款为"黎痴始作于三亚天庐,201X年4月终笔"。

啊,原来真正的秘密是在这里!林伟奇在感叹的同时,注意观察着兰欣欣的情绪与表情,以为她一定会激动不已,欢喜若狂,做出一些难料之举。可他发现,此刻兰欣欣却异常平静,仍在目不转睛地盯着画布上的自己,不知是追忆过去,还是幻想未来。

须臾,林伟奇发觉情况不妙了,兰欣欣看着看着,泪珠便滚下来,身体摇晃着向后仰倒过去。他跨前一步想托住兰欣欣,哪知黎天成已先出援手,将兰欣欣抱在怀中。

"欣欣,欣欣,你可别再吓我啦!"林传奇弯下腰恳求。

兰欣欣泪光迷离地看着他,有气无力地表示歉意:"林大哥,真对不起,我又突然发晕了。"

"老师——"可刚说出两个字,就猛烈地呕吐起来。

林伟奇和黎天成赶紧把兰欣欣扶坐在椅子上,黎天成伸手取过洗手的水盆,放在兰欣欣面前。

折腾完了,林伟奇从砍开的椰子里倒出半碗椰汁,让兰欣欣漱漱口。兰欣欣听话地接过去,好半天才平静下来。

黎天成见兰欣欣好了许多,意识到再这般下去多有不妥,便求救地向林伟奇投去眼神,希望快快把这尊得病的天使领走。林伟奇明知他的用意却甩手走出去,好像要故意看他会如何处理。

这一来,黎天成可真傻了,他望着可怜兮兮的兰欣欣,唯恐她还会有别的异常反应。同时心想,是什么样的刺激竟使昨日的心中女神,落到这般天地?这不是弥天大罪吗?

其实,此刻的兰欣欣情绪已恢复正常,身体虽然软弱无力,心中却产生了一种终于如愿的满足,想看到的画作终于看到了,想道歉的话也已经说完。天使的忧郁,多么寓意深刻,多么准确地名字啊!正应和了自己当下的心境!

心一平静,便会吹进春风;热血一涌,更会产生力量。兰欣欣慢慢站起来,小声说句"老师,谢谢您"。说完,上前半步,紧紧拥抱住黎天成,在他没来得及躲闪时,毫不犹豫地献上深情的一吻。这一吻,吻得画家惊慌失措,又如醉如痴。兰欣欣松开手臂,头重脚轻地走出画室。画家从此陷入难以自拔的迷乱之中。

第十七章

坐在大榕树下的林伟奇见兰欣欣晃晃悠悠地走来,赶忙起身相迎,接住兰欣欣求助般伸出的手臂,扶她坐在身旁,关切地问:"感觉怎么样?好多了吧?"

"没事。"兰欣欣苦笑一下,心满意足地说:"我不但发现了他的秘密,也找回了昨天的自己。林大哥,真要好好谢谢你!"

"欣欣,我发现你是越来越可爱,因为你知道反省啦!要知道,没有反省的人生是不会完美的。"

"林大哥,我觉得你越来越可亲,因为我看到了你的真诚,而真诚才是心灵互通的唯一桥梁!"兰欣欣立时来了精神。

"欣欣,咱不说别的,先谈点正事。"林伟奇直言道:"接下来,你打算怎么办?"

兰欣欣想一想,轻松地说:"先在这儿住些日子,黎老师不是已经答应收下我这个学生嘛!"

"要是你父母不同意呢?"

"我已经不是需要监护的小女孩,有权选择自己的自由。"

"恐怕没那么容易吧!"

"恐怕是难以改变!"兰欣欣又向林伟奇求情说:"林大哥,到时候还请你多说些好话。"

"你哪来这么多花言巧语?到时候再说吧!"林伟奇不置可否,严肃地指着走过来的黎天成说:"快看,老师给你送什么来了?"

没等兰欣欣起身,黎天成已来到跟前,把一个易拉罐八宝粥递给兰欣欣。

兰欣欣想站起来道谢,被林伟奇按住:"不必客气,吃吧,吃完胃就不难受了。"

兰欣欣对黎天成点点头,拉开盖后一小口一小口地享用。可只喝下一半,便咽不下去了。她发现那只大黄狗正伸出长长的舌头盯着自己,稍一犹豫,便将剩下的粥倒在旁边的小盆里。大黄狗感谢地瞅她一眼,走上前几口就吃个干净。

"它叫什么名字?"兰欣欣问林伟奇。

"叫阿黄,是条公狗。"林伟奇装出责怪的样子:"你这叫人狗共食,不雅,不雅!"

"我这叫有福同享,有难同当,生死与共!"

"你又来啦!"

"还不是你引的,总想逗人家玩。"

"你不是小妹妹嘛!"

"小妹妹也不能随便逗,逗急眼了小心会咬你!"

黎天成看着两个人真真假假的样子,脸上浮出放心的笑容。

突然,阿黄冲着远方的山坡上吼叫起来。

林伟奇看看手表,已是下午三点多钟,抬头再看山坡上由远而近的车队,心中颇感纳闷:不是说明天中午到吗?怎么现在就来了?他站起身来,发现黎天成和兰欣欣的神情都挺紧张。阿黄则不顾铁索加身,又蹦又跳地狂叫不止。

车队驶近了,一共三台小轿车,前面的一台是局里的警车,后两台是海军基地的军车。

林伟奇快步迎过去,等到最前头的一辆停稳后,先行个标准的军礼,然后打开车门,迎出三亚市公安局政委秦立峰。

"情况怎么样?"秦政委关切地问。

"一切还好。"

"王副司令和兰秋田夫妇在后车,你过去打个招呼吧!"

"是!"林伟奇赶紧向后走出,没走几步,王副司令的专车已停下来。他先向从副驾位置上下来的王林敬礼问候,然后又向已走下车门的兰秋田敬礼致意并自我介绍说:"兰将军,您好! 我叫林伟奇,三亚公安局警官,请指示。"

"不敢,林局长,谢谢,辛苦啦!"说着,又将随后下车的耿玉芳介绍给他:"这是我老伴,耿玉芳。"

林伟奇挺挺身子,两脚一并,又行个军礼,热情问候:"耿阿姨好,一路辛苦!"

"林局长,最辛苦的还是你呀! 刚才,秦政委都对我们说啦! 真不知该怎么感谢你呢!"

望着缓缓走过来的爸爸、妈妈等一帮人,兰欣欣在愣怔片刻之后,猛然醒悟地扑上前去,同正在呼唤自己名字的母亲紧紧抱在一起。

"欣欣,欣欣,可找到你啦! 要是再见不到你,妈可就活不成啦!"耿玉芳声泪俱下地连声诉说,感动得众人或低头或转脸,不忍目睹。

同妈妈亲近之后,兰欣欣又扑入爸爸怀中,只叫出一声"爸",就哽咽得说不出话了。

兰秋田用手轻轻拍着女儿的肩背:"欣欣,你真忍心丢下爸爸妈妈不管? 不会吧! 我女儿可历来都孝敬父母,聪明过人的。"稍停片刻,又说:"快去见见王叔叔和秦政委。"

兰欣欣擦干眼泪,转过身羞惭地问候:"王叔叔好,秦政委好!"

身体微胖的王林乐呵呵责怪:"欣欣,不是叔叔挑你的理,你既然来到三亚,为何不先到我家?"

"王叔,还没来得及呢! 也怪我不懂事!"兰欣欣知道理亏,只好当面检讨。

"那好,一会儿就到家去,你周阿姨早就想你了,经常叨念。"

"王叔,您告诉阿姨,一有空儿我就去看望她。"兰欣欣听出王林的话外之音,赶忙为自己打下埋伏。然后又对秦政委说:"秦政委,对不起,给您添麻烦啦!"

"麻烦倒不怕,只要你安全就好!"

"您看,我这不是好好的嘛!"兰欣欣装模作样地掩饰。

— 132 —

在众人相互介绍,相互问候的过程中,黎天成一直依靠着大榕树观望,思忖着假如出现麻烦,自己该如何应付,他知道这些人都是为兰欣欣而来的,是要将她接回北京去。他真的希望事情能办得顺顺当当,让天使迷途知返,再现昨日的辉煌。

兰欣欣感到该是把黎天成介绍给父母的时候了,转身对父亲小声说:"爸,他就是那位失语的黎族画家,您是不是认识认识人家?"

"那当然喽,进了别人的家园,岂有不同主人相见之礼!走,看看是何方神圣。"

黎天成见众人向自己走来,不大情愿地迎上几步,首先同熟识的王副司令握手。

"老朋友,又见面了,打搅打搅。"王林乐呵呵的,真像是老友重逢,并大声把身旁的兰秋田夫妇介绍过去:"这位是兰欣欣的父亲,这位是她母亲。"

黎天成点头致意,神态十分局促。

兰欣欣上前一步,截住王副司令的话,抢先郑重宣告:"爸,妈,这位就是我刚拜认的老师,著名黎族画家黎天成。"

兰秋田夫妇和王林虽然都对兰欣欣的举动心生不悦,却仍然礼貌地同黎天成握手问候。

在老友新朋相认之时,秦政委把林伟奇叫到车里,开始询问详情。

林伟奇把将近一天来的经过简单述说一遍,最后着重指出:"政委,她的身心确实受到了强烈刺激,稍一激动便会失控,有明显的自杀倾向。不过,现在看来情绪已趋于稳定,暂无大碍。"

"哦?暂无大碍,你给她吃了什么定心丸?"秦政委不无讽刺地看着对方,没等回答,又问起另一个人:"这位黎画家表现如何?没出啥事吧?"

"事儿倒没出啥大事儿,只是——"林伟奇欲言又止,思索着怎么说才能准确得体。

"只是什么?别吞吞吐吐的,快说。"秦政委不耐烦地催促。

"只是这兰欣欣好像被黎天成迷住了,不顾画家的拒绝,非要拜师学艺不可。还说要在这里住下来。好说歹说就是不听,竟要以跳海相威胁。被她逼得没办法,画家只好假装收下了这个学生。"

　　"难道这黎天成有什么妖法不成?"秦政委不屑一顾地责问。

　　"那倒不是,不过,据我观察,这位大小姐还真是专为寻访画家而来的,来了就不想离开,麻烦就在这里。"

　　"这有何难!"秦政委断然下令:"明天就让黎天成永远离开军事禁区,让兰将军领走他的千金,我们也好就此交差。"

　　"但愿如此!"林伟奇心里十分复杂。黎天成的固执和兰欣欣的刚烈已弄得他心惊肉跳,现在又来了几位不明故里的顶头上司,真要依令而行,局面就可能难以控制。他心烦意乱地走下车,第一次感到自己是如此无援无助,无能为力。

　　与此同时,一场艰苦的悬崖谈判正在大榕树下进行。

　　第一幕出场的是亲情母女。

　　先是母亲情深意长的好言劝慰,女儿的回答是摇头,接着是哀怜的恳求,女儿的表现是冷漠;最后是情绪失控的号啕大哭,引发的是烦躁不安。

　　围观的人纷纷加入劝解的行列,身份不同,表情各异,目的同一。只有黎天成站在旁边一动没动,冷观静待。

　　第二幕是谈判破裂。

　　兰欣欣平静而坚决地宣称:"爸爸、妈妈,王叔叔,你们谁都不要再逼我,我宁可投身大海,也决不回北京。我只想在此拜师学艺,疗养身心。等到恢复了健康,我一定分别去看望你们。"

　　"绝对不行!坚决不行!"妈妈以威胁对威胁:"欣欣,你要跳海,我也跳海!反正我们一家人从此再不能分开!"

　　"我的好妈妈,就请您和爸爸一起留下来陪我。就在这虎头崖上观日出日落,看碧海蓝天,听涛声欢唱,送战舰远航,一起放飞心灵,寻找未来!"兰欣欣转瞬间成了诗人,忘情地诉说心曲,既想感动别人,也想感动自己。

"欣欣,听王叔说一句,这里是军事禁区,明天就将全面封闭,是不允许任何人滞留的。"

"这里是我们心灵的家园,家园是不容许破坏的。况且,黎老师已同你们有约在先,为母亲守孝三年期满后方能离开。王叔,您这么大的领导,说话不能不算数吧!"兰欣欣不为所动,据理力争,她没有意识到,那脱口而出的"我们"二字,已经引起众人共同的误读,产生了更大的不安,尤其是让敏感的妈妈心惊肉跳。

第三幕出场的是闻声赶来的秦政委。

他早就听得不耐烦,为了彻底断掉兰欣欣的邪念,大声命令道:"林伟奇,我命令你现在就调人过来,帮助黎天成搬家清场。"

"这……"林伟奇左观右看,感到难以从命。

"这什么这?服从命令,立即行动!"秦政委高声斥责。

林伟奇刚要打手机传达命令,兰欣欣突然扑上去抓住他的衣襟,声嘶力竭地喊叫:"你敢!你这大骗子,我和你同归于尽!"边喊边想把林伟奇拖向悬崖边缘。

林伟奇一边躲闪,一边看着秦政委。

众人一拥而上,全力控制狂怒的兰欣欣。

混乱之际,黎天成快速闪到阿黄身边,蹲下去解开它的脖子上的索链,紧接着又把铁链在自己的脖子上缠上两圈,再用锁头锁死,又趁人不注意,将钥匙塞入身后的树洞。

挣脱了锁链,获得自由的阿黄飞快地向远方跑去。

黎天成的举动惊呆了所有人。

正当众人面面相觑,无计可施时,兰欣欣猛地冲出包围圈,高叫着扑向凛然无畏的黎天成,抱住他的身体痛哭不止,生怕失去自己的精神导师,失去共同生存的权利和自由。

面对此情此景,一直镇定自若,一言不发的兰秋田痛苦地闭上了眼睛。

耿玉芳瘫坐在地上,欲哭无泪。王副司令焦灼地搓着手掌,别无良策,林伟奇不知如何是好,唯有秦政委处变不惊。

兰秋田觉得情况大为不妙,也太令人难堪,知道众人都在等待他的最后决断,便十分歉疚地对王林说:"老伙计,你看看,事情竟闹到这种地步,真丢人现眼!"

"没啥没啥,小孩子家,一时想不开,可以理解,慢慢做工作。要不,我看这样,你和嫂夫人先留下劝劝欣欣,我们其他人暂时全撤,一会儿再来。"王林说完转向秦立峰:"秦政委,你看怎么样?先给他们一家人留点独立的时间和空间?心急吃不了热豆腐!"

"也好。"秦政委表示同意,对林伟奇挥挥手,先自坐进车里。

林伟奇想到兰欣欣的行李箱还在警车里,便打开后备厢,抓住箱子犹豫片刻,最后还是拎下车,放在耿玉芳身旁,也坐进车内等王林。

看到兰欣欣已止住哭闹,但仍抱住黎天成不放手,王林笑着走过去,好言劝慰:"欣欣,听叔叔的话,有事儿咱慢慢商量嘛,在叔叔的地界上,那还不咱说了算。"说完,又拍拍黎天成的肩头高声斥责:"我说黎画家,这就是你的不对了。咱虽然有约在先,可现在情况发生了变化,一切都要重新商量,快解开锁链吧,你那叫自损人格!"

"王叔叔,他失语,听不到您的话!"

"我们海军医院有他的病例,失语是真的,失聪倒大打折扣,只是听力严重下降而已,说不定现在已经恢复了呢!好啦,我先回去,晚些时候再来。"说完,同兰秋田和耿玉芳打个招呼,乘车离去。

兰欣欣听王林说黎天成并没有完全失聪,心中一喜,使劲儿摇摇他的身体,大声喊道:"老师,快解开锁链,坐下说话!"

"我看到了,他把钥匙藏在身后的树洞啦!"兰秋田走过去将钥匙取出来,交到欣欣手中。

因为听了王林的一番话语,看到形势已发现变化,仿佛有一缕阳光照进了阴暗的心房,她飞快地思索着如何才能彻底说服爸爸和妈妈。

"爸,妈,黎老师是位大画家、大孝子。他白天为过世的妈妈作画,夜里为远去母亲祈祷,惊天地,泣鬼神。他那些画作,很快就将震惊世界,我现在就领你们去瞧瞧。"她不管父母愿不愿意,一手拉住爸爸,一手牵着妈妈径直向画室走去。她记得,因为事情来得太突然,黎天成好像没来得及锁上屋门。

门果然没锁,兰欣欣先推门进去打开电灯,然后才领父母进屋。

一入画室,兰秋田和耿玉芳很快就被惊呆,被吸引,被征服了。那一幅幅凭记忆,凭思念,凭想象,凭感恩而创作出的母亲系列肖像,深深打动了他们的心灵。他们默然无语地从头到尾看一遍,不用解说,不加评判,不必交流,便同时得出同一个结论:果真是个孝子!是位天才!

兰欣欣见自己的主意收到了奇效,又立马从墙角推出另一幅画作:"再请看看这幅,这是我决赛那天的形象,我特别喜欢,特别感动,他仿佛事先就一眼看透了我的心灵。"

"是你特意请他画的?"兰秋田问。

"不是,在此之前,我们从未联系过,今天是头一次见面。"

"天使的忧郁,为何要起这样的名字?"当医生的妈妈不满地质问。

"妈,这是艺术形象,我虽然也不太懂,但却认为它恰如其分,心里特喜欢。"

"欣欣,你年轻又美丽,忧郁从何而来?"妈妈仍然显得心绪难平。

"欢乐与忧伤共生,不足为怪,不是有乐极生悲这一说吗?"

"你这不是有意自我贬低吗?"兰秋田不同意女儿的解释。

"爸,妈,这幅画所表现的是人性中的忧郁之美,真实而深刻。对于现在的我来说,它不但不是贬低,反而是挽救,是解脱,是保护。"

"智者见智,仁者见仁。"兰秋田在感慨之余,意外地宽容起来:"欣欣,咱先不评论这幅画,只要你身心健康,比啥都重要!"

"爸,谢谢您的理解和宽容。"

面对女儿急切而忘情的诉说,兰秋田和耿玉芳互相传递着眼神,交流着心声,两颗高悬的心,终于慢慢落下来。

"欣欣,快去把黎画家请来,妈有话要对他说。"

兰欣欣不敢怠慢,快步走到大榕树下,用力拉起黎天成。黎天成虽然不解其意,却乖乖地从命。

两个人走进画室,兰秋田指着墙上那一大排画像抢先问:"这是你母亲?"

黎天成无声地点头称是。

老将军心情复杂地看着他,想说什么,又没开口,只是用力拍拍他的肩头,其意自明,千言万语尽在不言中。

"孩子,你失语多长时间啦?去医院检查过没有?"耿玉芳拉住黎天成的一只手问。

黎天成可能是失聪得越来越厉害,也可能听不清耿玉芳那还有上海腔的普通话,转脸向兰欣欣征询,示意他代为回答。

"妈,他已经失语快一年了。他从海外归来为母亲奔丧,妻儿离家出走,双重打击,痛不欲生,只三天时间就变成现在这样,实在是太可怜啦!妈,您说还能治好吗?"

"差不多,他是精神受到强烈刺激所致,如果没有实质性的器官损伤,治起来应该容易成功。"

"妈,那可太好啦!您明天就开始辛苦辛苦吧!尽快给他治好,您知道,这有口难言,有耳听不见的痛苦,是多么无法忍受啊!"兰欣欣雀跃地跳起来。

黎天成虽然不知道兰欣欣都对她妈妈说了些什么,但见她像少女般地同母亲如此亲昵,情绪豁然开朗,阳光普照,肯定是件好事,惊讶之余也露出了笑容。

兰秋田释然。

第十八章

盘山公路上出现几台轿车,兰秋田看看表正是约定的时间,小声问老伴:"玉芳,怎么办?"

"你说了算,只要咱欣欣高兴就行。"

"爸,您不必为难,我的事儿我做主。"兰欣欣不以为然地说。

由于没有阿黄的报警,在车队快来到小屋时,黎天成才惊慌地寻找起锁头和钥匙,想把画室锁起来。

兰欣欣猜出黎天成的想法,伸手拉住他,快速地摇头摆手,示意不必惊慌,随后同爸爸妈妈一起迎上前去。

仍是原来的几台车,仍是原班人马,只是王林的车跑在了最前头。

"怎么样,老伙计,进展如何?"王林跳下车,首先开口,其他人跟在后面。

"还可以吧!"兰秋田敷衍地回答,又向秦政委和林伟奇点点头。

"那就好,那就好!"王林边说边看看站在对面的黎天成和耿玉芳母女,如释重负地说:"那就赶快收拾东西,打道回府,为你们一家接风洗尘。"

"恐怕暂时还不行。"兰秋田小声解释说:"欣欣这孩子说啥要在这儿小住几天,好好放松放松心情。"

"这荒郊野岭的地方,没住的没吃的没用的,这不成心让别人看笑话嘛!一旦出点意外,我如何交代?不行,不行,绝对不行!"

"就是,无论如何都要等下山再说。"秦政委适时出场配合。

兰欣欣松开握着黎天成的手臂,走上前轻描淡写地要求:"王叔叔,我们全家商量好了,求您先借一顶帐篷和几张行军床,别的全不用。"

"我说孩子,你可别开玩笑,别给叔叔出难题啦!你这不是故意难为我嘛!"

"叔叔,反正我不走!实在不行,先把我爸我妈接您家里去吧!"

王林一愣,没想到兰欣欣会提出一个如此荒唐的方案,脸上顿生怒气。

耿玉芳怕把事情再度弄僵,赶忙过来相劝。其实她是急中生智,忽然想到个不错的主意,而且是明显地要效仿兰欣欣的招数,指着身后的画

室说:

"老王,秦政委,林局长,请到屋里来,我有话要单独对你们说。"

三位要人莫名其妙地跟她进屋,临进门时,秦政委回身指着站在旁边的黎天成大声斥责一句:"都是你惹的祸!"他所以特意这么做,是想让所有人,特别是兰欣欣听到,以收一箭双雕之效。

几个人进了开着灯的画室,王林和秦政委顿时被对面墙上布满的油画所吸引,感到十分震惊和不解,不知耿玉芳意欲如何,只有林伟奇恍然大悟,佩服起耿玉芳的良苦用心。同时还猜到,就在他们短暂离开的时候,兰欣欣必定是用同样的招数震动和说服了父母。

"你们从头至尾好好看看这组画吧,这是小黎为妈妈画的几十幅油画,是用无边的思念和难得的孝心画成的,题目叫《母亲的一生》。他每到夜半之时,就跪在这里泪流满面地为母亲祈祷,祝愿老人家在天之灵永保平安。天下第一孝子,天下第一大孝子啊!"这位平时有点婆婆妈妈,说起话来总是语调温婉的医生,因急切而直言,感动了自己,更感动了他人。

"果真是个大孝子!"王林扭头对秦政委叹道。他们俩以前只是听别人汇报,可都未曾见过。现在一看到真人真事真画,心中也动了真情,在感叹之余又心生不解,小声问耿玉芳:"可这与欣欣又有什么关系?他们以前就认识?"

"从不认识!"耿玉芳先回答后一个问题,并招呼道:"你们再看看这幅画。"她引着三人走到里头的墙角,想把那画架翻转过来,怎奈是力不从心。林伟奇机灵地跨前几步,用右手扶住画架。

"这不是兰欣欣小姐吗?"秦政委在惊讶的同时,也在质疑耿玉芳说黎天成不认识兰欣欣这句话。

"答案就在这里!"耿玉芳看着秦政委道出原因:"就是这幅画把欣欣迷住了!你们可能也看到过报纸上的消息,说他当初在决赛现场画速写时,欣欣的老师曾要出五万元钱买下几幅速写,小黎不但不卖,还中途退场。欣欣总觉得是自己的老师伤害了画家的自尊心,所以特意前来道歉。一见到这幅画,她便深受触动,抱住画家好顿哭。她对我说,这是她成名以来,唯一能与自己心神相通,指点迷津,获得心灵救赎的精神导师。这丫头,简直已不可救药!"她之所以特意加上最后一句话,是为了强调事情已无法挽回,只能暂且如此。

耿玉芳看到王林和秦政委都已被画家和女儿的故事所打动,便趁热打铁地接着说下去:"老王,秦政委,今天的场景你们都看到了,要是来硬的,恐怕真会出乱子。最可行的办法还是让我们陪她暂住这里几天,慢慢做思想工作。现在的年轻人,可和咱们那时候大不一样啊!"

"这成何体统!这不等于成心寒碜我王林吗?让我向上下左右如何解释?再说,你和大哥的身体也吃不消!不行!不行!"

"就是,堂堂的老将军夫妇来三亚,住在这种地方,让我们这负责安全保卫工作的也无法交代呀!"秦政委也讲出自己的理由。

"哎呀,这儿大不由爹,女大不由娘的事情,实在没办法!老王,秦政委,你们就先答应吧!你们再为难,也比出意外强吧?我和老兰求你们啦!"

话说到这地步,王林只好说:"那好吧,嫂夫人,只好暂时委屈你和大哥啦!我这就回去安排。"王林对秦政委使个眼神,转身走出画室。为了让所有人听清楚,想明白,他又高声对兰秋田说:"兰大哥,你们全家先住几天,好好歇一歇!"

"王叔叔,您真伟大!"闻听此言,刚才还疑虑重重的兰欣欣跑上去抱住王林使劲儿亲一口,倒弄得饱经风霜的老一辈人浑身很不自在。

等到兰欣欣松开手臂,王林一边用手摸着被亲吻过的脸颊,一边说:"兰大哥,我这就回基地,安排后勤处把要用的东西送上来。晚上我有个会议,就不上来了,有事打手机。"

"好吧!"兰秋田歉疚地点点头,目送昔日的老战友无奈地离去。

无关的人全撤走了,兰欣欣得胜般地心花怒放,俨然以女主人的身份忙乎起来:"妈,您和爸爸先歇着,我去收拾房间,然后让黎老师为你们做几道真正的海鲜大餐!"

"什么海鲜大餐,你快让人家好好歇歇吧,不知他心里有多苦呢!再说,你王叔一会儿肯定会让人把吃的用的全送来。"耿玉芳看看坐在门口的黎天成正用手机发短信,心生爱怜。

"他送他的,咱做咱的,两不耽误。"欣欣然后转向父亲:"爸,您快给王叔叔打电话,告诉他就别送帐篷和床什么的。黎老师画室里有床,他睡那屋,咱们用这间,都挺宽敞的。"

"行,我这就告诉他。"兰秋田痛快地答应下来,走到一旁去打手机,这倒让耿玉芳非常吃惊,心想,这老倔头平时对人说话办事历来是居高临下,怎么今天就变得这么通情达理了呢?

在兰秋田打电话的时候,兰欣欣从拉杆箱中取出两罐八宝粥和火腿肠,递给耿玉芳:"妈,我这儿还有点吃的,您和爸爸先垫垫底儿。"

"我可不吃这些东西,你爸也不愿吃,里面全有添加剂什么的,你今后也少吃。"

"那好,我就先让黎老师去弄菜。"兰欣欣收起手中的东西,然后走到黎天成面前,学着林伟奇的样子,指指海面,又指指嘴,再拍拍肚子,示意他去钓鱼和捉海参。

黎天成笑着站起来,到厨房取出一个小塑料桶,没换衣服也没换鞋,便要从悬崖的石缝中滑下去。

兰秋田和耿玉芳大惑不解地看着两个人的一举一动,惊讶加上惊讶。首先惊讶黎天成为何要从石缝中下海,那海面惊涛拍岸,什么也没有,难道只是为了去提一桶咸咸的海水?更惊讶自己的女儿刚刚同人家认识不过几个小时,怎么就那样拿自己不当外人地吆来喝去,而对方却言听计从,心甘情愿!耿玉芳生忍不住了,担忧地问:"欣欣,你让人家下海去干吗?"

"您和爸爸快去看吧,一会儿就明白了。"

兰秋田牵着老伴走到悬崖边上,只见黎天成正从一块突兀的礁石上解开一条绳子,用力往上一提,便从喧啸的海浪中拎起网袋,放在水桶里,转身往回返。

这一来,兰欣欣也觉得奇了,赶忙到石缝前去接应。

因为一手攀岩,一手拎东西,黎天成上来时比较吃力,当看到兰欣欣伸手相迎时,咧嘴一笑,先从头顶上将水桶递过来。

兰欣欣把小水桶放在地上,透过网袋一看,立刻高兴地叫道:"爸、妈,快来看,全是活海参!"

兰秋田和耿玉芳半信半疑地走上前,兰欣欣解开袋口,将海参倒在桶中,双手托着让他们细瞧。

"哎哟,真是活海参!奇啦!这转眼的工夫就手到擒来,是用的什么奇功秘法?"耿玉芳惊叹道。

"他知道您二老必定会来,事先就准备好的。"兰欣欣说这句话时,一点都不脸红,反倒为自己的灵机一动,脱口而出的谎话有点自鸣得意。

黎天成从石缝中出来,对两位贵客笑一笑,拎起水桶要去山泉收拾。

兰欣欣拦住黎天成,接过水桶,再指指悬崖和黎天成。

黎天成会意,放下水桶到厨房里去取钓线。

"老兰,他两个这又是要干啥?"耿玉芳问。

"你就等着看吧,欣欣是让他去钓鱼!"

"你咋知道呢?"

"你忘了我是干啥的?"

"爸、妈,你们快去看他去钓鱼,那更是天下一绝!"兰欣欣边说边把水桶拎到大榕树下。

黎天成从厨房里拿着几根拴着鱼钩,穿上虾肉,盘在手臂上的长线走过来。兰秋田和耿玉芳随他走到悬崖边上,只见他把四根钓线分别放入海面,把其中两根递给兰秋田。

兰秋田仿佛看透了他的心思,笑着接过钓线,轻轻提一提,想找回曾经的感觉。

几分钟过去,黎天成手上的钓线猛一动,鱼上钩了。他稍稍用力一提,一条足有一尺长的大鱼就绝望地挣扎出海面,在提升中落入水桶。

"这么大,能有二斤吧?老兰,快看,快看!"

"别急,等会给你钓条更大的。"果然,话刚说完,手中的线动了,兰秋田赶紧收手,拽上一看,个头儿虽小一些,也有一斤半,喜得耿玉芳又是一阵欢叫。

不到一小时工夫,黎天成钓上五条,兰秋田钓上四条,加在一起能有十斤上下,比赛的成绩都还不错。

望着黎天成和兰欣欣一起去山泉收拾鱼和海参,兰秋田对耿玉芳夸道:"这小子是不简单,生存能力特强,干啥都会成功!"

"你这么快就相中了,想招养老女婿呀?"耿玉芳问。

"看你想哪儿去了,我是如实评价一个人,没你想那么多!"

"那可不一定!你没见欣欣那股着迷劲儿?当今这女孩子,就喜欢风流才子型的大哥哥!"

"别胡思乱想,人家有家有业,有老婆孩子。欣欣要真像你说的那样,看我怎么收拾她!"

"她媳妇不是离家出走了吗?要不他咋这么可怜!"

"走了就不会再回来?破镜重圆嘛!"

"要搁我,回来也不能要!打破的花瓶,那还能看?"

"家家都有难唱曲,一家不知一家事儿。你少替人家操闲心,还是多想想自家的事吧!"

这边老两口你争我辩,那边两个年轻人已收拾停当,搭灶升火,将鱼放入铁锅中清炖。

不远处转来汽车声,原来是王林派人送东西来了。一大一小两台车,车停稳后,一位中校军官向迎上来的兰秋田敬礼汇报:"首长好!我是基地后勤处处长何培山,为您送来些生活必需品。"

何处长指挥中巴车上的两名战士卸下东西:三套新的行李和洗漱用品,一张可折的餐桌和锅碗勺盆,里面装着加工好的几样菜肴,外加几瓶白酒和一箱啤酒。

"哎呀,何处长,这可太麻烦啦!"兰秋田指着眼前的东西说:"你要给我记个细账,并且不必让王副司令知道。"

"老首长,这是我们应该做的。"何处长又说:"王副司令指示每天的一日三餐要及时送来,您愿意吃什么,或是缺啥东西,可以随时打电话给我,这是我的电话号码。"说着又双手递上名片。

"行,行,不过还真有件事儿。"兰秋田指着旁边飘出鱼香味的铁锅说:"你告诉王副司令,就说是我的主意,所有吃的东西都不要再送。你看看,这里吃的东西啥都现成,有活鱼海参,有甘甜的山泉,有各种新鲜水果,再多就浪费啦!再说,这几年,在城里待腻了,早想换换口味。"

后勤处长为难地摇摇头,经过再三解释,才带人离去。

外人一走,黎天成和兰欣欣很快将做好的海鲜端上桌,鱼是清炖,海参是红烧,没有动员,也不必客气,四个人一齐动手动嘴,不大的工夫,便将一盆鱼和一盆海参消灭干净。除主食馒头外,周处长亲自送来摆在另一张桌上的美味佳肴,谁也没去动一筷子。

一阵摩托车的"突突"声响起,兰秋田夫妇和女儿以为又是王林派人来了,欲起身相迎,被黎天成伸手拉住,让他们坐着别动,自己走出去。他前脚走,身后的三位还是跟着出去想看个究竟。只见是两个骑摩托车的小伙子,正从车架上卸下一堆东西。

三个人正纳闷黎天成啥时候做的安排,黎天成便领着两个小伙子走进厨房,先放下米、面、油、鸡蛋、火腿和黄瓜、辣椒、胡萝卜、豆角、油菜、香葱、大蒜、土豆等十几样青菜,最后才打开一个扎紧口的编织袋,从中拎出小芭蕉、菠萝、木瓜等热带水果,一一放在桌子上。

"哟,这都是从哪儿弄来的东西?"耿玉芳明知故问,为的是调解气氛,引人说话。

"刚买的呗,您没见多新鲜。"兰欣欣刚把话说完,见两个小伙子同黎天成打个招呼转身要走,忙碰碰兰秋田的胳膊,又指指另一个桌子上的饭菜。

"噢,对,小伙子,别走、别走,快帮帮忙。"兰秋田指着桌子说:"我们吃完饭后,饭店才送来的,一筷子也没动,你们俩把它都吃完,剩下该坏啦!"

小伙子们看看桌面,又看看黎天成,得到他的点头允许后,就毫不客气地来个风卷残云,高兴而去。

暮色苍茫,星疏月朗,海湾对面的三亚主城区和海滨灯光闪烁。遥望海面,停泊在深水区的巨型货轮,如同一座座小山包突兀而立。在它们身后,几艘返航的军舰正列队而行。兰秋田见景生情,指点着海面说:"欣欣,看到没有?那就是我国最新型导弹驱逐舰,等哪天有机会,带你们一块儿去看看。"

兰欣欣也急切地要求:"爸,那可太好啦!您一会儿就跟王叔叔说说,咱尽快去参观参观。我敢说,黎老师肯定没上去过。"

"这事儿可急不得。"由于受到老伴的责怪,兰秋田不但兴致受到影响,也真的意识到有重要的事情要处理。

"行了,欣欣,让你折腾我们一整天,都要累死啦!快去收拾收拾床铺,好让你爸好好歇歇。"

"好吧!"兰欣欣答应着,并轻轻拉一下黎天成的手,两个人一前一后走了。

耿玉芳看着兰秋田,意味深长而又担忧地对他轻哼一声,兰秋田以苦笑回应。

屋子很快收拾好,黎天成几乎把原有的东西都清理出去,或移到画室,或堆在厨房,整个房间顿时显得宽敞干净起来。遗憾的是没有电灯、电视、沙发、茶几什么的。为了补救这一点,他把自己原来用的餐桌放到墙角,把自己用的收音机和手电筒放在上面,又在地面上架起几块木板,把客人的旅行包等大的东西放到上面,以防受潮。最后又从山泉提回一桶干净水,向兰欣欣比画一番,随后便进入对面的画室。

第十九章

兰欣欣招呼坐在大榕树下的父母进屋歇息,等他们进屋后,关上房门歉意地说:"爸、妈,就这条件,委屈你们啦!"

"苦不苦,想想红军两万五!"兰秋田打趣道。

"累不累,比比革命老前辈!"兰欣欣高兴地应答。

耿玉芳真假难辨地说:"你们两个就想法儿气我吧!我明天一早就回北京,我可跟你们遭不起这份罪,丢不起这个人!"

"妈,那哪儿行,您不是答应明天要带黎老师去看病吗?"

"我答应谁了?我可管不了那么多闲事!老舰长的牌子亮,能耐大,有他啥都行啦!"

兰欣欣在隐约中看着母亲的表情,以为是真生气了,赶忙赔不是:"妈,人家是说着玩呢,也当真?全是我和爸爸的不对,行了吧?"

"这种事儿是随便说着玩的,我才不领他去呢!是你傻,还是我傻?就你这没心没肺的样儿,可愁死我啦!"耿玉芳还真有点动了气。

"现在这世道可真有些变了。这堂堂的白求恩医科大学毕业的医生,历来是以救死扶伤的人道主义为己任,怎么也要拿一把呢?"兰秋田深知老伴的刀子嘴豆腐心,只要点准穴道,立见奇效。

"没你的事,别跟着煽风点火,唯恐天下不乱!睡觉,有话明天再说。"

兰欣欣不放心,等把母亲让到床上躺下,轻抚着她的肩头恳求:"妈,您就可怜可怜他吧!一个堂堂的男子汉,一个天才的画家,一个少见的大孝子,心里有好多好多话,就是无法痛快地说出来,这是多大的不幸啊!我一看他那有口难言的样子,就忍不住要哭!"

"行了,行了,快把眼泪收起来吧!我能不领他去吗?只是没把握能不能彻底治好。"

"心到神知,只要你尽心尽力,就保准能成功。"兰秋田在身那边帮腔打气。

"导弹还没发射,就要掉头返航啦?有你这样的舰长吗?真是怪到家啦!"

兰秋田没吭声,兰欣欣对耿玉芳耳语:"万岁!我的好妈妈!我的亲妈妈!"

第二天吃过早餐,兰欣欣当着父母的面同黎天成用手机交谈。
"老师,我妈妈一会儿领你去海军医院治疗失语症,希望你早日恢复健康。"
"我不去。"
"为什么?"
"我不能离开这里。"
"你必须去。我妈说了,你的病不能再耽误,我陪你去。"兰欣欣态度坚决。

僵持片刻,黎天成说出理由:"他们要再来怎么办?"
"放心,有我爸在,谁也不敢动。"
"行吧!"黎天成被真情打动,起身去换衣服。
"妈,他同意了,准备走吧。"
基地后勤处派的车到了,临上车时,兰欣欣再次嘱咐:"爸,就您一个人留守,可不能让人动他的任何东西!"
"放心,快走吧!"兰秋田挥手催促。

车到医院,早有人在门诊部等候,神经科赵主任亲自相迎,简单寒暄之后,便详细检查和会诊,结果未发现声带有实质性病变,确诊为精神性失语症,制定了一个药物、理疗和语音诱导同时实施的综合治疗方案。经验丰富的赵主任还特别向兰欣欣建议:"兰女士,你一定要每天对他进行两次以上音乐诱导,最好是情歌之类的经典歌曲,当面教唱效果最好。"
"好,好,好,一定照办!"兰欣欣点头应答,没显出一点不好意思。
回返时已近中午,一进市区主街道,兰欣欣叫司机拐到一家电脑专卖店,一个人上去买台联想笔记本电脑和全套附件,又到另一个柜台买两台小巧的随身听。匆匆回到车内时。耿玉芳不解地问:"欣欣,还买笔记本干什么? 咱家里已经有两台啦!"

"买了在这儿用,查资料,听音乐,上网什么的,特方便。这两个随身听,您和爸爸各用一个,赵主任不是说了吗?要为黎老师创造一个诱发语音的环境,多给他听听爱情之类的歌曲。"

"这回你又有事儿干啦!还是悠着点吧!"耿玉芳边说边看看坐在副驾位的黎天成,没见他有什么反应。

"妈,这叫天降大任于斯人也,利国又利民。"兰欣欣又耍起贫嘴。

"什么利国利民?你不把它变成误国扰民就阿弥陀佛啦!"因为有司机和黎天成在场,耿玉芳不好把话往深里说。她不担心别的,只怕女儿越陷越深,最后无法自拔。

一到家里,兰秋田便急着摆功,把水桶中十几条半斤以上的活鱼给众人看。兰欣欣在母亲去换衣服的时候,简单汇报了去医院就诊的情况,说医护人员如何热情,赵主任如何精心,说医生嘱咐每天上午要准时在门诊部进行针灸和按摩。最后,还特别提到买电脑和随身听的事:"那位赵主任说,音乐和语音诱导常常会收到意想不到的效果,最好能像教小孩子说话唱歌那样,一字一句反复练习。"

"真能管用吗?他可是成人。"

"肯定管用!您没见电视上的报道,躺在床上多日的植物人,经过妻子的不断呼唤和歌唱,都醒过来能说能动啦!何况黎老师是个大活人,又没有实质性病变,保证会出现奇迹!"

"可你与他是什么关系?那些话你能说得出口,那些歌你会唱得出来吗?"兰秋田不无担忧的考问。

"那有啥,就暂时当演戏呗!"

"这戏可不好演,你还是慎重为好。"

"我不怕,我保证演好,您瞧着吧!爸,先不说了,我去换衣服做饭,早都饿啦!"

午餐虽然只有四道菜,却颇费些工夫。黎天成在厨房外的石灶上放上一口大锅和竹帘,放入水后,将装在盆里的大米添水放在当中,又把可能是昨天晚上就准备好的几盘半成品,布在盘中加调料放在四周,盖上锅盖后猛火蒸半个多小时后起锅。上桌后,他用手机点出菜名,让兰欣欣转报给父母:"请告诉二老,这是黎家传统风味,名字分别叫南海鲜鲍、槟榔花鸡、南山素斋、双熏腊肉,双熏用的是松枝和竹叶,敬请品尝。"

兰欣欣拿着手机指着菜盘,一边辨认一边报菜名,兰秋田夫妇边听边看边点头,趁这工夫黎天成打开两瓶啤酒,分别倒在四个碗里。

午餐正式开始,经过一轮品尝,兰秋田深有感慨地对老伴说:"玉芳,回城多年,已经很少能吃到这样纯正的地方特色菜,尤其是这用松枝和竹叶熏的腊肉,别有风味。"

"可不是呗,你就说这野菜和蘑菇,没一点污染,绝对的纯天然,清爽润口,难得一尝!"

"爸、妈,这才哪儿到哪儿,你俩要是喜欢,就让黎老师天天做。"兰欣欣说完,向黎天成伸出大拇指,以资鼓励。

黎天成咧嘴一笑,端起碗向客人敬酒,本着尊重长辈和女士优先的原则,把第一碗递给耿玉芳,把第二碗递给兰秋田,把第三碗递给兰欣欣。兰秋田爽快地喝一大口,耿玉芳却端着碗连声告饶:"欣欣,快告诉他,我可喝不了。"

"酒逢知己千杯少,又是啤酒,您就喝吧!"兰欣欣笑脸相劝,好像故意要凑热闹:"别洒了,喝吧,剩下给我。"

耿玉芳无奈,只好象征性地喝一小口,当看到兰欣欣一口喝下小半碗时,不悦地提醒女儿:"欣欣,你可要少沾这东西,女儿家弄得满脸通红,还咋见人!"

黎天成受宠若惊地端起碗来,先干为敬,一口喝干。然后伸出右手,做出个"请"的姿势,待兰秋田一饮而尽后,接过碗来,倒满后双手敬上,然后才给耿玉芳和兰欣欣添酒。

就这样频频举杯,不消半小时工夫,一老一少两个男子汉各自喝下两瓶"青岛"。一对母女则仍是碗中酒。

"老兰,差不多就行了,小心心脏和血压。"耿玉芳见丈夫仍有兴致,忍不住相劝。

在黎天成和兰欣欣去外面盛大米饭的空档,兰秋田小声对耿玉芳说:"看见没?是个好!他们搞艺术的,最讲究以酒助兴,激发灵感,要不怎么会有李白斗酒诗百篇的佳话呢!"

他们常常从这种幽默中获得愉悦,并且对独生女产生了深远的影响。

吃完午饭后,兰欣欣说:"爸、妈,你们进屋睡个午觉,好好休息休息,我去给黎老师放音乐治病。"说着,从双肩包中取出笔记本电脑。

"欣欣,你真相信那音乐诱导法会管用?"耿玉芳历来对这些新鲜的玩意不感兴趣。

"看来,我还真得给二位老人家补补课!"兰欣欣边说边把电脑放在床上,坐到母亲身边,自信地说道:"妈、爸,你们知道我在大学学的第一门专业课是什么吗?是艺术史,有一章专门讲音乐的产生和对人生及社会的影响,其中有些名人的话语,说得非常精辟而深刻,令人终生难忘。尼采说,没有音乐,生活就是一个错误。施特劳斯说,音乐是人生的艺术。贝多芬说,领悟着音乐的人,能从一切世俗中超脱出来。安德烈·莫罗阿说,痛苦的人所能栖息的另一处所,是音乐世界。而马丁·路德则说的更为深刻,有音乐的地方,魔鬼便不会停留。现实生活中的例子更是动人,一位长期卧床的植物人,在未婚妻子的情歌中渐渐醒来……"

"行了,行了,那就试一试吧,但愿能出现奇迹。"耿玉芳有些不耐烦地挥挥手。

"欣欣,没有电源,没有宽带,你怎么用啊?"兰秋田提醒道。

"爸,我把电池、网卡、U盘什么的全配齐了,到哪儿都可能用。"兰欣欣边解释边把电脑递给走进来的黎天成,向外指指大榕树。

兰秋田不置可否地笑一笑,他对女儿的执着和超强记忆越来越感到惊讶,那种随机应变,信手拈来,出口成章的能耐,可不是一般人能有的。

两个人来到大榕树下,兰欣欣将电脑放在用木板临时钉成的桌子上,安装好后,熟练地从资料库中调出施特劳斯的《蓝色多瑙河》和舒伯特的《小夜曲》。她以为黎天成在海外游学多年,肯定会熟悉西方典音乐作品。她先把英文版的两首歌放一遍，特意把音量调高一点，让黎天成仔细倾听，遗憾的是，对方一时竟毫无反应。

兰欣欣想一想，以为黎天成对英文歌曲听不大懂。她灵机一动，把电脑调至静音，试着用中文唱起《小夜曲》：

> 我的歌声穿过深夜，
> 轻轻向你走去，
> 在这幽静的小树林里，
> 爱人我等待你。
> 银色月光照亮大地，
> 树梢在耳语，
> 树梢在耳语。
> 没有人来打搅我们，
> 亲爱的别顾虑，
> 亲爱的别顾虑。
>
> 你可听见夜莺歌唱，
> 他在向你恳请，
> 他要用那甜蜜歌声，
> 诉说我的爱情。
> 他能懂得我的期待，
> 爱的苦衷，
> 爱的苦衷。
> 歌声也会使你感动，
> 来吧，亲爱的，
> 愿你倾听我的歌声，
> 带来幸福爱情，

带来幸福爱情。

兰欣欣边唱边细心观察,发觉黎天成似有所动,正侧着耳朵想听清歌词。她心中一喜,又将电脑从静音调至播放程序,将英文版的《小夜曲》再放一遍。可她看到,黎天成苦恼地皱皱眉头,似乎对英文歌曲没有感应。

兰欣欣心里想明白了。她再次操作电脑,从中调出著名歌手李玲玉在电视剧《西游记》中演唱的那首成名之作《天竺少女》。刚唱完前一段,黎天成的双唇就一张一合地微微而动,眼中闪出一道追思的亮光,脑袋还轻轻摇了几下。兰欣欣大喜过望,再次将电脑改变程序,快速打出一段文字:"老师,我在总决赛的才艺比赛时,表演的就是这段歌舞,遗憾的是,你因中途退场而没有看到。现在,我特意为你补演上,效果虽然没法和舞台上相比,可我心依旧,敬请欣赏。"

黎天成先愣怔怔地看看屏幕上的文字,再惊愕地看着兰欣欣甜美的微笑,心中突发出一场地震。他不知如何作答,更不知怎样感谢兰欣欣的良苦用心。他回头望望正站在窗前观看的兰秋田和耿玉芳,又平添上了一份惶惑,可最终他还是渴求地点点头。

兰欣欣重又调整了电脑程序,隐去画面,只播放歌曲,随着前奏曲的响起,她心中"呼"地一热,仿佛又回到了美丽之冠的T型舞台。她飘然地轻移脚步,深情地唱出清泉沁心般的音韵:

噢……沙里瓦
是谁,把我带到你身边?
是那圆圆的明月、明月!
是那潺潺的山泉,
是那潺潺的山泉
潺潺的山泉!

　　　　我像那戴着露珠的花瓣、花瓣！
　　　　甜甜地把你依恋！

　　不知是有意还是无意,在出神入化的忘情表演中,兰欣欣将"是谁送你来到我身边",唱成了"是谁把我带到你身边",并且从此之后,每次再唱时都没再改变成原句。一字之差,寓意深刻！虽然没有舞台,没有灯光,没有乐队,她却唱得十分动情,跳得淋漓尽致,如春风化雨,润入黎天成焦渴的心田。

　　第一段唱完,紧接着唱第二段,兰欣欣的身心更加投入,歌声越加甜美:

　　　　是谁,把我带到你身边?
　　　　是那璀璨的星光！
　　　　是那明媚的蓝天,
　　　　是那明媚的蓝天,
　　　　明媚的蓝天！
　　　　我愿用那充满纯情的心愿,
　　　　深深地把你爱怜、爱怜！
　　　　噢……沙里瓦！

　　兰欣欣在演唱完第二段后,由于连唱带跳,已有点气喘吁吁,汗流浃背,同时眼睛还湿润得有些模糊。她顾不上自己,因为她发现黎天成双眸中闪亮着泪珠。啊,他听到了,也听懂啦！兰欣欣飘旋到黎天成的身边,一把拉住黎天成的手臂,强迫他跟自己跳起来,边跳边哼唱起在大学一年级时用歌名编谱成的情歌:

《爱上你我很快乐》,
　　我的心不再是《寂寞在唱歌》。
　　我《一直很安静》地生活,
　　在接到你《爱》的《幸福预报》后,
　　生活就变成了《美丽的神话》。

　　对于兰欣欣的强行邀请,黎天成刚开始还表现得有些不大情愿,动作自然也就显得呆板。可在激动和感恩的驱使下,很快变得主动顺畅,渐入佳境,优雅灵动起来。

　　兰欣欣想趁热打铁,一举成功,又边舞边唱起了亚美尼亚的民歌《春天来了》:

　　春天来了,四野欢笑,
　　苹果含苞,玫瑰花开,
　　就在我们美丽的家园,
　　啊,美丽的春天来了。
　　绿色的季节已经来到,
　　百花盛开,千里香飘,
　　就在我们美丽的家园,
　　这里春光无限美好!

　　隔窗相望的兰秋田和耿玉芳不时地互相对视,心绪复杂,妻子担忧地叹道:"看清楚没有?这丫头真的是走火入魔啦!"
　　"不是说暂时演戏吗?何必惊慌!"
　　"等到登堂入室,便会弄假成真!"
　　"天意难为,顺其自然吧!"

"喂,你到底是跟谁一伙的?"

"天下本一家,难分你我他。"

第二十章

音乐诱导疗法结束后,两个人汗津津地坐在树根上休息,兰欣欣在电脑上打出一行字:"老师,请带我去游泳吧!"

"你心太热,水太凉,会得病。"黎天成伸手在键盘上回应。

"凉泻火,热伤神,天地良心!"

"心平静,火自灭,无须担心!"黎天成回完这句话后,不由分说收起电脑,拎着就走。

兰欣欣一时没弄懂黎天成这句话的真正含义,跟在后面紧着琢磨,仍不得而知。

进屋后,黎天成把电脑小心放回双肩包,转身欲走,被兰欣欣伸手拦住,并对父母说:"爸、妈,我们要去海里游泳,清凉清凉。"

"你刚好一点,可别再胡闹!"耿玉芳立刻表示反对,言词毫不客气:"再说,你带泳衣了吗?"

"带了。妈,我实在是热得难受,不降降体温,真会病的,您就答应吧!"兰欣欣拉着妈妈的手,又求助地对爸爸眨眨眼睛。

"去就去吧,龙王爷的儿子会凫水,海军的女儿也不差嘛!再说,没有绝对把握,天成也不敢答应的。"

"妈,我先去试试,不行就回来。"兰欣欣挤眉弄眼地撒娇,看妈妈没再激烈地反对,从箱子里取出泳衣、泳帽和泳镜,拉起黎天成的手就要走。

黎天成不情愿地看着兰秋田和耿玉芳,希望他们能阻止自己任性的女儿,可却发现他们均无此意,只好随兰欣欣而去。

来到屋外,兰欣欣示意黎天成换泳衣。黎天成表示不必,只把上衣和外裤脱下,搭在大榕树枝上。

走到悬崖边的石缝时,兰欣欣突然有点打怵了。心想,这下面礁石连着礁石,海浪牵着海浪,连个沙粒都找不到,怎么下去游啊!可自己硬把人家逼来,也没法再回头。她想从后面拉住黎天成,可就是伸不出手。

黎天成先下到石缝中,伸出一只手接护着兰欣欣,恐怕她滑坠下去。还好,兰欣欣身轻如燕,又有人挺身保护,畏惧的心理渐渐消除。

下到崖底,果然如其所料,那一波波海浪在跳近海岸的最后一瞬间,不顾一切地把自己拍在参差的石崖上,唱出粉身碎骨也心甘的生命欢歌,也似在嘲笑两个年轻人的无畏和无知。

正当兰欣欣绝望的时候,黎天成往前走十几步远,从一个不知有多深的水洞中牵出一条小舢板,紧紧地拉住绳索,让兰欣欣先跳上去。

这一来,兰欣欣乐了,欢叫着一跃而上。黎天成收起绳索,扔进船舱,在往前一推船体的同时跃入船中,稳稳地坐在中间的隔仓板上。他把两只船桨挂上两侧的支架,用力猛摇几下,小船便乖乖地在迎面而来的浪尖上跳荡穿行起来。

坐在船头的兰欣欣只觉得心儿伴着小船跳动,十分自在轻松。

情侣岛近在眼前,几百米的距离一会儿就到,当船头冲上沙滩的那一刻,兰欣欣身子往前一扑,双手赶紧抓住了船帮。船停稳了,兰欣欣光脚跳下船头,双脚落在沙滩上,海水立刻没了脚面,一股清凉的感觉顿时沁入心脾。多美的名字!多白的沙滩!多么神秘的小岛!她赞叹地站在岸边,看着黎天成将缆绳拴在一块长条形石头上。趁此机会,她快速穿上泳衣,换下长裙,静等有人发令。

沙滩不宽,不过十余米。小岛不高,不足百米,两个并连着的山头上长满林木。兰欣欣正看得出神,黎天成"啊、啊"地挥手招呼起来。她应声而动,欢叫着扑进海面,用自由泳奋力向前冲出二十几米,回过头又使劲挥手,叫黎天成紧跟相随。

黎天成看着美人鱼般的兰欣欣,往前稍走几步,当一排海浪奔涌而来时,他趁着浪峰遮挡的瞬间,猛地一头扎下去,好半天不见了人影。

兰欣欣突然发现黎天成不见了,知道他是故意潜泳同自己捉迷藏。可过了快一分多钟,四下瞧瞧还是不见人影,心里便有点慌起来。可别让鲨鱼给拽跑啦!她刚这么一想,只听身后"哗"的一声,冒出个水淋淋的人来。她又惊又喜,指着黎天成大惊小怪:"你真坏,吓死我啦!"

黎天成转过身去,用标准的蛙泳逐浪前行。

兰欣欣唯恐落后,充分发挥四肢修长,体轻如燕的优势奋力追赶,很快齐头并进。这是一场不宣而战的比赛,蛙泳,女子先胜,蝶泳不分上下。自由泳,男儿略强,立泳,不在项目,仰泳,返航休息。在尽兴地同海浪搏击中,压抑已久的渴望得到满足,疲惫的身躯被重注激情,蒙羞的心灵被洗涤干净,深情的南海接纳下一对忠贞的儿女。

站在对面海岸上翘首观望的父母放心了,羡慕了,动情了,兰秋田同耿玉芳商量道:"哪天咱俩也去那儿玩玩,我已经好几年没下海啦!"

"你好意思去和年轻人比吗?我们已经老了,还是知难而退吧!"

"老什么老,革命人永远是年轻,它好比大松树冬夏常青。"兰秋田随口唱出这句歌词,顿生昂扬之气,挺胸迎风地跃跃欲试。

"扯!你还永远健康,万寿无疆呢!"

"就你好说泄气话,撤!"

两个人回坐在大榕树下,各想各的心事。兰秋田眺望着大海,追忆昨日的骄傲;耿玉芳神情黯然,忧虑着明天的时光。

游泳健将双双凯旋,兰秋田笑问:"欣欣,玩得怎么样?"

"爸,太好啦!明天咱们一块去。"

兰秋田看一眼老伴,一语双关地回答:"看看天气允不允许吧!"

"水凉不凉?可别激着,快去换衣服。"耿玉芳心里反对去凑这份热闹。

"妈,一丁点儿也不凉,那海水还有些烫人呢!"

"还想唬我?问问你爸,年轻时我哪个海没去游过?你要说沙滩有点烫人还差不多!"

"真的,妈,这儿可是南海,海水被太阳晒得热热乎乎,不信您明天亲自去试试。"

"要试让你爸试,我暂时可没那份闲心。"又是一句话里有话,那潜台词中的意思,女儿自然比谁都明白。

晚饭过后,兰欣欣又在大榕树下开始对黎天成进行音乐诱导疗法。在播放完《天竺少女》《在那遥远的地方》《月光下的凤尾竹》等几首爱情歌曲后,又加上一首《大海啊,故乡》,仍是先放带伴奏的原唱,然后是无伴奏清唱,那深情的依恋和动人的歌喉,强烈地触动着黎天成的神经。

当兰欣欣唱到"大海啊大海,就像妈妈一样,无论天涯海角,永远伴在身旁"时,黎天成突然冲到悬崖边,面对大海仰天长啸:"啊——啊——啊——妈——阿妈——"

兰欣欣先是一惊,赶紧追上去拉住黎天成的手臂,当她猛然听出黎天成在长啸之后发出了"阿妈"两个字的声音时,立即上前一步,放开喉咙,与黎天成一起反复高喊起来,"阿妈——阿妈——",那声音响遏行云,激荡起海浪,向苍茫遥远的天宇传去,引发出悠长的回声。

被呼喊声吸引住的兰秋田和耿玉芳,刚开始还不敢相信奇迹这么快就会产生,以为是兰欣欣别出心裁,在"强迫"黎天成接受治疗。可他们很快觉出不对,互相交换着眼神侧耳倾听,终于从男女二重唱中分辨出男性语音的高亢和粗犷。

"这丫头,施的什么妖法,万万没想到只九天就见了奇效!"耿玉芳万般感慨地说。

"真情感天地,妙法见奇功,咱这闺女真的是成精成神啦!"兰秋田不无得意地叹道。

"爸、妈,你们听到了吗?黎老师会喊妈妈啦!"兰欣欣拉着黎天成的手跑过来,满脸的激动和欣喜。

"听到了,听到了,可喜可贺,你是头功一件。"兰秋田少见地夸起女儿。

兰欣欣见妈妈没表态,扭头教黎天成叫起阿姨来,她说一句,黎天成重复一句:"阿姨——"

"阿离——"

"什么阿离,叫阿姨!"

"阿离——"黎天成憋红了脸。

"欣欣,别太心急,慢慢来。"兰秋田同情地劝道。

兰欣欣看着黎天成羞窘欲躲的样子,忍不住"扑哧"笑了。眼珠一转,来了新主意:"那咱不叫阿姨,再叫阿妈试试。"她大张开嘴,缓慢地喊出两个字:"阿——妈——"

"阿——妈——"黎天成鹦鹉学舌般地跟着学,"妈"字叫得很挺清楚。

"咋样?我说会叫阿妈了吧!"兰欣欣说完后发现,妈妈已羞红着脸不知所措,这才意识到自己的举动有些荒唐出格,引起了妈妈过多的联想,心中也觉得有点可笑。

说归说,做归做,在蔚蓝的大海面前,谁都经不住它的诱惑,或者叫邀请。第二天上午,兰欣欣特意到市区为爸爸妈妈买来泳衣、泳帽和泳镜。没用怎么动员,两个人就服从命令听指挥,乘坐小舢板到情侣岛去游泳,在久违的海浪中激情重现,乐而忘返,追寻着悄悄远去的青春岁月。

次日上午,耿玉芳和兰欣欣陪黎天成去医院理疗时,王林亲自带后勤处长和几名战士来访。两位老战友在大榕树下叙谈,后勤处长指挥战士从半山坡原有的民用线路引来电线,为悬崖上的小屋接上了电灯。王林本来想接兰秋田一家到家中做客,兰秋田以暂时不宜为由婉言谢绝。临别时,王林说:"老大哥,要不这样,明天我派人将山坡上那空着的小楼简单修一下,你们一家人先到那里去住。这下面实在是太不方便。等你们离开时,修好的房子可做值勤人员宿舍。"

兰秋田再三推却,最后见王林态度坚决,只得答应下来。

屋子里有了电灯,又听说要修缮附近的空楼,有人喜有人忧。最高兴的自然是兰欣欣,可当她将好消息用手机告诉黎天成时,却遭到拒绝:"我决不离开故居,必须在这里为母亲守孝三年。"

"你需要过正常的生活,换换环境便于疗伤。"

"往事不堪回首,灵魂难以救赎。"

"悔是弱者的专利,泪是俗人的迷汤。"

"悔为重生铺路,泪能洗净灵魂。"

"美将拯救世界,爱能战胜死亡。"

"美会乱世,爱则迷情。"

"你愚蠢之极!"

"你痴情吓人!"

"吓昏你,好被绑架!"

"吓死了,一无所有!"

"免战,快去备饭。"

"遵命,手到擒来。"

谈判不欢而散,却无伤大雅,无人气恼,丝毫没影响午餐的食欲和下午的音乐诱导。

军人的行动就是快,午休之后,王副司令一声令下,几十号人马便一拥而来,上门的上门,修路的修路,粉刷的粉刷,安装的安装,只一下午工夫,废置的小二楼便里外一新。后勤处长请兰秋田夫妇前来验收,老两口连声道谢。

山坡上的工程已结束,大榕树下的诱导还正在进行。在同兰秋田夫妇告别后,坐在军车后排的一位海军少尉军官羡慕地对处长感叹:"这小两口还真有情趣,整整唱了一下午。等搬入新房,还不得乐昏过去!"

"可别瞎说乱猜,那是一对病人,精神都不大正常。"何处长及时制止。

"两个人都有病,怎么还会这样穷欢乐?"少尉越发不解。

何处长毕竟见多识广,还真做出个不甚准确的解释:"你不知道有'同命相怜'这一说吗?其实更准确地讲,应该叫同病相怜。两个病人只要互怜互爱,便可互为良药。嗳?你小子操的那份闲心哪!"

第二十一章

房子修好了,所需所用一应俱全。晚饭后,耿玉芳趁黎天成在场,心急地对欣欣说:"欣欣,咱们是今天就搬上去住,还是等明天?你得先帮小黎把他那些画收拾妥当吧?"

兰欣欣看着黎天成,两个人目光一碰之后,黎天成回避地低头不语。

耿玉芳见状不知何故,猜测道:"还缺啥东西?"

兰欣欣没有回答,而是用手势示意黎天成先出去一会儿。黎天成会意,起身离开,到自己的画室去了,兰欣欣这才开了口:"爸、妈,我饭前就对他说了,可他死活不同意。"

"为什么?"兰秋田注意地问。

"他说要在这里继续为母亲祈福守孝,期满后才能离开。"兰欣欣一脸无奈。

"这事儿不可强求,他不去正好,这样两方便。"耿玉芳明确表态。

兰欣欣看看爸爸,又看看妈妈,似有难言之隐,兰欣欣嗫嚅一下,情绪虽低落,语气却坚决得惊人:"他不去,我也不去。"

"欣欣,这恐怕不行,你一个大姑娘,怎么能和陌生男子单独相处?"兰秋田态度同样坚决。

"他住画室，我住南屋，互不相干。"

"荒唐之极，断不可以！"

"爸，您别生气，听我说，我已经不是小姑娘，是成年人！我会对自己的行为和未来负责，我有权选择自己的自由和幸福。"

"你张口自由，闭口幸福，你可知道真正的自由和幸福是什么？是从哪儿来的吗？"兰秋田声色俱厉地教训道："我告诉你，自由是生存的权利，不是为所欲为。幸福是身心的健康，不是欲望的满足。自由和幸福要靠国家的强盛来护卫，靠民族的脊梁来支撑，靠道德和良心来选择。你们现在把它理解成什么啦？只重索取，不愿奉献；只求享受，不知奋斗；只顾自己，不顾他人，典型的个人主义第一！"

一阵"迎头痛击"，还真把自认聪明的兰欣欣打醒了。她知道，要讲大道理，自己从来不是爸爸的对手。她不得不承认，爸爸的警劝既在理又坚决，硬顶是顶不过的。她决定暂时妥协，以退为进："爸，您讲的全是革命大真理，我说不过您，更不想气您，那就听您的安排吧，谁让我是您的女儿呢！"

"这还差不离，像个女儿样儿。"妈妈及时出来唱和，虽然引来女儿的白眼，心里却并不生气，仿佛打了一场胜仗。

谈判顺利结束。机不可失，说搬就搬，在黎天成的帮助下，一家三口喜迁新居，可各自的心里都有点别别扭扭。父母住楼下，女儿住楼上。这一夜，三个人都很晚才入睡。老两口在床上小声商量今后的对策，女儿则趴在被单下打了好一阵手机，不知与黎天成都说了些什么。

经过短短十余天的治疗，黎天成失语症彻底治愈，由不能发音到会说单词。由几个单词连成短句，由断断续续到流畅表达，医患双方都大喜过望。

回到家已是中午十一点，黎天成和兰欣欣去准备午餐，耿玉芳则在山坡上绘声绘色地将黎天成跪拜的情景说给兰秋田听。

"真是个有情有义的汉子,将来必成大事。"兰秋田听完后顿生感慨。

午饭好了,兰欣欣打手机让父母下来用餐。从半山坡到下面有几十级石头砌成的台阶,耿玉芳怕老伴有闪失,伸手欲扶,被兰秋田拒绝。

"玉芳,三亚这地方真是神仙待的宝地!咱来了十多天了吧?你带来的那一大包药,没吃几回,又发生这么多的事情,头昏的毛病没了,身上也像长了不少劲儿!"

"那对呀,你心,气顺了,事儿也顺了,浑身来了精神。还有就是三亚属热带海洋性气候,空气湿润,含氧量高,气温高而不燥,所以便血流通畅,神清气爽,忙而不累,要不怎么能引来那么多国内外游客呢!等旅游岛全面建成,再实行全岛退税免税,那就更不得了,恐怕会人满为患呢!"

"我看咱俩也搬来住算了,免得将来找不到好地方。"

"搬来住?那北京的家还要不要?"耿玉芳警觉地追问。

"要不要都可以,大丈夫四海为家,哪儿的黄土不埋人!"

"你可得了吧!你那心思我还不知道?一见了大海,看到了军舰,比见了谁都亲!你昨晚那一通叨咕,我心里当时就明白啦!"

"明白好哇,明白人好办事。"

"我可先跟你说清楚,要来你自己来,我可不来。"耿玉芳越想越生气:"这不省心的事儿咋都让我摊上啦!这小的不懂事儿还情有可原,这老的也跟着瞎折腾,还让不让人活呀!"

"打住,打住,以后再说。不过有一条,你离开我可不中。"兰秋田适时变调,为的是怕老伴过于伤感。

"美的你吧,老了老了,还总想玩新鲜!"

两个人偃旗息鼓后来到大榕树下,看到丰盛的午宴,一切烦恼便顿时无影无踪。6个大盘子摆满了桌面,一瓶茅台酒立在中间。

兰秋田和耿玉芳正要入席,却被黎天成伸手拦住:"伯父、伯母,还有欣欣,先请这边坐。"

三个人互相看着,惑然不解地被黎天成引领到悬崖边上的一条长木凳上，兰秋田坐在当中，母女分坐两侧。兰欣欣以为黎天成要为她们一家人照相留念，提醒道："老师，有相机吗？"

"有。"黎天成神情庄重地应答，却在三人的注视下走回桌前，打开酒瓶，倒上半碗白酒，转回到三人面前，双手平端着大碗，情绪十分激动地说："伯父，伯母和欣欣小妹，我从小生在海边，长在海边，父母给了我生命，家乡给了我智慧，国家培养我成才。在中央美术学院学成后，我漂泊海外游学多年，立志要攀上绘画艺术的高峰。可是，由于远离了故乡高山大海的艺术土壤，受到了外面世界的纷扰与诱惑，我的才智穷尽，我的亲情淡漠，妈妈的不幸去世和妻儿的离家出走，打碎了我的梦，震醒了我的灵魂。我抛弃了海外的一切，决心回家乡救赎自己的灵魂，用真情求索失去的幸福，用长跪千日为妈妈在天之灵祈福。可是，昨日已经远逝，明日难见黎明。我本打算在完成《妈妈的一生》的组画之后，便悄然离去，让大海收回不孝的子孙，让涛声替我孝敬母亲。万万没想到，就在我即将了却心愿之际，欣欣突然来了，您二老也来了。你们不但救赎了我的灵魂，还除却了难忍的病痛。如此的大恩大德和深厚情谊，天成终生无法报答。如若不弃，恳请二老收天成为义子，以尽忠孝。请妹妹认兄长，共赴前程。太阳明鉴，南海作证，如违此愿，定遭天谴！"黎天成说完将酒一饮而尽，"扑通"双腿跪下连磕三个头。

由于事情发生得太突然，但那不幸的命运，凄苦的心灵，真情的诉求，传统的礼仪和失控的情绪，让他们不由得同时站起。兰秋田眨着湿润的眼睛，扶住微微颤抖的老伴。兰欣欣热泪涌流，想拉起老师，可又力不从心。一阵海风突然吹来，大榕树颤抖了，太阳晃动了，海浪跳荡了，它们都在急切地等待，等待进行共同的祝福。

接下来的情景可想而知，父子俩开怀畅饮，一瓶茅台酒很快见底，母女俩深情相陪，喜笑颜开，阳光灿烂。

身体完全康复和终于如愿，使黎天成变得容光焕发、精神爽朗、思维敏捷、谈吐自然，更显得神采奕奕，年富力强。兰欣欣看在眼里，喜在心上，不停地用倾慕的眼神注视。

在拜认完义父义母的第三天，用过早餐后，黎天成请求道："爸、妈，我想让欣欣跟我去医院神经科去拜访一下赵主任，行吗？"

"太行啦，真该好好谢谢人家，这样的医学专家真是难得啦！"兰秋田和耿玉芳几乎同时做出这样的评价。耿玉芳又问道："叫出租车了吗？"

"叫了。"兰欣欣代答。

话刚说完，外面就传来出租车的鸣叫声，黎天成和兰欣欣同父母告别离去。

上车后，黎天成说："欣欣，一会儿咱先到4S店，我前几天订一台上海大众，说好今天取车。"

"打的不是挺方便的吗？"

"我想陪爸爸妈妈和你到三亚和海南各地好好玩一玩。"

"你当导游，我当司机，我已经一年多没摸方向盘啦！"兰欣欣精神一振，兴趣大增。

"恐怕暂时还不合适。"黎天成解释道："海南山多，河多，弯道多，你人生地不熟的，让人不放心，等熟悉熟悉再说吧！"

"那你就两副重担一肩挑，难得真心实意。"

"过些日子等你通过考核，便交给你专用，我才不愿费那份心呢！你的驾照带来了吗？啥时候考的票？"

"带了，本小姐18岁就跑遍了北京城，不信等哪天给你露一手！"兰欣欣在得意之后问："今天就能上路吗？"

"当然，我已事先委托他们办好全部手续和调试、加油什么的，只为今日专用。"

设在近郊的4S店很快到了，黎天成交接完手续，便驾轻就熟地上了路。打开音响，恰巧传出李玲玉那首最令两个人动情的《天竺少女》。可没听完第一段，黎天成伸手关了收音机，说："这是盗版货，听了不舒服，比你唱的差远啦!"

"真的吗?我咋一点没感觉出来?"兰欣欣故意装傻,想听听下文会是什么。

"真的,我最爱听你的清唱,那声音纯美甘甜,情真意切。讲心里话,没有你的音乐诱导疗法,我的失语症不会这么快就治好。这车就是为感谢你而送的礼物,不成敬意。"

"礼重情薄,你要这么说,这车还是你自己用吧!不过,要想听歌,小妹倒是愿意随时奉献,现在就来一首,如何?"

"恭敬不如从命!凤凰音乐会现在开始。"黎天成学着综艺主持人的腔调宣布:"下面,让我们用最热烈的掌声欢迎来自天堂的兰欣欣小姐演唱《天竺少女》。"说着,黎天成用口哨吹响了前奏曲。带有印度风情的前奏曲一结束,兰欣欣便用她那饱含深情的女中音唱起来:"是谁把我带到你身边?"

"停、停,你又唱错啦!应该是'是谁送你来到我身边!'"

"别打岔,没错,就该这么唱才对。"兰欣欣从头重新唱起,歌声飘落一道,飘进蓝天,飘进大海,飘进心田。

车到中国银行门口停下来,黎天成说:"欣欣,你在车内等我,一会儿就回来。"

兰欣欣点头答应,猜不着黎天成又要玩个什么惊喜。

十分钟后,黎天成返回来,没说去办啥事,兰欣欣也没好意思问。

到了海军医院,黎天成和兰欣欣直奔神经科主任办公室,熟人相见,自然热情有加,落座后黎天成开门见山地道明来意:"赵主任,为了治好我的病,您和全科医护人员费尽了心思,此恩此情,终生难以为报。为了略表感激之情,我要捐给你们神经科十万美金,用来购置一些急需的医疗设备,以造福更多的患者。"说完,从包中掏出一张现金支票。

"这么大的事情我可做不了主!"赵主任震惊地沉思片刻,商量道:"小黎,你看这样行不?我这就领你们去见孙院长,看他怎么决定。"

"好，这事儿也是该经过院方领导，我想简单了。"黎天成意识到自己办事的仓促。

兰欣欣在旁边听着看着，心情已由惊讶转为感动与敬佩。

赵主任立即带领他们到行政楼院长办公室，孙院长听明来意，也颇感意外。他见黎天成的态度十分诚恳，想了想，答复道："小黎同志，我看这样吧，等我和王副司令汇报后，再决定收还是不收。"

"孙院长，那可不成，支票必须留给您。我原来曾想过要直接买些设备送来，又怕买不对耽误事儿。您要是不收，我还得那么办。我还想告诉您，这些钱是我在海外卖画所得，绝对是诚实的劳动，没有一点污染。"

"这我相信，不然你也不会有此义举。好吧，我先收下，尽快把结果通知你们二位。"

兰欣欣接过话说："孙院长，我们回家后让爸爸给王副司令打电话好好说说，他会同意的。"

孙院长说了实话："我们医院神经科的医疗设备在全院来说是投放最少，也最落后的，因为经费所限。赵主任提交的购置申请，已经压了两年没有兑现。你们捐赠的这笔钱真要派上用场，那可解决了大问题！"

孙院长、赵主任把黎天成和兰欣欣送到停车场，握手告别后，望着驶出大院的轿车，孙院长说："老赵，这回你该高兴了吧？回去拉个单子，可汤下面，不够再给你添点。"

赵主任点点头称是。

开着新车带着心意回到家，兰欣欣替黎天成汇报完了为医院捐赠的经过，兰秋田夫妇大加赞赏。兰秋田还当即打电话给王副司令，要求他务必批准接受捐款。王副司令满口答应，并说将让医院办理好相应的捐赠手续。

两天后的星期天，王林特邀兰秋田全家到家里做客。老友相聚，姐妹重逢，自然是热闹非凡，情意绵绵。在夸赞完黎天成捐赠的义举之后，王副司令调侃道:"小黎,你知道我们老哥俩是什么关系吧?你光认义父义母还不行,还得认我们这个义叔义婶。礼仪上的事就全免了,等一会儿喝酒时,你要自罚三杯。"

"您怎么罚,我都认可。可您的宽宏大量,我该如何报答呀!当初,要不是您法外开恩,允许我为母亲留下守孝,我这条小命恐怕早喂鱼啦!"

"过奖、过奖。"王林在谦虚之后,又真诚地说:"天成,面对你那感天动地的孝心,谁都会答应的,你不要总惦记这码事,你这次为我们海军医院捐赠十万美元,就是最好的报答。今天,解放军报社来电话,说要派记者来专访呢!"

"王叔,您可千万别让他们来采访,天成不想让外人知道这事儿。再说,他明天就要去外地办事,来了也见不到。"兰欣欣想起自己一次次受到的伤害,不寒而栗地代为拒绝。

"真的要出门?"王林不相信地问黎天成。

"真的,王叔,您就告诉他们别来了。"黎天成对兰欣欣的举动心知肚明,更不愿让人来打搅刚刚享受到的幸福时光。

"那就暂时算了,我告诉政治部给人家回个话。"

午餐时,王林特意请孙院长、赵主任前来作陪。男士们推杯换盏,高谈阔论,忆当年,看现在,望将来,蹉跎岁月,豪情满怀。女宾们欢声笑语,军营内外,家长里短,竟延至午后四点,才依依不舍散去。

拜访了王林,又办完捐赠手续,等到下一个星期天早晨,黎天成提议要单独宴请林伟奇警官,得到了全家人的赞同。

"天成,你们想的对。"兰秋田知道这是黎天成和兰欣欣共同的主意,借机对林伟奇做出一番准确的评价说:"最应该感谢的就是他,作为军警,他足智多谋,不辱使命;作为常人,他有情有义,正是难得的良师益友,老夫也愿与他结为忘年之交!"

"爸,您看选什么地方最合适?三亚最有名的酒店是水晶宫,那里应有尽有。"兰欣欣主动推荐。

"不必,不必,依我之见,还是在家里最好。就在这大榕树下,望碧海蓝天,品黎家风味,把酒临风,足矣!"兰秋田豪情在胸,神思悠远。

兰欣欣立即用手机联系到林伟奇,真诚邀请他中午家中做客,并特意说出父亲的深意,林伟奇爽快地答应准时赴宴。一家人说干就干,各司其职,兰秋田崖前垂钓,黎天成下海捉海参,母女俩同做帮手,为厨师准备配料和餐具。

上午十一点时,林伟奇穿便装驾车准时光临。他先同兰秋田、耿玉芳夫妇握手问候,然后才对黎天成和兰欣欣说:"黎老兄,衷心地祝福你重获新生。兰小妹,真情祝愿你再现尊容!我今天应邀而来,除了要拜见伯父伯母之外,还有个小小的请求,不知二位能不能答应?"

黎天成与兰欣欣对视一下,猜不到林伟奇会要求什么。兰欣欣却爽快应答:"林大哥,可别外道!只要是你发出的指示,保证百分之百执行!"

"伯父伯母,你们看看,欣欣还说让我别外道,她来不来就用社交语言想拒绝我!"林伟奇佯装不满地争取观众。

"伟奇,你放心!"兰秋田笑着说:"欣欣说的也是心里话。这些天,就多次说起你对她和天成两个人的理解和支持。要是没有你的保护、开导与陪伴,还说不定会发生什么样的悲剧。她对你的信任和感激,早就超过了对所有人!你有啥话就放心大胆地说,她若不服从,连我都不答应!"

这么一来,林伟奇反倒有点不自然了,连忙恭谦地表示:"伯父,您言重啦,我只不过做了点该做的事情,岂敢妄谈什么感激!您可知道,没有这两位天之骄子惊天地、泣鬼神的醒世之举,没有他们对真善美的忘我追求,别的一切都无从谈起。这些天来,我也想到很多事情,想到该如何做人做事,如何使自己的青春年华变得更生动,更精彩!从这个意义来说,我倒是该感谢天成和欣欣呢!正如古人所说,三人行,必有我师。"

"伟奇,你为人坦诚,做事精明,堪当大任!我们一家结识了你,可谓是三生有幸!"兰秋田顿生感慨。

"伯父,岂敢岂敢,您这么抬举我,真让人诚惶诚恐。"林伟奇不知所措,竟一时忘了对兰欣欣提出的要求。

"林大哥,你先别谦虚啦,快说你有什么要求吧!"兰欣欣及时提醒。其实,她对林伟奇的肺腑之言更为感动和敬佩。

林伟奇转过身,稍一迟疑,真的提出个令人感到有点意外的请求:"欣欣,现在,许多人都知道了你用歌声诱导法配合理疗,奇迹般地治好了天成的失语症。我有位警官指挥学院的男同学叫曲杰生,在广西执行禁毒任务时脑部受重伤,已有一年多时间成了半植物人状态。我想求你将那些当时唱给天成的歌曲全都录下来,送给他爱人试一试。我也知道,这外伤性的病变与精神因素致病大不一样,不一定会有什么疗效,但是总渴望能出现奇迹!"

听到的人都被林伟奇的真情所打动,兰欣欣默默地点头答应,很快提出个问题:"林大哥,你那战友现在在什么地方?"

"一直在广西南宁军队医院,我上星期刚刚探望过他。"林伟奇想起战友的病情,有些黯然伤神。

"林大哥,我看这么办吧!"兰欣欣没同别人商量,擅自做出主张:"我和天成明天就去看望看望他,你要是能抽出身来,一起去最好。爸、妈,你们看行不行?"

"行,当然行!"兰秋田还建议:"让你妈也跟着一起去吧,我一个人看家。"

林伟奇没想到会兴师动众,赶紧阻拦道:"你只要把那些歌给录下来就行啦!你那天籁般的美妙之音,就是最好的治疗!"

"录是得录,去也一定要去,你没见我爸妈的态度吗?"兰欣欣说到这儿,又对黎天成说:"天成哥,咱是不是得开车去啊?"

"那是呀,开车去又快又方便。"黎天成答应完又突然提出个新建议:"伟奇,要是可能的话,是不是把他接到三亚海军医院,让神经科赵主任他们接着治疗。"

"嘿,这主意不错!赵主任经验丰富,我们去看他照顾他也方便。"兰欣欣首先表示赞同。

"这恐怕不容易办,毕竟是跨省区啊!"林伟奇认为很难办到。

"天下无难事,只怕有心人!伟奇,治病要紧,等你们到了那里,可以同部队和家属商量商量。"兰秋田再次表态。

"林大哥,你那位战友的爱人叫什么名?是做什么的?他们有小孩吗?"兰欣欣问。

"啊,曲杰生的爱人叫江晶,今年28岁,是教英语的高中教师,师范学院研究生毕业,人很好。小曲负伤后,她一直守在医院。他们去年10月才结婚,暂时还没孩子。"林伟奇详细介绍。

"那她可真不容易。"耿玉芳同情地叹道。

"就是呢,耿伯母,我一想到他们俩的处境心里就难受。"

"对啦,伟奇,认识你这么多天了,一直忘问你一件事。"耿玉芳说。

"伯母,你说吧,有问必答。"

"你结婚没有?媳妇是干啥的?"

"结婚?我一天天忙乎乎的,还没顾得上。再说,也没有合适的。"林伟奇调皮地看着兰欣欣。

"你三十岁了,赶快张罗张罗吧,现在有没有目标?用不用我帮忙啊?"

"伯母,还真得您帮这个忙。"林伟奇半真半假地说:"我们在这天涯海角,一天天穿林过海,上哪儿去找红颜知己?那我就先谢谢您,静候佳音啦!"

"好,那我就打这个保票,一定给你介绍个又贤惠又漂亮的好媳妇。老兰,你说我们医院儿科的李大夫怎么样?今年大概也二十八九了,研究生毕业,我看是百里挑一的。"

"嗯,这姑娘是真不错,就是心性高点,不过与伟奇倒挺般配的。过些天,邀她到三亚来玩玩,让你见一见,有缘千里来相会嘛!"说到这,兰秋田又夸起了老伴:"伟奇,你不知道,你耿伯母就对这事最上心,已经牵线搭桥成了十几对。每当逢年过节,我们家就会陆续来几十口人,一直要热闹到正月十五。"

"是嘛,伯父,伯母,看来今后我也得年年带着媳妇去拜年啦!"

众人闻言都哈哈大笑。

在南宁市中心医院特护病房,江晶正在给半躺半卧、神情木然的曲杰生喂早餐,一勺一勺地将鸡蛋羹慢慢送入口中。长端庄美丽的她,因连续几个月照顾病重的爱人,身体显得瘦弱,神情也很疲惫。曲杰生每咽下一口,便挑起眼皮注视她一下,似在等待,又似在心疼。他头上的外伤已经愈合,在刚刚长出的头发中,隐约可见手术时留下的刀痕。

喂完了最后一口,江晶把床摇平,让曲杰生躺得更舒服些,然后才去收拾桌子上的餐具。收拾完餐具,她又费力地把丈夫调成侧卧的姿态,开始进行全身按摩,额头很快湿润起来,却一直没顾得擦。后面按摩完毕,江晶把曲杰生的身子放平,想继续按摩前面,猛然发现丈夫正用噙着泪珠的眼睛盯着自己,心中一动,俯下身小声耳语道:"乖,别担心,你一定会好的,那些狡猾的狐狸,正等着雄鹰去抓呢。"

江晶抬起头时,发现成串的泪珠正从曲杰生双眸中涌出。她赶忙去拿纸巾,先擦去丈夫脸上的泪痕,再转身捂住自己的口鼻,快步进入卫生间。几分钟后,江晶走出来,人已显得坚强了许多,也精神了许多。她走到曲杰生面前蹲下身子,高兴地说:"杰生,林伟奇和客人要到了,我去门口接他,你好好等着啊!"

曲杰生会意地眨眨眼睛,心中充满了渴望。江晶站起身来,刚要走出门口,林伟奇已领着客人到了跟前。

"伟奇大哥,你们这么快就到了,我正要去接你们呢!"江晶说着,上前握住耿玉芳的手问候:"您是耿阿姨吧,您好!谢谢您!谢谢您!"说完又转向黎天成和兰欣欣,一边握手一边说:"黎大哥,兰小妹,伟奇在电话里详细说了你们的奇迹和心愿,我真不知道该如何表达感激之情。快,进屋!"

江晶说完头前带路,一进屋就赶紧高声报喜:"杰生,你看看都谁来啦!"

林伟奇向曲杰生摆摆手,领着四人直奔床前,将客人一一介绍给他:"杰生,这位是兰欣欣,是上帝派来给你治病的神医,也是当今世界第一美女。这位是黎天成,咋说好呢?对,他是海南省的著名画家,也是兰小妹刚刚治好的患者。这是耿阿姨,兰小妹的母亲,这位是德高望重的白医生,他们都是来为你治病的。"

面对林伟奇的一番介绍,曲杰生虽然身子不能动。他先是眨着眼睛表示听懂了,可很快就热泪涌流。

兰欣欣上前一步,把捧在胸前的一大束鲜花放在床头,泪水涟涟地劝慰:"曲大哥,你是英雄,是所有人学习的榜样!你的伤病一定能够治好!"

黎天成和耿玉芳也依次上前,说了许多安慰的话语。

落座后,林伟奇对江晶说:"江晶,别的细事不说了,兰小妹将录好的歌曲带来了,她先陪你给杰生试一试,还说要亲自唱给杰生听,我相信一定会有效果。我和耿阿姨一会儿就去见见医院的领导和边防部队的首长,争取将杰生转到三亚海军医院神经科继续治疗,你看行吗?"

"伟奇哥,这太难为你们啦!"

"这是说的哪里话,耿阿姨、黎兄,咱是不是现在就去?"

"走吧,争取时间。"耿玉芳说。

三个人前脚刚走,兰欣欣就从背包中取出功能齐全的'随身听',试着为曲杰生播放歌曲,不过,先放的并不是她当时唱给黎天成的那些情歌,而是《小白杨》《红梅赞》和《花儿为什么这样红》。她和江晶注意观察曲杰生的表情,发现他听得很专注,眼神不时随着曲调在变化。两个人对

— 174 —

视着,交流着,企盼奇迹尽快到来。

"欣欣小妹,你先休息一下吧,都坐了一天的车啦!"放完几首歌后,江晶说。

兰欣欣关了随身听,然后问道:"江姐,你们两个肯定都会唱许多爱情歌曲吧?你选一些他最爱唱最爱听的,效果会更好!"

江晶听了这话,脸上显出羞涩的窘态,掩饰地说:"我不会唱首歌这些兵哥哥可不一定会喜欢那一套。"

"不对,不对,我都听林伟奇说了,曲杰生是个全才,除了军事技术过硬,歌还唱得特好!在指挥学院的联欢会上一气唱十几首情歌,因此落了个情歌王子的美名。当初,说不定你就是被他用歌声迷住的!你就听我的吧,你每天要不停地对他反复吟唱那些最爱听的情歌,最好一句一句教他,领着他唱。前些日子,我就是用医生教的这个办法,仅十多天工夫,就把黎天成的失语彻底治好啦!"

"黎大哥的病是精神所致,可杰生受的是外伤,这能一样吗?"

"一样不一样,我们认真试试不就知道啦?你要有信心,要相信奇迹时刻都可能发生。"兰欣欣快言快语,说得江晶忍不住捂嘴想笑。

"欣欣小妹,我听林伟奇说了,你们一家人对黎天成可谓是恩重如山,这份情他可怎么报啊!"江晶已经从心里喜欢上了兰欣欣。

"晶姐,林大哥只说对了一方面,从另一方面讲,首先是天成哥对我有恩有情又有缘。你不知道我当初病得啥样,等有时间对你从头至尾细说说!"

"那你现在与他相处到什么程度?"江晶问。

兰欣欣沉思片刻,不设防地敞开心扉:"说近,心心相印,说远,咫尺天涯!不知将来会是什么结果。"

"俗语说得好,有缘千里来相会,无缘对面不相逢!但愿天下的有情人都能终成眷属!"

这时,林伟奇、耿玉芳和黎天成回来了。林伟奇报告了同院方协商的结果:"江晶,我们刚才去见了科主任和主管院长。院长说,他们已同上海华山医院商定,后天把杰生转到华山医院做颅内手术,彻底清除瘀血,恢复脑神经功能,这样就更好啦!"

不知是没有思想准备,还是担心开颅手术的效果,江晶一时不知所措。

耿玉芳看出江晶的心事,在旁解释道:"小江,你别担心,华山医院的特长是专治脑病,在国内外都很有名,手术成功率和治愈率相当高。我相信经过他们的精心治疗,你爱人很有希望全面恢复健康。等术后恢复恢复,欢迎你们到三亚去疗养。"

"阿姨,谢谢您,也谢谢天成哥和欣欣妹。你们的一片真情一定会感天动地,使杰生能尽快恢复健康,重返战斗岗位。"

"姐,我们共同的心愿一定会早日实现。英雄可敬,好人平安,等到你和杰生哥到了三亚,让天成哥好好给你们做海鲜大餐,让伟奇哥尽尽地主之谊。本小姐许的愿能不能算数?"兰欣欣故作姿态,挑着眼睛问。

"算数,算数!"黎天成以笑作答,林伟奇则高声应承,引得众人一阵欢笑。

临告别时,几个人又分别到曲杰生床前说一番安慰和祝福的话,神志渐显清醒的曲杰生泪水涟涟。

趁人没注意,黎天成将一个信封递到兰欣欣手里。

兰欣欣心领神会,拉住江晶的手说:"晶姐,这是我们的一点心意,等你们到上海时用,请务必收下!"

"这可不行!绝对不行!"江晶连连摆手拒绝:"你们专程来看看杰生,就什么情意都有啦!再说,医院和部队把啥事都会安排好的,我们也用不着花钱!"

"姐,你这么说就是外啦!"兰欣欣抓住她的手,把信封压在上面,谎称道:"这里不单单有点钱,还有我写给杰生哥的一封信,我们走后,你好好念给他听听。"

"江晶,你就收下吧!我不是对你说过嘛,这两个人想做的事情,谁也拦不住!"林伟奇劝道。

"伟奇,你——"

"行了,行了,就别说别的啦!"林伟奇拦住江晶的话,然后嘱咐道:"你可千万别忘了,要天天把欣欣带给你的那些歌唱给杰生听,绝对是灵丹妙药。"

"晶姐,就这么说定了,以后咱们常联系,时刻等待杰生哥康复的佳音。"兰欣欣到这时才松开手。

"伯母,那咱们就回返吧,也好让江晶准备准备。"

"对,江晶,我们走了,再见吧!"耿玉芳表示同意,拉住江晶的手说:"你也得注意自己的身体,别累坏啦!"

"谢谢阿姨,再见!"江晶随后一一同众人握别,互道珍重。

第二十二章

早晨八点多钟,正是中央电视台职工上班的高峰时刻,车流和人流分别从不同路线涌入院内。

专题部记者宋洪涛有说有笑地与同事走进办公室,习惯性地浏览起写字台上的报纸,多数只是看看标题而已。可是,当他从《解放军报》的头版报眼处看到《三亚海军医院治愈罕见失语症,康复后的黎先生捐十万美元购设备》这个新闻标题时,心中猛地一动,将仅三百个字的短消息仔细看完,竟惊喜地叫起来:"三亚——黎先生——失语症——兰女士同行——啊?就是她,就在三亚!"

"帅哥,又发现什么新大陆了?把你高兴得这样!"坐在对面的女同事笑问。

"快看！"宋洪涛把报纸推过去，激动得仍有点语无伦次："黎天成，失语画家！兰欣欣，世界小姐！对，就在三亚，正与黎画家在一起呢。"

他这一惊一乍引得好几位同事围过来，争相传阅报纸。对坐的年轻女同事提醒："傻哥们儿，还发啥呆？快动身去追寻你那失踪的天使吧！"

"快快，报纸，报纸！"宋洪涛边喊边抓回报纸，顾不得同事的调侃，快步冲向部主任办公室。

人到中年、稍显发胖的部主任也正在琢磨着这条消息，见宋洪涛闯进来，微微一笑。宋洪涛边说边递上报纸："丁主任，兰欣欣有消息啦！就在海南三亚，正和那位失语画家在一起！"

丁主任没去接，用手指指桌面上同一天的《解放军报》，语气激动地说："那就快去准备吧，争取今天就动身！"

宋洪涛匆匆转身离去。

此时，在北京金辉文化传播公司总经理办公室，金曼丽正声泪俱下地用手机同人争吵："申洛克，你这忘恩负义的家伙！你也要落井下石，拆我的台？我曾经为你付出那么多的青春和金钱！没有我的无私奉献，会有你的今天吗？现在兰欣欣生死未卜，又几乎骗走了我的全部积蓄，你竟要追究什么违约不违约的，你还有一点良心没有？"

"金总，我也是实在没办法，巴黎总部几乎一天追问一次。弄不出个结果来，恐怕我很快就会被炒掉！"手机中传出申洛克无可奈何的声音。

不一会儿，手机又响了，金曼丽无心去接。她用纸巾擦去脸上的泪痕，无奈地伸手去接，只看一眼来电显示的号码，便立刻按了接收键，语气亲切地回应道："喂，洪涛老弟吧！谢谢你还没忘大姐！"

"哪能忘了金大姐，告诉你个好消息！"宋洪涛直截了当地说："我找到兰欣欣了，她人就在三亚，和那个黎族画家在一起！"

"啊？真的吗？你没骗我？"金曼丽精神一振，有点不肯相信地问："她怎么会和那疯子混到一起，你啥时候见到的？"

"《解放军报》登的消息,说黎天成的失语症已经完全康复,还向海军医院捐赠了十万美元。我正打算今天夜间坐飞机去三亚采访,您想不想去?"

"这还用问?当然要去!能买到机票吗?"

"能,午夜航班一般情况下都坐不满,我一会儿就打电话订票!"

"宋老弟,大姐真的打心里感谢你!你也知道我目前处境,曾经的爱徒和学生,曾经的生意伙伴,曾经的知心朋友,有的神秘失踪,有的不辞而别,有的毁约,有的纠缠,真是到了落花有意,流水无情的地步!唯有你对大姐不弃不离,多有关照,这份真情实意,我是永远不会忘的!"

"金大姐,不要这么说,也不必过分伤心,不是有诗为证吗,山重水复疑无路,柳暗花明又一村,等见到兰欣欣,我们一起好好劝劝她!"

"但愿如此!那我就先准备准备,你订好票通知我,咱机场见!"

"好,就这么说定了。"

在三亚公安局东山分局局长办公室,刚刚处理完一些紧急事务的林伟奇看看手表,已是上午十点多钟。他坐到沙发上去,翻阅起新来的报纸,第一眼就看到了转载的有关黎天成愈后捐款的消息。等到细看完全文,他挺直身子,用右手使劲一弹报纸,不无担忧地自语:"这风云突起,麻烦事儿又该来啦!"

就在这时,手机突然响了。他看看号码,稍一犹豫,按下接收键:"你好,哪位?"

"林大哥,你好啊,我是央视记者宋洪涛。"

"哟,原来是宋大记者,有什么指示?"

"不敢,不敢,林大哥,我就在你们楼下收发室,特来登门拜访。"

"银行嫌贫爱富,记者喜新厌旧,又是哪股风把你吹来的?等着,我下去接你。"

"不必不必,门卫已同意放行。"

"也好,三楼左拐308房间,我开门迎客。"林伟奇放下手机,莫名地一笑,走过去打开门,然后又走回办公桌后面坐等。

脚步近了,听动静还是两个人,一轻一重,轻的肯定是女人,林伟奇不紧不慢地起身,看见宋洪涛和一中年女士出现在门口,便迎上去握手问候。

"林大哥,请原谅老弟贸然来访。"表示歉意后,宋洪涛将金曼丽介绍给林伟奇:"这位是北京金辉文化传播公司总经理金曼丽女士,你们应该是见过面的。"

"林局长,打搅了。"金曼丽恭谦地同林伟伟奇握手。

"你好,请坐。"林伟奇在脑海里快速搜索这位似曾相识的女性,很快辨明了身份:"您是兰欣欣的老师吧?认识,认识。金总大驾光临,有失远迎,敬请谅解。"因为有兰欣欣的诉说和报纸上的绯闻,林伟奇嘴上表示客气,心中却有些鄙夷。

金曼丽从林伟奇的眼神中读出不敬,却并不当回事,一改往日的高傲:"林局长,不必客气。我们此来,是有要事相求,万望不辞!"

"是你的事情,还是宋大记者的事情?要是你的求助,不妨直说。要是他的事儿,那就另当别论啦!"林伟奇明知故问。

"是我的事,也是他的事,其实是一码事。"金曼丽诺诺而答。

"不能吧!"林伟奇又说:"女人有女人的事儿,男人有男人的事儿,男女有别嘛!"

宋洪涛怕金曼丽下不来台阶,又怕采访受阻,赶紧接过话说:"我平时乱事太多,跟朋友联系少,您别太当回事儿!咱来日方长,后会有期,就看小弟的表现吧!"

"岂敢,岂敢!你今日旧地重游,专访老友,林某荣幸之至。"林伟奇话里的暗刺仍不见少。

"好哥哥,您可饶了小弟吧!我此来是有任务在身,救人救个活,帮人帮到底,没有您的帮助,我的任务根本完不成。"

看到宋洪涛连告饶带求情着急的样子,倒把林伟奇逗乐了。他扑哧一笑,口气变得正常起来:"说吧,什么事儿?"

宋洪涛见林伟奇答应了,脸色顿时转忧为喜,看看金曼丽,又看看林伟奇,郑重说道:"请帮助我们尽快找到黎天成和兰欣欣,这是央视领导交给我的紧急任务,为的是澄清事实,以正视听。我已从官方渠道得知,你在查寻和保护兰欣欣的过程中立下大功,是最有权威为所谓'世姐失踪门'画上句号的功臣。"

"谁会给我这么大的权力和荣誉呀,你可别给我来个什么高帽,吓着我,压坏我!"林伟奇心知肚明。

"真的,林局长,您的确是功不可没。等到事情完结时,官方理当嘉奖,私方亦会重谢。"金曼丽一唱一和地与宋洪涛密切配合,还真把林伟奇忽悠得无可奈何了。

"不求有功,但求无过。恭敬不如从命,你们说吧,如何开始工作?"林伟奇知道无法推却,也不能推却,玩笑过后,只得痛快答应。

"您最好先给我们介绍介绍整个过程,然后再去见兰欣欣和她的家人。"金曼丽迫不待地说。

林伟奇起身为客人和自己各沏一杯茶,然后娓娓道来。他从接到协查任务说起,把如何通过酒店监控发现兰欣欣,如何登门拜访、贴近保护,如何到海边小屋同黎天成相见,如何阻止兰欣欣跳海,如何接待兰秋田夫妇,如何谈判,如何妥协,如何柳暗花明,等等,细说一遍,整整用了一个小时。说到黎天成治好失语症后捐赠医院十万美元的事情,他坦言也是刚从报纸上得知,并把桌面上的报纸递给宋洪涛看,无限感慨地叹道:"真是太离奇啦!好在是有惊无险,转危为安,各得其所,皆大欢喜呀!"

"林大哥,我说的一点没错,你真是功德无量,头功一件!"听完介绍,宋洪涛真诚地称赞道。

"你又想给我戴高帽是不是?你可知道,盛名之下,其实难副。"林伟奇不为所动,转而冷峻地看着金曼丽,大发感慨:"常言道自然之美为天之大美,平常之心才为圣人之心,人生如梦,且不可沽名钓誉,违背常伦,抱憾终生啊!"他之所以这么做,除了自谦之外,主要是说给金曼丽听的,而且确信她能听得清听得懂。至于有无作用,那就另当别论,天知地知了。

该讲的讲了,该做的就做。林伟奇用警车拉着两位客人,抄近路向虎头崖驶去。

黎天成和兰欣欣正在准备午餐,忽然听到汽车驶近的声音,抬头一望,见是林伟奇的警车,都觉得挺意外,赶紧放下手中的东西,迎上去。

车停稳后,林伟奇先跳下车,高声招呼道:"天成,欣欣,我为你们送来两位贵客!"

话一说完,一男一女两位不速之客已下了车。不用介绍,宾主都立刻认出对方,不同的身份,却显出了相同的尴尬。

"怎么回事,都不认识啦?"林伟奇身在其外,故作轻松地想看热闹。

"欣欣哪,你可想死我啦!"金曼丽首先打破沉寂,边说边张开双臂想拥抱兰欣欣。可兰欣欣却双手垂立,木然地没有反应。但金曼丽仍然不怕被拒绝地扑上前去,抱住昔日的学生讷讷耳语:"欣欣,你好狠心!你为啥要这么做,为啥要离开我呀!"

兰欣欣默然无语,等到金曼丽松开手臂,与自己泪眼相望时,才如梦方醒地礼节性回答:"金总,您好!"然后又转向宋洪涛,无言地握手致意。

林伟奇闪到一边冷观静待,像要观赏一台精彩的演出。他此刻的好奇心很强,就像年轻的影迷在等待心中的偶像快快出场,竟然忘记将宋洪涛介绍给主人。宋洪涛却没有失礼,握住黎天成的手自我介绍:"黎老师,我叫宋洪涛,央视综艺频道记者,是特意来采访您为海军医院捐赠一事的。"这就是记者的高明。他见兰欣欣没有意想中的热情和迷途知返的悔意,便隐去此行的真实目的,来个随机应变。

"欢迎来做客,采访的事情就免了。"黎天成礼貌地加以拒绝。说完后从厨房取出几把塑料椅子,又砍开了几个新鲜椰子,分别插入吸管,先递给林伟奇和宋洪涛,剩下的放在桌子上,只等找机会再送女客。

众人依次坐下,林伟奇含住吸管喝上好几口,却发现别人谁也没动,便反客为主地招呼道:"金总,宋记者,先喝点椰汁,清凉可口,消暑去火,纯天然的。"

宋洪涛受到提醒,双手捧起椰子,不歇气地喝个痛快,抹抹嘴说:"三亚的椰汁就是好,什么饮料也比不过!"

"那当然,三亚的好东西多去啦,要不,怎么叫人间天堂呢,金总,您喝呀,败败火!"

金曼丽听出林伟奇语中的嘲讽,简直是火上加火,但碍于情面,还是先道声"谢谢",然后象征性地吸了几口。她现在别的什么都顾不上,只想如何说动兰欣欣,请天使重新回宫。稍等一会儿,她见兰欣欣仍不想开口,便对三位男士说:"三位男同胞,请你们暂时回避一下,我和欣欣想单独谈谈心。林局长,可以吗?"

"当然可以!洪涛,走,我领你去欣赏欣赏黎画家的惊世之作。"

"伟奇,那些画都收到楼上去了,这里不安全。"黎天成指指山坡上的小楼。

"真的?那也得让宋记者好好瞧瞧,人家可是千里迢迢,慕名而来的。"

黎天成迟疑一下,提出个条件:"宋记者,您看看可以,但不要拍照,不要写消息和评论文章,因为那都是不想示人的私人藏品,咱这可是君子之约。"

"好,我知道规矩,绝不给您添麻烦,请林大哥监督。"

"又给我派了任务?真的是无冕之王啊!走,走,快给人家让地场。"林伟奇善解人意地大呼小叫,跟在黎天成后面向山坡走去,边走边问:"天成,兰老将军和夫人在吗?"

"不在,他们被王副司令接走了,说要去参观新服役的导弹驱逐舰。"

"遗憾、遗憾,宋记者本想见见他老人家,却扑了个空,这可不能怨我呀!"

"林大哥,哪敢怨你,感谢还来不及呢!"

"真的吗?"

"若是假的,你从此别再搭理我!"

林伟奇从他的脸上看出真情,宽慰地笑了。走在前头的黎天成听得真切,也回头笑起来。

男士们走了,两位心怀伤痛的女性开始互吐衷肠。

"欣欣,我一直拿你当小妹妹,不,也可以说当亲生女儿相待,为了培养你走上成功之路,几乎耗尽了心血,你不该这样绝情地对待我!"

"老师,对不起,那时候,我身心疲惫,万念俱灭,患上了严重的忧郁症,实在无法再支撑下去。这其中的痛苦,是任何人都无法理解的。"

"那你为何不对我说,非要采取这种极端的逃避方式?亲人之间,互相把话说开了,就可有福同享,有难同当。你知不知道,你这一走了之,引发了多么大的风波,连国外媒体都跟着凑热闹,险些闹成国际事件。至于对我本人,对整个公司的打击,那就更大啦!前些日子,我简直连死的心都有!"金曼丽说着说着,真的是声泪俱下,哽咽不止了。

"老师,您别太伤心,真的对不起。"兰欣欣再次道歉,然后明确地回答:"您不是问我有话为何不明说吗?您可知道,有些话,有些事情,是永远没法明说,也没法说清楚的。要不,怎么会有只可意会,不可言传之戒呢!我不会忘记您曾经为我付出的心血和代价,不会忘记奋斗的艰辛与成功的喜悦。可是,我已决定永远告别T型台,重新享受正常人应该享有的喜怒哀乐。我已在三亚找回了自己失去的一切,找到了通向美好未来的道路,请您为我祝福吧!"

"欣欣,欣欣,你千万不要一时意气用事。你的幸福彼岸在北京,在全世界,等你彻底恢复了健康,就赶快回北京,灿烂辉煌的未来,正等待你踏步前行。不然,这里会彻底毁了你,也毁了我。好欣欣,老师求你了!"

"老师,您不必再说了。人各有志,贵在不移。我要在这里自我拯救,即拯救灵魂,也拯救肉体。"

"欣欣,你不能这样无情无义,报纸上都说了,没有我的栽培,便没有你的成功。没有你的奉献,就没有我的明天,我们之间早已经分不开啦!"

"那小报上的话还能信吗?您被他们抹的黑还少吗?成也萧何,败也萧何,您今后还是离他们远点好。"

金曼丽被兰欣欣的话触到痛处,一时无语。兰欣欣见状,又来个乘胜追击:"不过对我来说,倒真的要感谢那些杀人不见血的小报,正是他们及时刺中了我日渐麻木的心灵,使我痛苦,亦使我惊醒,从而迷途知返,重食人间烟火,再走平常之路。老师,请为我祝福吧!"兰欣欣再次要金曼丽为自己祝福,意在强调永不回头的决心。

金曼丽见一时难以让兰欣欣回心转意,再多说下去,恐怕有害无益,便长长地叹息一声说:"哎,欣欣,咱今天就先说到这里,你不必答应我,也不要拒绝我,咱俩都好好想一想,平静平静,时间是最好的良药。我相信,你我之间的特殊情意,是谁也割不断的。"说到这里,金曼丽从手包中取出一张牡丹卡,放在桌子上说:"这是临来时石常理让我捎来的,他现在实在脱不开身,要不肯定会一起同来。他说这是那天你登台献艺应得的报酬。"

"您别提他,一听这名字我就恶心。这东西您再还给他,我与他已情缘两断。"

"欣欣,你别这样绝情。你不知道,你出走后他痛苦到什么程度,想尽办法四处寻找,还把我好顿骂。昨天在电话里他特别强调,这一百万元早已是你个人财产,已与他无关,让我绝不可再带走。"

"您要非这样,我明天就把它捐给三亚中小学做教育基金。"

"那是你的权利,也是善事,悉听尊便。"金曼丽细心地观察着兰欣欣的表情变化,决定来个以退为进:"欣欣,我今天太累了,想回宾馆先歇一歇,不然怕挺不住。你明天能不能陪我到亚龙湾走走?你们那天在沙滩表演泳装时,我抽不开身,一直觉得挺遗憾。"

"对不起,金总,我明天约了医生,要去检查身体。这样吧,您去求林局长,让他陪您和宋记者一起去。"

"那倒不必,我只想与你旧地重游。"

"等哪天吧,我身体好些再陪您去。金总,您在这儿稍等,我去叫他们下来吃午饭。"兰欣欣本来可以用手机通知,只是想离开一会儿,平复自己的情绪。

"算了,算了!"金曼丽拉住兰欣欣的手,十分伤感地说:"欣欣,你说我此时能吃得下饭吗?我去叫宋洪涛和林局长,先回去休息休息,明天再过来。"

兰欣欣见金曼丽用手机给宋洪涛打电话,面露鄙夷地转过身。

看完黎天成在新加坡的获奖作品后,宋洪涛连声赞叹:"黎老师,您用生命和智慧创作出来的这些杰作,会使每一位有幸欣赏到的人,都受到心灵上的强烈震撼和洗礼。"

"过奖,过奖,不可当真。"黎天成赶紧自谦。

"名副其实,名副其实,我相信您今后一定会创作出更多的惊世之作!"

"借你吉言,但愿能如此。谢谢你的鼓励和支持。"黎天成感激地点头。

这时,林伟奇不知拨动了哪根神经,冷丁提出个疑问:"洪涛,我有个问题一直想不明白。你说几年来,为什么韩国、日本,港台和中国大陆的一些年轻演艺明星,会突然轻生自杀?你是这方面的专题记者,对此有什么高见?"

"哎呀,林大哥,这可是个大课题,正越来越受到人们的关注。不瞒你说,我眼下正在写一篇《娱乐文化与明星命运》的论文,对此进行专题探讨。"

"你的结论是什么?"

宋洪涛看看黎天成,又看看林伟奇,思索着道出己见:"从年轻演艺明星自杀的个案来说,具体情况虽各有差异,但总的归结起来,主要原因还是自我认知与公众期求的矛盾所致。许多年轻的所谓明星在一夜成名后,便逐渐陷入孤独、焦虑、苦闷、恐惧和挣扎之中。当他们无法排解这些精神压力和难以自控时,便会由忧郁转为绝望,遗憾地走上轻生的不归路。除了演艺明星外之外,从政界名流到体坛名宿,再到狂热的名人粉丝,也会因绝望与厌世而走上绝路。在这方面,英国人克里斯·罗杰克所著的《名流——关于名人现象的文化研究》一书,对此作了全面而深刻的论述,很值得一读。你如果有兴趣,我回北京后给你邮寄一本。"

"不必,不必,只等你的大作面世,一睹为快就可以啦。"林伟奇笑语谢绝。

黎天成诚恳地说:"宋记者,您如果方便的话,麻烦您替我尽快买到这本书,最好是连同您的论文一块寄来。我这方面的知识太欠缺,情商也太低,正该好好补上这一课。"

正在这时,金曼丽打来电话,宋洪涛边接听边应诺,脸上很快闪出失望和不悦。通完话后,他对林伟奇和黎天成说:"金总心情不好,说是身体支持不住了,要先回宾馆歇一歇,等明天再过来,那我们现在就下去吧。"

"别忙,等吃过午饭再走,我让你们尝尝海鲜。"黎天成真诚挽留。

"黎老师,等明天再说吧!我听出金总的情绪有些不对,我先陪陪她。林大哥,你说呢?"

林伟奇猜到金曼丽与兰欣欣肯定是话不投机,不欢而散,微微一笑,意味深长地叹道:"来也匆匆,去也匆匆。明明暗暗,暗暗明明!"

"林大哥,您这是发的什么禅语?我咋听不明白?"

"不识庐山真面目,只缘身在此山中!小老弟,你还年轻,慢慢参去吧!"林伟奇故意开起玩笑,说完挥一挥手说:"快起驾吧,不然那位金总该等不及啦。"

很快,三位男士走下山坡,林伟奇和宋洪涛不顾黎天成的挽留,直接上了车。金曼丽迟疑一下,快步走过去。

兰欣欣很失礼地站在原处没动,只平淡地送一句:"金总,您慢走。"

当天下午三点多钟,通过手机联系,宋洪涛一个人返回虎头崖,单独对兰欣欣进行了成功的采访。

由于对宋洪涛比较信任,也为了利用这个机会将自己的心声传递给大众,在那棵罕见的大榕树下,兰欣欣敞开心扉,把成名后的遭遇和苦衷全盘托出,像是在对知心朋友进行倾诉。甚至把一些从未对人说过的秘密,也毫无顾虑地讲给宋洪涛听,这其中包括对金曼丽从崇拜到怀疑,再到厌恶的心路历程。从始至终,宋洪涛一直只是静静地倾听,不记录也不提问,这倒令兰欣欣感到挺奇怪,禁不住问道:"宋记者,你们就这样采访?为啥不记笔记,不提问题?你相信我说的话吗?"

"怎么,你以为采访非得像新闻发布会答记者问那样进行?欣欣,我想知道的事情,你都不问自答地说得清清楚楚,明明白白,谢谢你对我的信任和支持。说心里话,我现在已经完全理解了你不同寻常的选择。一个人泯灭了良心,也就失去了道德,失去了自我。我尊重你的意见,你说吧,我这篇报道该如何做,我们共同商量。"

兰欣欣感动地望着宋洪涛,想了想,说:"我只同意你发个简短的消息,就说我目前正在三亚疗养,不希望受到打搅,别的都不要提,可以吗?"

"可以是可以,可央视的新闻一般都要求配有影像,你不能让我拍个片断吗?"

"不能,那样肯定又会惹来麻烦!"兰欣欣说完,看到宋洪涛脸上显出挺失望的样子,有点于心不忍,便提出个补救措施:"要不这样,我给你一张在大东海游泳时的照片,以增加新闻的真实性,行不行?"

"可以吧,我说了,一定尊重你的意见。不过,你能不能透露一点未来的打算?你这么年轻,又名扬国内外,总不会一直在三亚疗养下去吧?"

"暂时还没什么打算,只想愉悦身心,恢复健康,恢复普通人的生活。"

"欣欣,你可要知道,你已经是公众人物,各方关注,万众瞩目,就是我不说不写这方面的情况,别人也会来访来写的。与其让别人瞎猜,不如自己说清,这才是明智之举。再说,我看你目前的境况,也不可能没有想法。"

兰欣欣思索了一下说:"那就这样写,说我打算健康恢复后,回音乐学院继续完成学业。"

"中,就按你说的办!稿子写完后,我从网上传给你,有什么意见,到时候再商量。"

"宋记者,非常感谢你的理解和真诚。理解万岁,真诚难得,希望我们永远是知心朋友!"

"那是一定!不过,既然是知心朋友,我可不可以问个题外的事情?"聪明的宋洪涛抓住时机,想探听到所有想知道的故事。

"你说,有问必答,绝没有无可奉告那一套。"兰欣欣笑言。

兰欣欣的爽快倒令宋洪涛有些难为情了,不过,职业的责任和经验使他顾不得那么多,机会难得,机不可失啊!

"欣欣,你和黎天成现在是什么关系?解放军报上的一句'黎先生携一年轻女士到海军医院捐赠十万美元'这句话,已被许多人作了不同的解读,你不想借此机会澄清一下吗?"

"他是我危难中的朋友,学画的老师,刚刚认下的兄长。喂,对了,他上午没对你们说认我爸我妈为义父义母的事吗?"

"没有,可能是不好开口。"

"这人,该说的不说,该讲的不讲,像你说的,那不更让人瞎猜乱传吗?"兰欣欣发完感叹又不无担忧地嘱咐说:"宋记者,这事你知道就行啦,千万不要报道出去,咱可是有君子协定的。"

"放心,我只是随口问问。等你啥时候想公开时,我再依令而行。我明天上午回北京,你有事儿没有?"

"没有,金曼丽与你一起回吗?"

"还没说呢,她还想再见见你,也求我劝劝你。她目前的处境挺不妙,可以说是既可悲又可怜。"

"我不想再见她,求你把这个意思传过去,免得都不愉快。老百姓说得好,脚上的泡全是自己走的。"

"那我就走啦,后会有期,再见。"

"再见!有事来电话,二十四小时对你开放!"

"衷心感谢!"宋洪涛握手道别,走向一直等待的出租车。

晚上十点半时,兰欣欣刚回到卧室,就接到金曼丽从机场打来电话:"欣欣,非常不幸,公司昨晚发生了盗窃案,北京警方叫我尽快返回,只好与你暂别。欣欣啊,你务必要体谅体谅我的苦衷,早日回公司复职。没有你在身边,我一天都活不下去,求你啦!"

兰欣欣只听不说,等到对方关了手机,才轻声自语道:"那您就等着吧!"

两天后,央视在共同关注节目中中播了一条题为《世界小姐今安在,三亚圣地养身心》的新闻,并配发一张兰欣欣在海滩上泳后休息的照片,使一场突起的喧嚣得到了消解。

第二十三章

兰欣欣的心情变得格外好起来。她笑口常开,歌声不断,把每天的生活都尽量安排的丰富多彩。这不,还没等吃完早饭,便提议去槟榔河民俗博物馆参观,得到了全家人的赞同。

槟榔河民俗博物馆距市区不过半小时车程。黎天成买完门票,便引导他们从头至尾仔细观看。馆内存有大量海南黎族、回族先民开拓创业、勇闯海疆、传承文化、抵御外侮的实物和照片,配有详细的文字说明,系统地展示了海南省开发建设的历史进程。

在一幅名为《黎寨的凤凰》的油画前,兰欣欣心中猛然一动。这是一幅多么令人赏心悦目,顿生浮想的画作!在朝霞满天、碧波环绕的凤凰岭下,坐落着一排黎族传统的小木屋。木屋下山泉潺潺而过,高大的椰树与低矮的香蕉林相依相映。在敞开的窗前,一位正在梳妆的黎家少女,心驰神往地眺望喷薄欲出的红日。在她那惊喜明亮的丹凤眼中,那些飘动的彩色云朵,正在变幻成一群欲在朝阳中翩翩起舞的凤凰。

兰欣欣盯住画中那位清纯美艳的少女,感到她正在对自己眉目传情,呼之欲出。兰欣欣惊讶地眨眨眼睛,后退几步再看,仍是这个效果。她突然转向黎天成,小声问道:"你认识她吗?"

"当然认识,这是我在大学一年级时创作的,曾获过金奖,家乡筹办民俗馆时,无偿捐了出来。"

"是嘛,让我也好好看看。"耿玉芳走上前去,左瞧瞧右看看,还有新发现:"欣欣,快看,这儿还有天成的签名呢!"

兰欣欣重又看一遍,又提出个新问题:"天成,是有真人模特吧?如果有,我想拜访拜访。"

"这怎么说呢?我们黎家的少女都挺漂亮,你想见谁都可以!"

兰欣欣慢慢摇头,神思悠远地说:"在传世的古今中外仕女图中,几乎都是画家身边美人的再现与升华。要不,为什么会有那么多专家学者在探求蒙娜丽莎的原型呢?"

"艺术就是艺术,不是现实生活,你想多啦。"

"艺术源于生活,又高于生活。至臻至美的创作,是艺术家永恒的追求。"

"行了,欣欣,我们回去再讨论美学。你看,一会儿爸妈走远啦!"

在黎天成的催促下,兰欣欣只好随人流向前移动,发现父亲站在一架原始的木犁前仔细观看,还往随身携带的小本子上记着什么。走出展馆到车内休息时,兰欣欣问:"爸,您又在大发诗情吧?给我看看。"

"偶有所感,怕事后忘记,先草草记下。"兰秋田边说边把小本子递向后坐。兰欣欣朗声念道:

用最原始的工具,
开拓出新的疆土;
用最勤劳的双手,
建成美丽的家园;
用最普通的工艺
创造灿烂的文化;
用最纯真的深情,
拥抱母亲的胸怀;
可敬的两族兄弟,
可爱的多情姐妹。

"哟,原来爸爸还是诗人,不简单,不简单!"黎天成对义父的即席之作深表佩服,连发感叹。

"那可不呗!告诉你啊,咱爸在24岁当普通一兵时就出过诗集,名字叫《远航》,等有机会让你好好看看。"兰欣欣满脸的骄傲。

"好!好!爸,但愿您能寄情三亚和海南的山水,再添新作。"黎天成真诚地祝愿。

"老啦,又几多风雨,恐怕难现激情啊!"兰秋田自叹。

"爸,您不是经常唱'革命人永远是年轻,好比大松树冬夏常青'吗?您和妈妈现在正是人生的第二个青春期。青春万岁,诗情勃发,您一定会再现辉煌,成为大器晚成的诗人。"兰欣欣调侃地对父亲进行激励。

"你这张嘴，历来就好唱喜歌。你不也曾经梦想成为诗人吗？我记得纪伯伦好像说过，诗是从伤口或关口涌出的歌曲。文章自得方为贵，你为何不试试自己的功力呢？诗歌可以净化心灵，升华情感，美丽人生啊。"

面对父亲的揶揄与鼓励，兰欣欣咬着嘴唇思忖片刻，还真的来了情绪，看似一本正经地说："那好，爸，咱爷俩从明天开始就来一场诗歌赛，让妈妈和天成哥当评委，自娱自乐，怎么样？"

"试试看吧！"兰秋田竟爽快地答应下来。他见耿玉芳和黎天成都很惊讶，大概是在怀疑自己的功底和精力，便想来个振聋发聩，以求首胜，于是便说："我现在就把昨日偶得的一首七律献上，敬请评断，题目叫"七情"。

　　喜怒忧思悲恐惊，
　　七情六欲伴人生，
　　苦辣酸甜来调剂，
　　万千滋味心自明，
　　凡人只为平常事
　　任你东西南北行。

掌声响起，一片叫好声，三位听众都被诗歌的质朴而深刻所打动，并从中各自解读出心灵的震颤。其中触动最深的可能是黎天成，因为他的双眸中闪出了晶莹的泪花。而兰欣欣则在钦佩之余暗下决心，欲同老父亲一比高低。

用过野餐后，黎天成提议去南山文化旅游区观光："爸，妈，一会儿咱去南山文化旅游区，那里有世界上唯一耸立在大海中的观音，高108米，历时六年建成，于2005年4月24日举行了盛大的开光大典。其一体化三尊，分别表示和平、智慧和慈悲，为华夏造像之最，也是世界造像之最。另有著名的南山寺，是佛教道场，由已仙逝的中国佛教协会会长赵朴初大师亲自选址和题名。"

"这倒是闻听未闻,见所未见。我虽然不信宗教,但也愿一睹尊容,看看风景。"兰秋田很有兴致地表示同意。

"天成,那里用不用上香、跪拜、捐款什么的?现在,很多地方的寺院见钱眼开,戒律难存。去年我们到一个以习武闻名的寺院去旅游,先后四次被拦住强买强卖所谓香火和圣品,其中有一次还被个小和尚辱骂一通,你说气不气人!"

"这里恐怕不能,一直管理得比较严格。不过,我已经很长时间没去,不知现在情况如何?"黎天成坦白地解释。

汽车上了高速公路,一阵疾驶,很快来到依山临海的南山旅游区。

站在波涛之中的汉白玉大佛果然气度不凡,朝拜者络绎不绝,黎天成先为三个人各拍了单人照后又合影,然后又站在其中,用自拍功能留下美好的纪念。

兰欣欣在入口处买一炷香,点燃后插在硕大的香炉中,然后牵着黎天成的手随人流步入大殿。

拜完神仙,兰欣欣又要抽签卜卦。黎天成站在门外边耐心等待。

兰欣欣抽完签,交上线,满心欢喜地退出来。

"抽的什么上上签,这么高兴?"

"天机不可泄,适时自会开。"兰欣欣笑着回答。

等到两个人到回廊里找到父母时,耿玉芳责怪道:"去这么半天,怎么才回来?"

兰欣欣莞尔一笑,没有作答,却对兰秋田说:"爸,我刚才也得了一首诗,您想不想听?"

"当然想听,快念念!"兰秋田不知真假,佯装认真地想要探听明白。

黎天成和耿玉芳也都惊讶不已,兰欣欣出口成章:

南山脚下南山寺,

闻名于世水中仙,
玉佛踏海波涛涌,
烟云过眼觅奇缘,
善男信女多膜拜,
祈盼心愿早实现,
今朝有缘今日福,
何必苦等到明天。

"爸,怎么样?还可以吧?"兰欣欣自我欣赏地等着赞扬。

"不错,有情有景,感情真挚,出手不凡。"兰秋田有意对女儿进行赏识教育,表扬得有点过头。

"什么感情真挚,出手不凡,我咋没看出来呢!"耿玉芳对诗中的最后那句'今朝有缘今日福,何必苦等到明天'心生反感。

"你只重医术,不闻艺术,怎能懂诗情画意之妙!"其实,兰秋田比耿玉芳更清楚女儿的心态,只是不便挑明,想故意模糊过去。他似是无意地看一眼黎天成,发现他正欲言还休地扭过身去,不想让人看到窘态。

"好啦,往回返吧,但愿年轻的女诗人再出佳作。"兰秋田老道地打起圆场。

兰欣欣这时才意识到自己的幼稚与诗中词语的不妥。但又自我安慰地暗忖:这又有什么关系?人家心中就是这么想的嘛!

次日上午,按计划要去三江口和蝴蝶谷游玩。临出发时,兰欣欣把一份旅游指南递给兰秋田:"爸,这上面有博鳌三江口和蝴蝶谷的资料,您先好好看看。我看咱爷俩干脆现在就约好,您为博鳌三江入海口作一首诗,我以蝴蝶谷为题作一首诗,怎么样?"

"嚸,你这是命题作文,可不大符合文学创作的规律。不过,我倒很愿一试,也想看看你的佳作如何。"兰秋田不甘示弱地应答。

"一言为定！"兰欣欣不无得意地一笑，那种稳操胜券的表情，不但令父亲不大舒服，也让耿玉芳和黎天成颇感意外。

兰欣欣从他们的眼神中读出了共同的疑惑，却故意不去理会，含笑地向黎天成挥挥手，下达了出发的命令。

博鳌三江入海口位于琼海市境内，东面临海，南面为万泉河、九曲江、龙滚江三河口，本来就是有名的旅游胜地，后来更因博鳌亚洲论坛常设此地而名扬世界。

海南岛历来山清水秀，少有污染。万泉河、九曲江、龙滚江在博鳌小镇附近会合后气势大增，浩荡前行，与从东面奔腾而来的海浪相亲相聚，激起一道道接连不断的白色水幕，有如相盼已久的千军万马胜利会师，在跳跃拥抱的欢腾声中，奔向浩瀚的南海之乡。此刻，兰秋田站在河岸上极目远眺，强烈的创作冲动如泉水般喷涌而出。他旋即坐下来，掏出笔记本和圆珠笔，在众人的注视下急就出一行行诗句：

三江博鳌来相会，
携手共赴故园地，
碧波欢跳深情吻，
南海意浓设宴席。
舞台虽小连世界，
海疆辽阔通东西，
客来远方曾疑惑，
惊叹此地风光奇。

全诗一气呵成，兰秋田先递给黎天成看。黎天成接过后与站在身边的兰欣欣同声朗读，赞语脱口而出："情浓意稠，融通古今，绝对的佳作。"

兰欣欣更是佩服不已，自认难追，沉思片刻后，先行认输："爸，这一轮您完胜，小女自惭不及。"

兰秋田答："你出的题目,美景还未曾见到,怎可弃笔认输!"

兰欣欣说："天成哥,咱们直接去蝴蝶谷吧!"

黎天成看看兰秋田和耿玉芳,见他俩都点头同意,便转身去停车场提车。

在景区出口,耿玉芳特意拉一下兰欣欣,示意与前行的兰秋田拉开距离,然后小声问："欣欣,真向你爸认输啦?他哪里写得有那么好?好像在自吹自擂,我就不喜欢!"

"妈,您这么说有点偏。文如其人,我爸的军旅生涯和职业性格,就决定他的诗作会透出阳刚之气,这是一般人想做也做不到的。"

"你好好写一首,压压他的傲气。"耿玉芳鼓励女儿。

"妈,我告诉您个秘密,可不准对爸爸说。"兰欣欣诡秘地耳语："昨天夜里睡不着觉,我已在网上把蝴蝶谷看个遍,又查对些资料,把腹稿都打好啦!"

母女俩加快了脚步。

人急车自快,不到一小时工夫,幽然神秘的蝴蝶谷就到了。名副其实,这里果真是蝴蝶世界,所有的树枝和草叶上,几乎都落满了奇彩纷呈、大小不一、形状各异的蝴蝶,其中有一些还是世界上少有的珍稀品种。那些在空中翻飞追逐,尽情戏耍的情侣们更是令人炫目和心动,在络绎不绝的游人中引发声声慨叹,自然会联想到梁山伯与祝英台的动人故事。

兰秋田和黎天成走在前面,大概是所见颇多,习以为常的缘故,再加上男人的欣赏对象和习惯有别于女性,所以看得有些浮光掠影。与他们相反,跟在后面的母女俩却目不暇接,尤其是兰欣欣,更是惊喜连着浮想,浮想凝成词语,使朦胧中的意象,很快变成激情的诗句,并且大大有别于事先的腹稿。她按捺不住地告诉耿玉芳："妈,我的诗作好了,想不想听?"

"等一会儿见了你爸和天成再念。喂,对了,你不先写出来吗?到时候忘了词咋办?"

"不用,我已熟记在心。"

走出蝴蝶谷,还没等上汽车,兰秋田就催促起来:"欣欣,诗作出来没有?何时才能欣赏?"

"请稍等片刻,上了车再说。"

车行大约两公里后,出现一处修路存料时的空场,黎天成靠边停车。

"欣欣,就这儿怎么样?先歇一歇。"

兰欣欣笑语应答,跳下车,扶妈妈下来。在树荫下的石板上坐定后,兰秋田问:"欣欣,给你十五分钟,先把诗写出来,然后再朗诵。"

"不必那么麻烦,本小姐的即席之作,可出口成章。"兰欣欣故意要与父亲打趣。

兰欣欣用穿透力很强的女中音朗朗而诵:

蝴蝶谷里观奇景,
亿万精灵来献艺,
鲜花满坡羽遮天,
化为云锦作嫁衣。

曾见毛虫爬满枝,
心存疑惧转身离,
今见异彩眼前现,
才知嬗变多神奇。

世间万物多幻化,
本是自然大规律,
春夏秋冬来交替,
方存仙境永相依。

"好！好！"女儿的话音一落，妈妈便迫不及待地使劲儿拍手叫好。她为女儿的才情感到骄傲，想用先入为主的方式让女儿取胜。

"好在何处？请说来听听。"兰秋田明白老伴的心思，又判定她说不出个所以然来，便有意将一军。

"天成，你说呢？"

"还是我来品评吧！"兰秋田真诚地评论道："欣欣，说心里话，你这首诗的功力，大出我的意料，构思巧妙，视点准确，情感真挚，联想丰富，转合自然，乃上乘之作。"

"爸，您这是过誉之语，我心自明，与您相比，望尘莫及！"兰欣欣谦谦而言。

"好诗就是好诗，有目共睹。好诗多出少年郎，后生可畏，后来居上，这也是自然规律嘛！天成，你有何感想？不妨直说。"兰秋田说。

"与您同感！"黎天成认真地说："我最欣赏'鲜花满坡羽遮天，化为云锦作嫁衣'和'今见异彩眼前现，才知嬗变多神奇'这两句，奇思妙想，寓意深刻，难得！诗情通画意，我刚才忽然想起，要以这首诗的意境创作一幅风景画，留为纪念。"

心有灵犀一点通。听到黎天成的这番评论，兰欣欣竟激动得双眸湿润起来。耿玉芳从诗句中揣摸到女儿的心思，见此情景，唯恐出现更尴尬的局面，立即模仿主持人的腔调宣布："我宣布，本场赛诗会的结果是，男女选手并列第一！"说完她自己笑了，其他人也笑了，真可谓是皆大欢喜。

就这样，在双方饶有兴趣，评委乐观其成的情况下，父女俩激情难收，每到一处景点，便来一场诗歌对咏，喜得一家人悠悠自得，乐不思蜀。

在大东海观光时，兰秋田写下了《夜游大东海》一诗：

明月高悬灯火红，

海面幽幽似梦境；
霓虹迷离轻吟唱，
语言多国侍者情。
碧波情深不停吻，
沙滩无语印旅程；
宾客陶醉乐忘返，
人间仙境已闻名。

同一地点，同一时刻，兰欣欣则吟出《南海听涛》：

涛声不绝思难断，
追梦寻仙到海南，
长夜相诉情意浓，
不知旭日已红天。

涛声依旧心意多，
真情似火水难泼，
化为春雨天际存，
遍洒大地润新禾。

涛声送客依依别，
我与南海长相约，
情波不断连天涌，
跃为彩虹两相接。

在三亚最为有名的白鹭公园，一家人在树荫下一边观景，一边与左右相邻的游客相谈，得知多数是来三亚越冬的"候鸟老人"，争相诉说对三

亚的一往情深。有感于此,兰秋田当即写下了《候鸟与三亚》:

神州十月日见寒,
八方候鸟来团圆;
大鹏起落凤凰港,
和谐驶入三亚湾;
更有轻骑越万里,
练就一身铁弓缘;
终日畅游不知累,
夜聚公园大联欢;
南腔北调时时有,
最佳老年合唱团;
琴棋书画来自娱,
轻歌曼舞赛神仙;
多年沉疴渐消远,
盛赞三亚好家园。

而兰欣欣又吟诵出《白鹭公园见闻》:

依山傍水辟公园,
引来白鹭舞翩跹,
红林护坡堤坚固,
椰风海韵伴神仙。

大树成荫环湖立,
奇花异木长相依,
香飘四季疏浓淡,

身卧绿毯说梦奇。

青春做伴花中嬉,
童叟双呼紧紧追,
谈天说地八方事,
不与媒体争高低。

白鹭长吟百鸟鸣,
青山绿水正相融,
轻歌曼舞时时有,
月上高天不见终。

一路走来,一路对诗。在接下来的时日,父女俩诗兴愈浓,一发而不可收,连同此前的那一部分,竟各自写下三十余首诗篇。兰欣欣用几天时间在电脑上设计编辑,复印装订成册,题名为《兰家父女三亚对诗集》。兰秋田满心欢喜,因为在兰欣欣将诗集递给他时,还说了这样一段话:"爸,咱爷俩都要继续写下去,当各自创作出一百首诗的时候,我们向出版社申请个书号,正式出个诗歌集。怎么样?"

"好,一言为定!此意殊难得,但愿早成功。"兰秋田立即答应,可见兴致之高。

这时,黎天成在旁边突然提出了申请:"爸,欣欣,到时候我想为你们的诗集配些插图,不知是否可以。"

"这还用说?当然求之不得。"兰欣欣应允之后,又亦喜亦谑地说:"只怕诗作不佳,降低了你这大画家的声名。"

"哪里,哪里,我不是说过嘛,诗情画意本相通,诗为主,画为辅,我还担心功力不及,留下画蛇添足之丑呢!"黎天成不会像兰欣欣那样灵动,却把调侃般的谦虚说得挺真诚。

"我赞同这个主意,更相信天成的画作会锦上添花!"兰秋田态度明朗。

唯有在一边的耿玉芳想法多多,不便说出。等到夜间躺在床上休息时,耿玉芳才把心中的担忧说了出来:"老兰,你和欣欣这丫头一块瞎折腾,就不担心会出事吗?"

"担什么心?出什么事?我这也是精神疗法,以求净化和转移她的注意力。"

"你呀你,咋说好呢?你没见她那诗里都写的什么?简直篇篇都有求爱的隐语,有的干脆就是情书。什么'今日有缘今日福,何必苦等到明天';什么'长夜相诉情意浓,不知旭日已红天';什么'情波不断连天涌,跃为彩虹两相接';什么'鲜花满坡羽遮天,化为云锦作嫁衣'。你听听,好好听听,这都是些什么话,听了都让人脸红心跳!再说,我看天成那孩子也已鬼迷心窍,被咱这疯丫头弄得神魂颠倒!再这样下去,早晚有你好看的!"

"杞人忧天,痴人说梦,你这是典型的消极思维,什么事都先往坏处想,总是自己吓唬自己!"兰秋田虽然也有同感,却不肯言语相随,反倒把老伴埋怨一顿。

"你别睁一只眼闭一只眼地装糊涂,人无远虑,必有近忧!我看长痛不如短痛,咱还是尽快把欣欣弄回北京去,免得夜长梦多,后悔不及!"

兰秋田被老伴说得有点理亏,但毕竟是阅历丰富,见多识广,长于进退,沉思一会儿,劝道:"玉芳啊,事情可不像你说的那么简单。欣欣的心神刚刚恢复正常,你要冷不丁再来一次强刺激,说不定会出啥事儿!还是从长计议,顺其自然吧!"

"哎,这孩子小时盼着快点长大,可长大了,反倒更让人操心伤神!"耿玉芳叹息着转过身去,不再言语。

第二十四章

　　进入 4 月，天气骤然转热，每天的气温几乎都在三十度以上，三亚的雨季很快就要到来。因为富含盐分和氧离子的潮湿空气腐蚀性强，黎天成开始对搬到山坡小楼里的画作进这行防腐、防潮、防虫处理。这一来，兰欣欣可有事儿干了，一连数天帮着进行裱糊、干燥、拍照、登记、封存，有时两个人忙得废寝忘食，又不亦乐乎。

　　在整个工作即将结束时，黎天成接到了来自海外的祝福和邀请。打电话的人名叫欧阳远方，是新加坡大学艺术系主任兼新加坡华星艺术展览中心总监，更是黎天成海外游学时的挚友。欧阳远方说："天成贤弟，我刚刚从报纸上得知你因孝致病，因艺结缘，因祸得福，深盼早日相聚。我这两个月游走在西欧、北美和东南亚各国的画界，为的是筹办下一届世界华人现代美术精品大展，目前初告成型，特邀你携作参展，时间为 8 月 1 日至 9 月 1 日。届时，将由专家学者，媒体记者和观众共同评出各类奖项，一切费用由组委会承担。邀请函已发至海南文联美术家协会，请查收，并用电子邮件详告参展作品的名称、件数、尺寸，便于提前安排展位，欢迎夫人或伴侣莅临。"

　　黎天成用手机通话时，特意将音量放大，所以兰欣欣把每个字每句话都听得清清楚楚，明明白白，打心里为黎天成高兴。可当最后听到'欢迎夫人或伴侣莅临'时，心猛地狂跳起来。

　　画家的艺术敏感自然会捕捉到眼前的一切，黎天成收起手机，看着兰欣欣神情窘迫的样子，心情矛盾地思索片刻，淡定地说："欣欣，我决定不去参展。"

　　"为什么？"兰欣欣大惊失色，以为黎天成看透了自己的心灵颤动，盲目地做出了取舍。她望一眼那些封存好的画作,努力镇定一下心绪,郑重说道:"天成哥,你必须得去!这不但是一次难得的机会,更是神圣的使命。你有责任把这些呕心沥血的惊世之作,奉献给世界艺术殿堂;有责任将母亲一生的厚爱与美丽昭示天下,让更多的心灵接受爱与美的洗礼!"

黎天成望着兰欣欣庄重深情的眼神,沉思好一阵,才终于答应下来:"欣欣,说心里话,我本不想将这些画作示人,因为它们都是我不愿外露的心灵秘密。可听到你这番宏论,则不得不收回成命啦!"

"那当然!"兰欣欣见黎天成醒悟过来,又趁热打铁来个再接再厉,"天成哥,你可知道'天下为公'的道理?这普天之下的一切一切,包括人类本身,都为宇宙世界所有,正可谓生于斯,止于斯。至于文学艺术的硕果,更应当成为全人类的公共财产,共同享受。那种将历史文物和艺术精品执意收藏,不想示人也不敢示人,或只为少数人欣赏服务的行为,严格说来,都是人性的自私自虐,是人与艺术的共同悲哀。天成,你在艺术上的成功,大道天成,大德天命,大巧在时,你自己选择吧!"

"有你这番振聋发聩之语,我还选择什么!"黎天成惊叹道:"我说欣欣,你小小年纪,脑袋里怎么藏着这么多真知灼见?简直是上下通于古今,左右惊于世界的才女、奇女!"

"大哥,小妹班门弄斧,不必当真!"兰欣欣被夸得心花怒放,她调皮地用挤眉弄眼来掩饰,又脱口提出要求:"天成哥,我还有件事儿,希望你痛快地答应。"

"说吧,别让人着急。"

"请你把为我画的那幅油画也带去参展,我愿以此来报答世人的厚爱,也算是最后一场演出的谢幕。"

"好吧,那就把天使放飞出去,任凭上帝差遣。"黎天成的语气中含着难分难解的无奈,同时又心存不安地看着兰欣欣,试探地问:"欣欣,我走后,你和爸爸妈妈怎么办?"

"什么怎么办?你前脚走,我们后脚就到,私人旅行呗!放心,决不会拖累你!"兰欣欣见黎天成无意带她同行,心中有些气恼,话语中便长出刺儿来。

"我是怕没时间照顾你们的生活。"

"放心,本小姐心灵手巧,吃苦耐劳,无论在何时何地,都知道孝敬老爸老妈。真要力不从心时,定会调兵遣将。"兰欣欣释然说道。

"那就这么定了,咱一起去新加坡,你陪爸妈旅游观光,我去参加画展,明天就开始准备吧。"

"赶趟,还有一个多月呢!"兰欣欣心神一定,态度立时变得温柔起来。

下午去情侣岛游泳时,兰欣欣在沙滩上把这个消息告诉了父母:"爸,妈,天成哥就要应邀去新加坡参加世界华人美术精品大展了,还要我们一起去参观旅游呢!"

事关重大,心情急迫,一家人开始为新加坡之行做准备,检查身体,申请护照,包装画作,保险发运,购置新衣,收藏旧物。最为奇巧的是,走失多日的阿黄,竟然在一天早晨悄然返回家园。

一天上午,黎天成开车去海口省文联美术家协会取邀请函时,兰欣欣在画室为他收拾衣物,偶然看到衣柜最顶层的隔板上露出个信封,随手抽出一看,顿时惊愕异常。原来,那是黎天成妻子阿凤离家出走时留下的长信,字字情,声声泪,把一个独居少妇对甜美爱情的渴望、孤寂、苦闷和哀怨表达得淋漓尽致,兰欣欣没等看完,已经是热泪盈眶,尤其是其中的这样一段话,让她对未曾谋面的阿凤,产生了深深的同情和敬意:

天成,那些曾经刻骨铭心的情爱,已经随时间的无情永远消失,但我无悔无怨,从来没有一丝的怨恨。因为你生来就是天才,上帝是不允许把你赐给我永久私享。你对艺术的执着追求,正是它赋予的使命。你对家庭与爱情的无暇他顾,恰是成功即将到来的标记。世界上的伟人们,从国王到将军,从科学家到艺术家,从佛祖到圣贤,从百姓之首到百艺之杰，不都是这样吗？

　　妈妈已经仙逝了，她老人家留给我的最终嘱咐是，让我一定要等你归来。可是，我是一个无知无义的弱女子。无知之人，难以与智者同行；无义之举，理应受到惩罚。我曾经许诺为你守盼10年，时时期待你会凯旋。最终，我失约了，失败了。我战胜不了自己，更战胜不了别人，只有远走他乡一条路可寻。天成，我无情无义地走了，你万不可痴心多情地寻找。你我情缘已尽，都应重觅幸福。我衷心祝愿你早日找到一位志同道合、心心相印的爱人，不必背负法律的责任，惧怕世俗的压力。我已向民政局递交了离婚申请，并到公证处做了公证。你可将此信示人，以解婚约之累，除却心灵之痛。

　　按照家族的习俗，在妈妈3周年的忌日，我将带女儿回乡同老人家拜别，也希望在那时见到可爱的新娘。我们将以姐妹之礼相称相待，移交爱情接力中的最后一棒。此为真心，绝非戏言。

　　还有，我特意将当年你为我购置的那件代表吉祥富贵的黄色旗袍，留给未来的新娘。我每年只在结婚纪念日穿上一天，但愿她能理解我的善意。

　　看到此处，兰欣欣忍不住唏嘘起来，慢慢依原迹折起信来，重新装进信封，正要放回原处时，又发现里面还有个可随身携带的小相册。她取出一看，第一张是黎天成母亲的单人照，年龄大约在五十岁上下，满脸的刚强与沧桑。第二张是全家福，已经年迈的老母端坐在大榕树下，怀里抱着只有三岁左右的小孙女，黎天成和阿凤站在老人背后，全家人的脸上都闪着幸福的容光。第三张是小阿美在树荫下同阿黄玩耍，那红扑扑的笑脸，展现出童心的天真可爱。再往下翻，几乎就全是阿凤的专辑了。那在晨雾中凭窗远望的少女，正是民俗馆中油画《黎寨的凤凰》的模特。那鲜花盛开般的娇艳倩影，恰是乔装待嫁的新娘。那怀抱婴儿哺乳的少妇，脸上溢满了幸福与骄傲。而最令兰欣欣动情动容的，恰恰是最后那张身穿黄色旗袍,一手牵着阿美,一手遮阳远眺大海,企盼夫君归来的形像。阿凤虽然仍不失年轻时的俊朗,但那目光中闪露出的淡淡忧伤,却透着掩不住的苦衷。兰欣欣从相纸的新鲜程度上判断,这张照片应该是在阿凤出走前特意拍摄的,是专为黎天成留下的纪念。

兰欣欣擦去脸上的泪痕,伸手取出用真空衣袋包装的米黄色旗袍,展开一看,仍然艳丽无比,猛然想到黎天成在她决赛民族服装时的中途退场,想起他拒绝接受自己的赔礼道歉,并说他的退场与别人无关的话语,终于大梦初醒,原来是睹物思人,一件米黄色的旗袍,神追故知!她脑海里一片空白。

少顷,兰欣欣慢慢叠好衣服,举起来想放回去,冷丁又停住了。她重新打开衣服,往身上比试比试,可惜又短又瘦,便惋惜地再次收好,放回原处,暗暗思忖:这是不是黎天成有意为自己布的局?原来他也是心眼多多!那好,你跟我装模作样,有话不说,我与你装聋作哑,看谁撑得住。

黎天成到晚间才从省城返回来。吃过晚饭兰欣欣提议再去大东海夜泳,得到大家一致赞同。可临到出发时,耿玉芳忽然犹豫起来:"欣欣,这黑灯瞎火,你跑到海里去,遇上大鲨鱼可咋办?"

"上次您不是去了嘛,那里整夜灯火通明,鲨鱼不敢靠近。再说,鲨鱼只咬男人,不咬女人。"

"那是为什么?"

"男人争强好胜,正是鲨鱼喜欢的对手,女人柔情似水,鲨鱼不愿搭理。"兰欣欣装作一本正经的样子解释。

"那就再信你一次,走,试试我闺女的话灵不灵。"

明明是假话,却偏要当真话说。明知道不可信,却硬要装着相信,这就是她们母女间经常玩的有趣游戏。

大东海到了,依然是灯光闪烁,霓虹迷离,欢声笑语,游人不绝。远处的灯光大放奇彩,多情的海浪低吟浅唱,松软的沙滩为游客足底按摩,有勇敢的夜泳者正在海浪中搏击。岸上的露天酒吧,播送着异国的抒情歌曲。白、黄、黑三色的年轻女侍轻盈往来,如此的良宵美景,怎不让人动情动容。

由于没有阳光的直接照射,夜晚的海水温度要比白天稍凉一点。再加上对海浪奔涌的频率难以准确掌握,给抬头换气带来一定麻烦,因此便会疲劳得快一些。兰秋田和耿玉芳只在安全圈内游一趟,便互相扶着上岸休息,躺在沙滩上看着年轻人在浪里穿行。

此刻,在深水安全区浮标附近的两个年轻人游兴正浓,他们一会用蛙泳齐头并进,一会儿自由泳你追我赶,一会儿仰泳稍作休息。等到游到浮标前时,黎天成发现兰欣欣有些微微气喘,边抓住浮标绳边关切地问:"欣欣,累了吧?"

"不累。"兰欣欣边说边向沙滩上观望,因夜色朦胧,没有发现父母的身影。

"差不多了,明天再来,爸妈都上去了。"

兰欣欣没作声,盯住黎天成的眼睛注视片刻,突然扑上去搂住他的脖子。

"欣欣,别,别这样!"黎天成躲闪着提醒,无奈身体已被欣欣缠住,动弹不得。

兰欣欣继续紧抱着追逐,终于捕捉到渴望的双唇,并很快得到热烈的回应。

黎天成一手抓着安全绳,一手搂着兰欣欣,两个人好半天一动没动。当又一波海浪涌来,在身上拍出嘲讽的声响时,他猛然惊醒,惶恐地哀求:"欣欣,我们不能这样,爸爸妈妈正看着呢!再说我们已是兄妹!"

兰欣欣清醒一些,可手脚仍不松开,低声回应:"胆小鬼!兄妹又怎么样?那是亲上加亲,美上加美!"

"欣欣,你该知道,我是有家室的人,年龄又比你大许多,这不可能啊!"

兰欣欣突然松开手脚,抓住安全绳,对着黎天成大声怒斥:"你还在自作多情？人家早已弃你而去。可怜虫！害人精！"

"我可怜归可怜,怎么成了害人精啦?"黎天成惶惑得不知所措。

"谁让我认识你！谁让你救了我！谁让你那么可怜？谁让你有情有义？谁让你夺了人家的心？兰欣欣越来越失控,竟伴着海浪号啕大哭,完全忘记了上午才下定的决心。这哪是怒骂？这哪是气恼？明明是爱的呼唤,情的波涛！黎天成在深受触动的同时,再次将兰欣欣揽入怀中,并主动去迎接带泪的激吻。兰欣欣用深长的回吻感天谢地,感谢这月下之约,南海之盟。

在游到浅水区时,黎天成怕兰欣欣被扑向岸边的涌浪打倒,牵住她的手慢慢同行,并小声嘱咐说:"欣欣,你我的私事,万不可让父母知道。"

"人家明白,这还用你说！"兰欣欣好像什么事情都未曾发生似的,稍一走神,差一点被回旋的海浪击倒。

"看到没有？这心连心,手牵手的,接下去会怎么样？"耿玉芳撤回手臂,移开身子,不无担忧地问。

"少见多怪,不见也怪,那不是怕她摔倒嘛！"

"见怪不怪,你就一个劲儿装糊涂吧！"

女儿到身边了,妈妈立刻偃旗息鼓,翻身坐起来,发现欣欣两个眼睛都红了,担心地说:"欣欣,你的眼睛咋通红通红的？冷了吧？快把毛巾被披上。"

"海水煞的,海浪打的,一会儿就没事儿啦。"兰欣欣接过毛巾被披在身上。

"天成,这条给你。"

"妈,您用吧,我一点不冷。"黎天成使劲甩甩胳膊上的水珠,真的没有一点冷意,因为他心里实在是太热太热。

夜泳的事情发生后,虽然生活的内容一如往常地丰富多彩,轻松愉快,可敏感的母亲还是很快发现了女儿和义子之间的细微变化。先说女儿,她发现兰欣欣每当面对黎天成时,双眼就会热辣辣闪光,神情举止恰如热恋情迷的少女,流露出爱与被爱的渴望。再看黎天成,虽然一家人相处日久,却突然少了平日的自然大方,率性真挚,变得行为拘谨,话语小心,好像做错了什么事情,要恳求别人原谅和理解。

一天夜晚,快到十一点兰欣欣还躲在黎天成的画室没回来。耿玉芳捅一下躺在身旁的兰秋田,忧心忡忡地问:"老头子,你发没发现这两个孩子最近的变化?有事没事都腻在一起,真要出事儿可咋办?"

"能出啥事?她不是跟天成学画画嘛!"

被耿玉芳这么一敲一震,兰秋田还真挺不住了,反倒埋怨起老伴来:"知女莫如母,你这当妈的,还不快点说说她。"

正说到这,门外传来脚步声,是黎天成送兰欣欣回来。耿玉芳耳朵灵,赶紧小声命令:"别说了,回来啦!"

在门被推开的那一刻,耿玉芳不满地高声训道:"是欣欣吗?都十一点了,咋这么晚才回来!"

"妈,我跟天成哥学画呢!"

门关上,黎天成走了,耿玉芳坐起来叫住兰欣欣。欣欣没进屋,只推开半扇屋门。

"欣欣,你又起啥幺蛾子,学哪门子画!快消停消停吧!妈求你啦!"

"妈,真的,天成说我小时候学画的基础打得好,悟性又高,不出三年,保准成为画家。"

"还想出名啊?你的名已经出得够大够远,几乎是家喻户晓,人人皆知啦!我可跟你丢不起这份人!"

"您这又扯哪儿去啦?真让人扫兴,睡觉睡觉!"兰欣欣关上门,把楼梯踏得"咚咚"直响,像是在示威抗议。

第二十五章

兰欣欣是在黎天成创作油画《高山榕》时突发奇想的。她告诉黎天成："天成哥,我从小学二年级到初中二年级,一直在市少年文化宫的音乐、舞蹈、美术三个班轮流学习,已打下了一定的基础。"

看到黎天成将信将疑,她索性找出画纸和画笔,用不到十分钟工夫,便为黎天成画出一幅头部素描,惊得黎天成喜出望外。从这天起,两个人日夜兼程,想把《高山榕》这幅风景油画也带到新加坡去参展。

展期临近时,《高山榕》的创作完成了,整幅画作的尺寸并不大,不过两平方米,大榕树在海岸悬崖上顶天立地的气势和神韵,令人有身临其境,高山仰止之感。独木成林,笼盖四野的树冠遮天蔽日,迎风沐雨。异常发达的根系盘根错节,似巨蟒游蛇。从主干枝杈上垂直而下,扎入岩缝中,分散着支撑树冠的重压,或扁或圆,或密或疏,间可过人。那胡须状的气根一丛丛,一缕缕,在狂风中飘荡卷曲。更妙的是,那阿黄盘卧在树根上酣睡,风雨不惊。屋檐只出一角,意为黎家山屋。在宽阔背景上,波涛欢跳而来,似在朝拜。阳光透隙而入,欲露还羞,同真实的大榕树相比,更显得雄浑壮观,生机勃勃,寓意深厚,妙不可言。

当兰秋田和耿玉芳应邀前来欣赏时,被惊得连声赞叹。"这艺术的魅力真是绝妙无比,令人震撼!"兰秋田指着画作,有点卖弄地对老伴说:"玉芳你看你看,这就是艺术,缘于生活高于生活。"

耿玉芳含笑地稍一撇嘴,没有随声附和,而是俯首上前细看,反倒大惊小怪地指着右下角的签名一字一句地念出来:"黎天成、兰欣欣共创,还真把欣欣的名填上啦!"

"爸,妈,没有欣欣的参与,很难达到这样的效果。因为一切真正的艺术创作,都是师法自然的心灵之旅。欣欣的感悟敏锐,远远超出一般人。"

"她真的行吗?"兰秋田不敢相信地看着兰欣欣。

"那当然!本姑娘正在做画家的美梦,这只是小荷才露尖尖角!"兰欣欣抢着自夸,引出一阵欢笑。笑声一住,她又语出惊人:"爸,妈,我还特意为大榕树写一首诗,朗诵给你们听听?"

兰欣欣看一眼笑脸相对的黎天成,高声朗诵一首《唱给高山榕树的歌》:

没有棕榈的高贵,
没有椰树的风情,
没有修竹的隽秀,
没有木棉的雍容,
可我唯独爱你呀,
挺拔壮阔高山榕。

当狂风暴雨来袭,
你高声呐喊迎击;
当烈日炎炎灼烤,
你含笑从容面对;
不吝岩土的贫瘠,
独显成林的奇迹。

为花儿抵御风雨,
为故土坚守岗位,
为鸟儿筑起歌台,
为世人消解焦虑,
无私无畏高山榕,

永是心中的树神。

"好画一幅,好诗一首,正可谓珠联璧合,难得难得!"兰秋田击节慨叹,由衷地为黎天成和兰欣欣的成功合作感到高兴。其兴高采烈的神态,像是在和同龄的诗友唱和,仿佛忘记了父亲的身份。

父亲的赞誉深深感染到兰欣欣,她忽然想起古今中外文人墨客以文会友,以诗唱和,以画谋面的美妙情景,心中荡起一股难以遏止的激情,像从地心深处喷涌出来的红色岩浆,很快凝固成一幅黑色的图案。她突然放下手中的东西,向正与父亲交谈的黎天成高喊:"天成哥,天成哥,快快,给我一支笔和速写纸!"

"你要画什么?"黎天成边问边去找东西,虽然猜不到兰欣欣又突然发什么奇想,却又不想让她扫兴。

兰欣欣接过画板和纸笔,又提出个更出人意料的要求:"请黎老师和爸爸妈妈暂时转过身去,学生十分钟后交卷。"

黎天成苦笑着看着兰秋田和耿玉芳,奇怪的是,三个人竟都像哄小孩过家家玩那样应声而动,耿玉芳边转身边叨咕:"这又玩什么鬼画符?神神秘秘的!"

兰欣欣坐在板凳上凝神片刻后便信笔行走龙蛇,在纸面上引出几组神秘的曲线。她抬头远眺,又牵来一大片乌云和几缕阳光,运来千顷波涛,掷出数枚金币,一起遣入画中,简单修改后即大功告成,一看手表,还不到十分钟。

"评委们请转身,为学生打分。"兰欣欣装模作样吆喝一声,在他们转过身后,双手举着一幅漫画让众人审视。

黎天成只看一眼,就惊喜地夸奖起来:"欣欣,你真了不起,简直是神来之笔!"他接过画作仔细品味,越看越觉得心灵受到震颤。这是一幅寓意多么深刻的明志之作!在危岩耸立的海岸上方,一双合起的巨掌托着一群仙女,正欲迎风展翅地奔向无垠的大海。海面上波涛汹涌,激荡天空中乌云翻滚,正扑面而来,阳光失色,但巨掌上的美女们却无所顾忌地蜂拥而来,只有其中那个头戴金冠的佳丽正欲回身反转。再看那指缝下面,半夹半露地显出人民币和美元,寓意深刻而明显,大有警世醒心的效果。黎天成将画作稍举高一点,心驰神往地思索起来。

"老师,给打多少分?"兰欣欣问。

"95分。"

"为什么?"

"金无足赤,尚需努力。"

"请不吝赐教。"

"能否代为补笔?"

"求之不得!"

两个人又习惯地玩起了短信游戏,在这方面,黎天成显得略逊一筹,甘拜下风。此刻,他无心再玩耍下去,因为自己脑海里已经电石闪光,明亮起来。他抓起画笔,又接过画作,在翻卷的乌云中勾出鹰的眼和喙,又在咆哮的海浪中隐约挑出一排鲨鱼的利齿,再递交给兰欣欣看:"可是画蛇添足?"

"正是锦上添花!请点名其意。"兰欣欣指指下方的空白处。

黎天成放下手臂,不加思索地用楷书写出一行字:"上天无路,入地无门,苦海无涯,回头是岸!"

"普天下知我心者,唯黎天成也!"兰欣欣轻叹一声,说完,不顾父母在场硬拖着黎天成就地转了一圈,险些撞在妈妈身上。

等各自平静下来后,黎天成将画作拿给兰秋田看并品评道:"爸,欣欣颇有艺术感觉。诗情勃发,才能语惊四座。意境深远,才能落笔自然。唯有长存这样的感觉,才能成就艺术的辉煌。"

兰秋田点头称是,兰欣欣自己却做出另一番解释:"老师,您过奖了,我只想以画对画,回应您那深明我心的《天使的忧郁》。"

"此意我懂,不然怎敢贸然添笔。"黎天成被触动的那根神经,仍在鸣奏着奇妙的神曲。

"留给我,还是送给你?"兰欣欣问。

"奇文共赏析,妙笔同品味,共存吧。"黎天成收起画作,特意将它与为欣欣画的几幅速写叠放在一起。

这时,兰秋田感到自己和老伴再待下去多有不便,借口要去钓鱼,意在为两个年轻人留下自由的空间。

等到父母离开后,黎天成与兰欣欣商量起另一个问题:"欣欣,我为母亲画的像太多,无法全运到新加坡去,只能少选几幅。"

"选少了可不行,至少也要二十幅以上。"

"就十幅吧,由你来选定,慧眼识珠嘛!"

"还是由你选,你一定要选出那些最打动心灵的代表作,优中选优。哎,真的太遗憾啦!天成,你能不能让他们把大展移到三亚来?这样就能把你的全部画作一并推出啦!"

"今年是来不及了,等有机会再说,三亚肯定有吸引力。"受到启发的黎天成显出很有信心的表情。

相隔几天,护照办妥,机票买好,两天后中午出发。当黎天成把四张机票递给兰欣欣看时,她立刻发现了问题:"天成哥,怎么是同一个班次?不是说好你先去,我们后到吗?"

"噢,我同欧阳远方通了电话,他同意接待我们全家,没关系的。咱们提前一星期到,我忙我的事情,你陪爸爸妈妈好好玩一玩儿。"

临走前一天,兰秋田通过王副司令,把悬崖上的小屋和山坡上的新居一并托付给后勤处代管,并嘱咐一定要看好阿黄。

波音客机准时从三亚凤凰国际机场起飞,很快飞临广阔的南海腹地。兰欣欣和耿玉芳都是第一次出国旅游,第一次看到如此浩瀚的南海,每当从舷窗看到一座座岛礁,一艘艘军舰和巨轮,都会雀跃一番。

其实,最激动的还是老舰长兰秋田。他久久地面对舷窗,心如潮涌。

耿玉芳看清了老伴的心态,忍不住笑问:"老舰长,又心潮澎湃了吧？"

兰秋田苦笑着承认："玉芳，我在海军服役四十多年，驾舰驶过东海、黄海、渤海，却一直没到过南海，真是抱憾终生啊！"

"你现在不正在它上面嘛，居高临下，看得更远。"

"那是两回事。不驾舰亲临，便不识南海，愧当海军！"

"别急，等有机会，让王林安排你走一趟。"

兰秋田遗憾地慢慢摇摇头。

三亚渐远，新加坡渐近，漂亮的空姐开始督促旅客系好安全带，并介绍新加坡的风土人情和自然景观。

飞机安全降落，取出行李后，一家人各拖一个拉杆箱通过长长的廊桥，步至出站口。

翘首等待的欧阳远方望见黎天成，使劲儿挥手致意，黎天成亦举手回应。

"天成，我该怎么称呼欧阳远方先生？"兰欣欣问。

"你可以叫老师，也可以叫大哥，看是什么场合吧！"黎天成扭头回答："我与他颇为知己，你可以随便点，没关系。"

"他爱人是做什么的？"

"他俩都是大学艺术系教授，专攻油画创作。不过，远方近几年致力于对外传播介绍中国的文化艺术。"

"天成，天成！"刚刚步出金属护栏，欧阳远方就迎上来紧握好友的手臂，使劲儿摇一摇。

"远方兄，谢谢你对小弟的一片深情。"黎天成真诚道谢。

"这是哪里话，兄弟之情，不言谢。"

趁这工夫，兰欣欣很快将欧阳远方打量一番，发现这是位洒脱而又时尚的中年艺术家，中上等个头，长得很像电影明星成龙。稍往前走几步，到了人流疏空处，黎天成将紧跟身后的兰欣欣介绍给欧阳远方："欣欣，这就是我常对你说的欧阳远方大哥，这是小妹兰欣欣。"

"兰小姐,久闻大名,今日得见,果然是人慕天惊,幸会!"

"这是我义父义母。爸,妈,这就是欧阳远方教授。"

"伯父伯母好,一路辛苦!"在互相握手致意的同时,欧阳远方说:"我与天成是好兄弟,应该以此相称吧!"

对于这种既生疏又感动的礼仪,兰秋田一时难以应酬,竟不知如何作答。精明的耿玉芳及时上前补救,握手道谢:"欧阳教授,多谢您的关照,添麻烦啦!"

"哪里,哪里,贵客临门,喜从天降,求之不得!快请上车。"

知道来的客人多,特意叫了辆豪华中巴。欧阳远方和黎天成并肩坐前排,边走边说:"我托运的东西到十多天了吧?"

"早在半个月前就全部安全到达,正在布展。"

"是不是件数多了点?"

"个个精品,多多益善。"

"未必吧!精英荟萃,不敢自狂。"

"嗬,小老弟,你啥时学会的自谦,这可不是你的风格,是不是有高人指点?"欧阳远方意味深长地问。

"学海无涯,不敢不虚心以求!"

"众心所望,自有公论,大可不必自让自谦。"

两个人说到这里,黎天成忽然觉出自己有失礼之处,赶忙补救地问道:"欧阳兄,嫂夫人和小公主都好吗?"

"哦,忘告诉你了,她娘俩去澳大利亚度假,要半个月才回来。不然,肯定会来接你们的。"

"我可想小阿莲啦,今年该十岁了吧?"

"对,刚过完生日。她经常念叨你,怪你不打电话,不给她画像。"

"是,我答应过她,每年给她画一幅肖像,等再见面时,一定给补上。"黎天成歉疚地说道。

宾馆到了,进入接待大厅,办完入住手续,欧阳远方把房卡递给黎天成:"18层05、06两套双人房,伯父伯母一间,你和小妹一间。"

"这——这不行,远方兄,还得另开一间。"黎天成要求。

"有何不便?"欧阳远方一时不解。

"这是我义妹,至今未婚。"黎天成十分尴尬地解释。

"这事办的,怨我,怨我!"欧阳远方拍着脑门说。

"欧阳大哥,您就再麻烦麻烦吧!"兰欣欣改换了称呼,亲切地请求,看不到一点不悦。

欧阳远方重返接待处,用英语同接待小姐交流,又订下相邻的一套房间,随后握手告辞。

这边,兰秋田和耿玉芳会意地一笑。趁父母不注意,兰欣欣挤眉弄眼地嘲讽黎天成的窘态,把他弄得满面羞容。

入住后,黎天成特聘一位汉语流利的导游小姐陪伴兰欣欣和父母去游览街市与景观,自己则每天去展览中心帮着布展。

七天时间一晃而过,在几乎游遍了新加坡全岛之后,再加上以往对新加坡历史、文化、政治、经济和军事的了解,兰秋田感叹说:"国土不大,实力不小。人口不多,名人不少。管理严格,成果多多,难怪会成为亚洲四小龙之一。"老伴和女儿亦有同感。

正式开展的那一天,来自世界各地的上百位著名华人画家争相将得意之作悉数亮出。黎天成提供的一组《母亲的一生》和《天使的忧郁》《高山榕》等共十二幅作品,布置在展厅最显著的位置。

开幕式的宏大精彩前所未有,除了当地政要和著名、画家、学者之外,还有众多闻讯而来的艺术品商人、收藏家、记者、经纪人、企业家,等等。

欧阳远方在开幕式上致辞如下:

"各位画界圣手,各位嘉宾,各位朋友,本届华人艺术精品大展,特邀国际上著名的非华裔学者、专家、画家组成评审团,在今天将对参展的作品进行初评,并将评分票保密封存,等到终评时开启,计入总分之中。大展期间，还将进行记者团专评和观众自由推荐，从中确认出获奖作品，力求做到公开、公正、公平，不让精品错漏，不准平庸入奇！"

开幕式结束后，又专门安排一场彩绘模特表演，令人大开眼界。

当天上午，评审团成员和来自各地的记者、嘉宾，依次在每件作品前驻足凝视和品评。

第一天的展览共售出一千张门票，全部是提前预售。

开展的第二天，为确保安全，工作人员不得不分批放行，每批二百人，时间间隔为三十分钟，开放的时间超过十小时，接下来每天限定两千人次。尽管如此，据后来统计，在整整一个月时间里，几乎天天满额，有相当一部分观众来自世界各地。这其中的原因，除了精英荟萃，精品多多之外，新闻媒体的广为传播也起到了相当的作用。

黎天成的《母亲的一生》和《天使的忧郁》成为展品中最大的亮点，他本人传奇般的经历，亦成为媒体和新加坡当地人竞相传颂的热门话题。

在第一天的开展中，就有许多嘉宾和记者一眼认出画中的天使，就是一年多前在中国三亚市世界小姐总决赛中夺得冠军殊荣，旋即昙花一现，神秘失踪的兰欣欣。这一来，全世界的新闻媒体和各国观众，再次掀起一场兰欣欣热。人们在对这幅油画倍加赞赏的同时，还不约而同地发问：这世界小姐现在何处？她与画家是什么关系？难道又是一场英雄与美人的惊世之恋？

开展的第六天上午，当兰欣欣乔装打扮，小心谨慎地陪父母出现在展厅时，很快陷入观众的重重包围。

先是工作人员认出了兰欣欣，以为是画展组委会的特邀嘉宾，倍加热情地左一声"兰小姐，您好"，右一声"兰小姐，您请"，等于特意招呼人们来围观。观众一听即清，一看即明，顿时前呼后拥，与三人结伴前行。嗅觉灵敏的记者更是行动迅速，争先恐后，拍照提问。

一家人想走走不了，想停停不下，从未见过这阵势的兰秋田夫妇不知如何应对。见过大场面的兰欣欣一边反复解释说："那不是我，是我妹妹!"一边给黎天成打手机发短信。黎天成赶紧找欧阳远方救驾,两个人到现场一看,感到无能为力,只得向警察局求助,才终于使兰欣欣和父母脱离了"险境"。

经过这场惊吓,兰欣欣不敢再轻易出门,父母的情绪也受到影响,在耿玉芳的执意要求下,黎天成只好安排他们提前回国,不再等到画展结束。

第二十六章

回到三亚,继续过起悠闲快乐的田园生活。老夫妻一如既往地神清气爽,可兰欣欣却难振精神,食不甘味,彻夜难眠,被长长的思念折磨得伊人憔悴,难见往日的欢快和娇美。

耿玉芳看在眼里,急在心上,催促兰秋田给黎天成打电话,询问何时归来。黎天成回答说,还有最后三天。

这天上午,兰欣欣很晚了还赖在床上不动弹,耿玉芳几次催她起来吃早餐,她却说不饿。追问她哪儿不舒服,要不要去医院检查检查。

兰欣欣明白妈妈的用意,怀疑自己是不是怀孕了,便烦躁地拒绝:"我没事,是大姨妈来了,过几天就好。"

黎天成的越洋电话在夜间一天一次,只有在这时候,兰欣欣脸上才会有笑容,说个没完没了。

最终的评选结果出来了,黎天成的《母亲的一生》和《天使的忧郁》分别获组委会特别奖和金奖,另一幅与兰欣欣合作的《高山榕》获二等奖,成为本次世界华人美术精品大展的最大赢家,国内外媒体竞相报道,好评如潮。在一位评论家的文章中,还把《天使的忧郁》称为现代版的《蒙娜丽莎》。新加坡大学艺术学院特聘黎天成为客座教授,华星艺术展览中心董事会任命他为特别顾问,并同意将下届大展移至海南省三亚市举办。

一天下午,两位一老一少的神秘客人出现在展览大厅,年长的有六十多岁,年轻的不过三十上下。在浏览完全部展品之后,他们重又回到《天使的忧郁》面前,久久地驻足欣赏和小声品评。然后,俩人径直上到二楼组委会办公室,找到了欧阳远方。刚一见面,欧阳远方就认出了长者:"哎哟哟,济川兄,大驾光临,有失远迎!您为何不先通知小弟一声?外道,外道!"

"本人久无佳作,深觉惭愧,怎好惊动贤弟!此次默然而来,只为虚心学艺。"画家说着又将石常理介绍给对方:"远方,这位小老弟是为兄的忘年交,国内有名的艺术品收藏大家史长进先生。"

隐姓埋名的石常理落落大方地向欧阳远方握手致意:"久闻欧阳先生大名,今日得见,三生有幸!先生致力于中华文化艺术的对外交流传播,是件功德无量的善举,定当永留青史!"

"过誉!过誉!远方有感中华文化的博大精深,愿以终生之力对外交流,以不负炎黄子孙之名,决谈不上功德青史之类。敢问老弟此来寻宝,中意哪些作品?"

石常理同黄济川交换一下眼神,略略沉吟,直言道:"此次大展的画作皆为精品,但令我情有独钟的是《天使的忧郁》,果然是中国版的蒙娜丽莎,史某愿出高价相购,请先生多为周旋,必有重谢!"

"噢,您不愧是慧眼识珠!"欧阳远方在慨叹之余问道:"史先生认识作者吗?"

"未曾相识,恳望先生介绍。"

"老弟思贤若渴,为人爽快,远方必当从命。只不过,这位黎画家已多次言明,此画只为私藏,不予外让,恐怕要令你失望。此前,已有多位识宝者欲出重金收藏,均被谢绝。"

"出重金者最多是多少?"石常理问。

"150万美金。"

"我愿出300万,请先生代为转达,并盼早日会面。"

"远方,长进小弟对此画志在必得,万望相助,以遂其愿。我知道你与天成神交至厚,请多为疏通。"黄济川在旁说道。

"试试吧!咱先去用餐,为二位接风洗尘,然后再去办所托之事。黎天成今日应邀去参加讨论会,要晚间才能回来,等我同他约定后,再安排你们见面。"

"谢谢!谢谢欧阳兄厚爱!"石常理看到了希望,连声致谢。

夜晚十点左右,欧阳远方赶到黄济川和石常理下榻的酒店十二层房间。对方热情相迎,来客却神态复杂地表示歉意:"黄兄,史老弟,实在不好意思!黎天成还是拒绝转让此画,说那幅画作是他生命的一部分,是绝不能割舍的,并且也不想同二位见面,实在抱歉!"

石常理同黄济川大失所望地对视一下,懊恼地叹息:"天绝我也!"

"老弟,此画虽难得,另有它宝可寻,何出此极言!"欧阳远方好言相劝。

"不必啦!"石常理黯然神伤地拒绝,随即又发出一番感慨:"人命不可夺,天理不可违!欧阳先生,请代为转达对黎画家的敬意与祝福!"

"谦谦君子,人人相敬。请放心,远方一定将你的真情带到。也希望你们之间能早日因艺结缘,成为知心朋友。"

"对,来日方长,后会有期嘛!"黄济川劝道。

黎天成从新加坡载誉而归,把兰欣欣高兴得无法言说。在凤凰机场的旅客出站口,不管不顾地当众抱住黎天成亲吻,为了安全起见,黎天成硬取过车钥匙,由自己来驾车。

回到家,兰秋田和耿玉芳自然是喜笑颜开,问这问那,黎天成一一作答,好半天才想起献上礼物。送给兰秋田的是一架高倍数望远镜,好用来观看战舰的出航和回港。送给耿玉芳的是一副泰国产的高档象牙手镯,晶莹剔透,颇受喜爱。送给兰欣欣的是一件乳黄色绣花真丝旗袍,花色淡雅,手工精细,欣欣穿在身上如出水芙蓉,亭亭玉立,韵味无穷。一家人每日的生活,这才转为正常。

名扬世界,为国争光,当年的少年天才,再度受到各方的关注和称颂。一个月后,母校中央美术学院一位副院长专程到三亚,聘他为学院油画系兼职教授,每年在学院和三亚两地,分别为本科生和研究生授课辅导。

难忘的新加坡之行和梦幻般的初试成功,使兰欣欣如醉如痴地跟黎天成学起了绘画。黎天成见她动了真心,也就认真当起了指导老师。根据兰欣欣现有的基础和悟性,拟订一个速成学习计划,重点放在对动态对象的速写和色彩的准确掌握上。他严肃地对兰欣欣说:"欣欣,按照人才学上的规律,一个初学者要成为某一领域的专家,一般要十年左右的时间。当年美国一位钢铁大王,在统领庞大工业帝国的同时,每天坚持1小时以上绘画练习,十年后在全世界成功举办了巡回油画展,成为艺术史上的佳话。以你现有的基础和聪颖,在技法上要达到硕士生的水平,最快也要三年时间,你有这样的思想准备吗?"

"我不但有,还要一辈子做你的学生,力求让艺术之花竞相开放。"

"你真有这样的决心?"

"人各有志,贵在不移,更何况有名师指教。名师出高徒,只要你诚心教我就成。"

"那好,咱明天就开始,每天下午两小时,晚上两小时,雷打不动。"

"一言为定,请严格督促!"兰欣欣信誓旦旦地下了保证。

听到女儿真的做起了画家梦,吓得耿玉芳目瞪口呆,大惊失色,惊得兰秋田忧心忡忡,坚决反对。妈妈用几近哀求的语调说:"欣欣啊,你快让我多活几天吧,可别想一出是一出,不要命地瞎折腾啦!"

兰秋田的口气则十分严厉:"欣欣,你到底想干什么?你当初可是立下两条保证的。别的先不讲,单说你的学业如何完成?"

"爸,妈,这些事儿我都想好了,决不再是一时脑袋发热。学习的事情,我向音乐学院申请休学的时间还有半年多。如果不能再续,便要求转为旁听或函授。经过这场世界小姐大赛前后的一连串风波,我觉得自己成熟了许多,也坚强了许多。我深刻认识到,人生之旅,是一个不断学习,不断选择的过程。只要孜孜以求,总会寻到通向幸福的成功之路。我在学画上有一定的基础,并且已小有成绩,那刚刚得来的获奖证书就是最好的证明。这次新加坡之行使我认识到,绘画和诗歌是最能寄托希望,净化灵魂,丰富人生的精神园地。"

"那我问你,你还回不回北京,回不回家?真想扔下我和你爸,在此虚度一生?"耿玉芳眼泪都流出来了。

"妈,您和爸爸不都多次说三亚是风水宝地,是人间天堂吗?"

"那是两码事!三亚再是天堂,也没法和北京、上海这些大都市相比。短期住些日子,避避冬寒还可以,真要长年待下去,我可受不了。"

"现在交通这么发达,坐飞机几个小时就到北京和上海。您和爸爸何乐而不为?许多人恐怕一辈子都没这个条件。"

"你别总给我唱喜歌,我再问你,必须实话实说!你真的铁心要和天成——咋说呢?一直混下去?那啥时候是个头儿?他可是有妻有子的人!"

面对爸爸和妈妈的逼问,兰欣欣真的犯难了。看来说实话不行,一点不说也难过关。她眼珠一转,做出很真心的样子说:"爸,妈,你们都看到了,天成哥绝对是个天才,是个谦谦君子,我主要是想潜心跟他学画。不过,有一点秘密可以告诉你们,我无意中看到了他妻子阿凤出走前留给他的诀别信。她让天成拿着这封信去民政局办离婚手续,说她走时已交上离婚申请。"

"那他去办了吗?"耿玉芳问。

"肯定还没有。依他的人品和聪明,不同妻子见上一面,把话说清楚,是不会那么做的。因为阿凤在信中已说了,在他妈妈三周年的忌日,会带着女儿回来为老太太拜别,其实也是为了同天成解除婚约。我相信,只要给天成时间,他一定会处理好这件事,决不会做害人害己的事情。"

"你呀,你呀,真是鬼迷心窍,傻透腔啦!才二十几岁就要当后妈,可吓死我啦!"耿玉芳又哭起来。

兰秋田一改往常善用的直接打击战术,想换个角度,换个武器,来个迂回包围,以柔克刚:"欣欣,你知道自己和天成相差多大年龄吗?"

"我23岁,他33岁,相差十年。"

"这么大的年龄差距,将来怎么和谐相处?马克思早就说过,草率的爱情很少美满,许多人的婚姻失败,恰恰是这个原因。"

兰欣欣像是早有准备,脱口说出一大堆理由:"可大文学家莫里哀也说过,爱情是一位伟大的导师,教我们重新做人。而莎士比亚则说得更为深刻,爱情是生命的火花,友谊的升华,心灵的吻合,爱是一种甜蜜的痛苦。爸,在一定条件下,距离产生吸引力,产生美,年龄上的差异,可以用空间生活的丰富多彩来平衡弥补,这也可以叫以空间换时间嘛!这样的典范,近代版的有齐白石和廖静文,现代版的有杨振宁和翁帆,眼前的样板有爸爸和妈妈。妈妈早就对我说过,您当年的实际年龄整整比她大八岁。为了应对姥姥姥爷的反对,特意瞒下五岁。假如我将来真的能与天成结婚,那也是前事不忘,后事之师。你们在三十多年前那个十分封闭传统的年代,就如此思想解放,挑战世俗,追求自由幸福,实在是难能可贵,令人敬佩!另外,爸,我还看到了您当年写给妈妈的那些情书……"

这种看似戏谑,实则是毫不留情的绝地反击,使老夫妻俩人的联合阵线顿时土崩瓦解,溃不成军。他们哪里知道,为了今日的这场对决,女儿从网上搜索准备的武器弹药,要比父母多得多,也利害得多。

一对一的辅导是从静物素描开始的,意在为造型的准确把握和对明暗对比、远近透视等技巧的运用打下基础。由于兰欣欣在中小学已有较长时间的练习,课程进行的比较简短顺利。

接下来的课程是室外写生和速写,黎天成对兰欣欣解释:"欣欣,写生和速写有一定关联,又分工明确,都是以实物为对象进行描绘。写生侧重体现景物的真实生动,少有时间的约束。速写则要求在很短的时间里,用简练抽象的手法,捕捉到对象的动态特征,意在训练形象记忆和形象表达能力,是造型艺术的最重要基本功之一。"

兰欣欣心领神会地频频点头。对于写生和速写课程,老师和学生都下了一番苦功,除了在住地周围选景外,还在陪父母外出游玩时带上画具,遇有奇特的景物,便迅速开始工作。先是你画你的,我画我的,完成后互相交换,边点评边修改,引来不少游人围观,也渐渐吸引了曾持怀疑态度的老爸老妈。

耿玉芳私下里对兰秋田说:"老兰,看来欣欣还真是无法救药啦。"

"嘿,你这是夸她还是贬她?我咋听着有点不大对劲呢?"

"不对劲儿?你就继续装糊涂吧!早晚有你后悔那天。"

"我早悔过了,有其母必有其女。"兰秋田心情不错,借机同老伴调侃一通。

有名师指点,有高徒苦学,在短短的两个多月内,兰欣欣的成绩几乎是突飞猛进,令黎天成大出意外。在即将去北京为中央美术学院给本科生授课时,黎天成说:"欣欣,以你现在的状态继续下去,可能只要一年时间,就可以达到目标。"

"谢谢老师的鼓励,学生定当加倍努力。"

黎天成没有理会兰欣欣溢于言表的感激之情,而是认真嘱咐:"我走之后,希望你把那两本油画创作技法的书先认真读一读。我明天一早动身,你有什么事要办吗?"

"我给音乐学院领导写了封信,申请再休学一年,劳驾你亲自交给院长或系主任。你再去问问爸爸和妈妈,看他们有没有事儿。"

"那咱俩现在就去,问晚了不合适。"

两个人上到山坡一问,妈妈还真的想起件事来:"秋田,你说是不是让天成到咱家去瞧瞧,门窗什么的有没有破损?"

"不用了,我前几天刚问过干休所管理处,一切平安无事。"

"那就算了。"耿玉芳想一想,又问道:"天成,欣欣和你一同去吗?"

"不,我给她留下许多作业,能完成就不错了。您看着她点,让她劳逸结合,不能太累,太紧张。"

"哟,这任务可不轻!欣欣,你听到没有?"妈妈借机摆出副权威的架势。

送走黎天成后,兰欣欣早把劳逸结合的嘱咐忘到脑后。她白天写生练笔,晚间卧床夜读,气得妈妈见了就叨咕,她则一笑而过,我行我素。

二十天后,黎天成归来,汇报完一般情况后,还带回个好消息:鉴于兰欣欣的身体状况,音乐学院破格同意她再休学一年。兰欣欣卸去了一层负担,学习更加专心刻苦,并且开始运用色彩来写生。先从身边的景物画起:海边小屋、大榕树、阿黄、虎头崖、情侣岛、大海、蓝天、白云、山花、军舰、渔船、货轮、妈妈、爸爸、老师……有的很像很准确,有的则不太像,甚至变了形。不太像和变形的部分,多数是兰欣欣有意为之,那里面蕴含着她独有的情感。比如为黎天成画的肖像,就寄托着难以割舍的历史性情思。

肖像是比照宋洪涛提供的照片参考画成的,那是在美丽之冠的决赛现场,蓄着长发长须的黎天成在完成兰欣欣民族装展示速写时,仰头注视画作的瞬间。当时,正恰恰是这奇异的刹那,吸引了兰欣欣的注意力,并由此引发出后来这些难说悲喜的一幕幕活剧。

黎天成看到这幅画时,苦笑着提出异议:"欣欣,你最好别刻意展示我那时的丑态,怪吓人的。"

"可我喜欢,并终生难忘。"兰欣欣一反平时的快言快语,慢慢道出心声:"你知道吗?正是你那神情专注的样子,令我当时走了神儿。"

"有那么严重?"

"当然有!你那眼神充满了魔力,令人迷途难返!"

"你可别冤枉我,那不成别有用心了吗?"

"是不是别有用心,你自己知道,并且天知,地知,我知。"兰欣欣嘲讽地盯住黎天成,看他会有什么反应。

黎天成顿显局促,可又突然眼前电光一闪,巧妙地以隐语对隐语:"人之初,性本善。后来之所以有变化,那是外部环境的影响。欣欣,你的思想太复杂,甚至有点可怕。好了,咱不说这些,你愿意咋画就咋画,创作自由嘛!"黎天成怕兰欣欣继续进攻,赶忙退避三舍。可他口头说的与心中想的,完全是两码事。自打从新加坡归来,黎天成不断受到兰欣欣爱情之火的炙烤,简直有点难以招架。这天夜半,当他把兰欣欣送走之后,一个人久久站在海浪喧啸的悬崖边遥望着星光闪烁的苍穹,背起了歌剧《卡门》中那段最著名的警句:"爱情是一个全然不懂规矩的吉卜赛顽童,纵然是枉然,也得百般提防……激情几乎总是带来苦难,痴狂和死亡!"

"什么吉卜赛顽童,应该是吉卜赛女郎才对嘛!欣欣,我真的喜欢你,珍爱你那天使般的圣洁!可恐惧和理智却令我寸步难行……"黎天成高声叹息,倍受煎熬。

又是一天夜晚,兰欣欣在用铅笔画完《为母亲守孝的画家》创作草图后,再次打起进攻战:"天成,你们在中央美术学院学习时,是不是要经常画人体模特?多数是女的吧?"

"对,那是大二的必修课,女模为多,男模也有。"

"按你的说法,我现在已达到本科生二年级以上的水平,是不是也该上这一必修课啦?"兰欣欣笑吟吟地步步为营。

"你没那个必要吧!再说,家里也没那个条件。"黎天成一时没反应过来。

"您不是说必修课吗?必修还能跳过?要说条件,这不最现成嘛?我现在就是先给你画!"兰欣欣大胆地提出要求。她知道黎天成肯定拒绝,偏要狠狠将他一军,最后再令其乖乖地就范。

"这——使不得,使不得!"黎天成果然入套,坚决地摆手拒绝。

"身为良师,却对学生如此不负责任!难怪现在许多学士、硕士、博士们都技不如前!"兰欣欣话锋一转,用不容置疑的口气提出真正的要求:"那好,您不准我画你,那就请你画我。我要借你的妙手,把自己的天然之美永留人间,以此感谢父母的奉献和上帝的恩赐。"说完,便一下子脱去外衣,一尊神情炽烈,无比俊美的活玉雕,顿时呈现在黎天成的眼前。黎天成惊恐万状,转身想逃跑,被早有准备的兰欣欣一把抓住。

"您还是导师吗?是男子汉吗?为何这般胆小如鼠,无情无义?是我认错了人,还是您变质啦!"兰欣欣继续嘲讽:"我本来没别的意思,只想留下永恒的纪念,是您自己想多啦!来吧,尊敬的导师,您务必要帮我完成这个夙愿,也只有您才有这个资格!"

兰欣欣硬把黎天成按在椅子上,递上事先准备好的画夹、画纸和铅笔,尽量平静地说:"老师,我只求您为我画出坐、卧、立三幅速写,与您之前画的那几幅互为里表,合成一组。请别再犹豫,快动笔吧,不然,会冻坏我的。"

兰欣欣说完,褪去三角内裤,转身侧卧在一张的折叠床上,上面铺着洁白的床单。

被逼到绝境的黎天成别无选择,只得从命。他的心脏和神经受到强烈刺激,回头看看紧闭的房门,唯恐有人破门而入。

卧姿很快画好,由于心情激动,手臂发僵,画的不甚理想,兰欣欣看后也不太满意,故意折磨人地说:"老师,您这是怎么啦?不该是这般水平,要心无他念,凝神专注才行啊!"

黎天成被说得满面通红,取下画纸后一把撕个粉碎,口中发出两个字:"重来!"

兰欣欣释然一笑,重新卧下。

受到嘲讽的黎天成如同冷水浇头,真的冷静下来,别无他念,笔走龙蛇,很快使一位浴后美人跃然纸上,真正显出了不同寻常的才气。等到画坐姿和立姿时,由于渐入佳境,运笔如神,很快便顺利完成。可当他右手握笔,满意地站起来想自我欣赏地再端详一下时,却突然发现兰欣欣正泪流满面,微微颤抖地向自己走来。他惊呆了,惶惑了,手足失措,不知如何是好。就在兰欣欣伸出双手,跌跌撞撞要扑上身的那一刻,他才终于猛醒,把手中的画笔使劲儿向后一扔,紧紧抱住欲倒的兰欣欣,似平静的海面上猛然荡起一阵狂涛。

第二十七章

国庆节过后,气候明显地凉爽起来,来三亚越冬的候鸟老人们一波波从天而降。

自从被迫为兰欣欣画了裸体速写后,黎天成的心情并没有能经过感情的宣泄而变得轻松,反倒产生了一种深深的负罪感,失去了往日的落落大方,开始有意无意地躲闪兰欣欣和义父义母。可兰欣欣却像什么事情也没有发生过,该说说,该笑笑,有时还故意在黎天成面前说笑话,唱情歌,为的是逗他开心,减轻心灵负担。即便如此,黎天成仍是郁郁寡欢。有一天,趁父母不在,兰欣欣抱住黎天成想吻他,被左躲右闪地拒绝,终于高亢地发出关于爱情和幸福的宣言,其引爆点是从黎天成的愧疚开始的。

"欣欣,我十分悔恨自己失去理智的行为,真诚地向你道歉,希望能得到你的宽恕!"

兰欣欣却说:"你真是个可爱的超级儿童,一个永远长不大的男孩儿。你完全没必要自责,该赔礼道歉的应该是我。是我强迫你接受了爱的奉献,是我打乱了你设计的生活程序,让你背上了不白之冤。可我决不后悔,反而是满怀敬意和谢意。不求天长地久,但求曾经拥有。我也曾想抗拒欲望的驱使,可却自己打了败仗。我也曾追求极致的美丽,结果却险些毁掉自己。我在逃避中遇到恩人和知己,意外地获得了救赎和爱情,也学会了自立和坚强。我已经从天上落到人间,从逃兵变成战士,不再咀嚼昨日的苦痛,而要享受胜利的美酒。托马斯·曼说过一句至理名言,爱情只有淋漓尽致,才会有真正的情趣。"

兰欣欣倾诉完心声,硬拉起黎天成,在大榕树下翩翩起舞。

黎天成身不由己,跟着兰欣欣旋转进退,脸上的表情僵硬,脑袋里嗡嗡作响,艰难地消化着这番惊天动地的表白。

一晃又是两个多月,生活似乎风平浪静,学习照常紧张进行,尴尬之人复尴尬,快乐女神仍快乐。一天上午,兰欣欣驾车送父母去王林家作客。她没有留下,而是借口有事要办,一个人走进了妇产医院。临近中午时,兰欣欣独自驾车归来,将黎天成从画室拉到海岸边,席地坐下后眺望着大海,平静地说:"天成,我已经怀孕两个月,医生体检后说一切正常。为了不打搅你的工作和生活,我决定明天同父母一起返回北京,一边继续学习,一边待产。我要做个单身母亲,将我们的孩子抚养成人,传承你的品格和才华。不过,在你妈妈三周年的忌日,我也要带着孩子回到这里,让孩子认识奶奶和爸爸,然后便远远离去,不再与你有任何联系。"

"不,不,欣欣,你不能走!不能走!不能离开我!"黎天成抱住兰欣欣,几近绝望地哀求。

"我必须离开,求你不要这样!你看看,阿黄都跑过来笑话你呢!"

"不对,不对,事情不该这样!你不该这样啊!"黎天成把兰欣欣抱离悬崖,口中梦呓般讷讷自语。

兰欣欣双手勾住他的脖子,无奈地反问:"难道还会有比这更好的选择吗?"

此时的兰欣欣已泪流满面,她挣扎地站立下来,深情地劝道:"天成,你再不要自悔自责,许多事情我都已想好,你不必为我的未来生活担忧。更不要说出什么人流之类的话,那对我们的爱情是有违天命的亵渎。你不必下保证,不必承担任何责任,我有信心有能力和孩子过上快乐幸福的生活。我要趁爸妈还没察觉到这个秘密,尽快离去,免得让你更为痛苦。你看,机票我都订好了,明天下午一点起飞。"

黎天成接过机票仔细看看,好半天没吱声,只是不停地落泪。

"天成,你倒说话呀!"兰欣欣望着他那凄苦迷离的样子,心生不安。

黎天成忧忧地长叹一声,嗫嚅地说一个想法来:"欣欣,要不咱俩去新加坡大学吧!我当客座教授,你继续学油画。等到孩子生下来,再一起申请绿卡。"

"什么?申请绿卡?你拿我当什么人啦?"兰欣欣激动不已地站起来高声道:"你就不会好好想想!我已经给自己,给家庭,给社会,给国家带来多少麻烦!再到国外去招风惹祸,还有良心吗?我们的孩子必定是中国公民!你不必再替我想那么多,我会把自己的事情都安排好的。我只求你保护好自己的身体,保持住创作激情,多出些艺术精品,以不负我心。"

"不——"黎天成推开兰欣欣,转身面对大海使劲捶打自己的胸膛,兰欣欣恐惧地从后面抱住他,唯恐发生意外……

晚饭后,当兰欣欣将机票递给妈妈看,推说音乐学院让她尽快回校补课,重新商量休学之事时,耿玉芳立刻冷着脸揭穿了她的谎言:"欣欣,你还想骗我?是不是肚里有了?"

"妈,您又想到哪里去了,真的是有事儿,必须立即赶回去。再说,您和爸爸也出来半年多了,一点不想家呀!"

"你少给我玩弯弯线!我这些天就发现你不对劲儿,已经多少天啦?这种事情还想瞒我!"

兰欣欣看看神情严峻的父亲,再看看精明过人的母亲,知道再想瞒下去不可能,便跌坐在椅子上,老老实实交代:"已经怀孕六十多天,上午才去医院做的检查。"

"秋田,你看看,你看看,丢人都丢到天涯海角来啦!好在时间还赶趟,回北京立即去做了。"耿玉芳说。

"干什么大惊小怪的,赶快收拾东西,准备好明天动身。"

兰秋田的态度大大出乎母女俩的意料。每到关键时刻,便会用女儿的"两个保证"当制胜武器的严父,怎么会一反常态,宽宏大度起来了呢?妈妈被惊得骇然无语,女儿却喜得热泪涌出。

兰秋田怕耿玉芳一时转不过弯来,又以难得的风度和智慧,说出一番更令人惊喜的话语来:"玉芳,一切事情等回到家再慢慢商量。经过这半年多的朝夕相处,我发现天成这孩子确实各方面都不错。欣欣经过一场又一场风风雨雨,真的已长大成人。我不希望我们的宝贝女儿重复我们曾经看到过的那些感情悲剧。她有权选择自己的人生道路,并且决不会让父母蒙羞。欣欣,你说爸爸说的对不对?"

兰欣欣猛地扑入父亲怀中哽咽道:"爸——爸爸,您是天底下最高尚最伟大的好爸爸!"

"行了,行了,爱,既是责任,也是权利,一会儿我同天成再好好谈谈。他的思想压力一定很大,相信也会给我一个合情合理的解释。"

"爸,爸,求您千万别和他说这件事,就当什么也没发生。我也不要什么合情合理,他对我的恩情,永远无法报答!"

"好孩子,你就放心吧!你爸最会做思想政治工作,更会思想解放,与时俱进,他心里早把天成看得比你还重!"老伴的宽容和事实的无奈,使耿玉芳的态度也有了根本性转变。

"不,不,爸,爸爸,求您千万别和天成提这件事。"兰欣欣拉住他的手一再恳求。

兰秋田面对女儿的泪眼,只得作罢。

自从与兰欣欣离别之后,黎天成便陷入了万劫不复的痛苦之中,思念伴着自责,期待牵出恐惧,惶惶不可终日地被感情的旋流翻转击打,无处躲无处藏。

为了挣脱这种从未经受过的折磨,更为了报答人生的欠债,他开始用创作来挽救自己,以兰欣欣的那三幅裸体速写为蓝本,一连数月挥笔洒汗,画了毁,毁了画。画了又毁,毁了又画,终于稳住了情绪,找到了灵感,用出神入化的笔触和物我两忘的痴迷,终于完成了一组题为《仙女》的油画。

一天清晨,当黎天成在那幅卧姿的画作下方写下"×年×月黎痴于天庐"一行楷书时,门口忽然传来敲打门板的声音。他猛然惊醒,精神一振,丢下手中的毛笔,张开双臂,口中喃喃喊着:"欣欣,欣欣,你可回来啦!"摇摇晃晃向门口扑去。打开门后,却见阿黄口里衔一条鲜鱼扑上身来。他长叹一声,跌坐在地上,抱住阿黄泪如泉涌。等到泪干了,力竭了,心空了,竟搂着阿黄沉沉睡去。这一觉无醒无梦,无苦无痛,整整睡了一天一夜。

接下来的时日,黎天成的体力虽然渐渐恢复一些,可那撕心裂肺的幻觉幻听却越来越严重,眼前不时出现妈妈、妻子、女儿,出现同兰欣欣那童话般相遇、相识和相爱的情景。一天半夜,他长跪在妈妈的遗像前,绝望地恳求道:"妈妈,妈妈,快救救我!救救我!前有阿凤的恩重如山,后有欣欣的情深意长,我该怎么办?怎么办?"

可妈妈每次都只是慈爱地看着自己的儿子,默然不语。

第二十八章

兰欣欣回到北京,第一件事想的就是联系郭雯雯。

刚听出是兰欣欣的声音,那边的郭雯雯要就发出一阵连珠炮般的抱怨:"我说欣欣,你这没良心的,一直躲到哪儿去啦!你搅得这样惊天动地,为啥事先都不跟姐姐说说！你知不知道,你这一走了事,牵动了多少人的神经？闹出多少传闻？简直恨得我牙根都疼！快说,你现在在哪里？"

兰欣欣嘿嘿一笑,说道:"雯姐,我刚回北京,你轻车熟路,快来我家吧,想死我啦！"

"啊？你啥时回来的？真的假的？"

"昨天晚上才到家。这不,刚睡醒,就给你打电话。"

"你爸妈回来没有？"

"回来了,他们去军干所办事,要下午才能回家,家里就咱姐俩,好好说说心里话！"

"那好,你等着吧！我开车去。"

为了招待郭雯雯,兰欣欣赶紧到附近超市买回一大兜新鲜水果。她刚回到家门口,郭雯雯的车就到了。她把大塑料兜往地上一扔,扑过去抱住郭雯雯又跳又笑。

进了客厅,在兰欣欣去厨房冲洗水果的时候,郭雯雯仔细地四下里打量起来,好像要寻找什么东西,兰欣欣发觉后,纳闷地问:"姐,你要找啥东西？"

郭雯雯神神秘秘地盯着兰欣欣,左瞧瞧,右看看,干脆来个单刀直入:"欣欣,你男朋友来没来？"

"什么男朋友？你是说那位曾经的备选男友？"兰欣欣故意打岔。

"你别跟我玩那一套把戏！金曼丽从三亚回来后啥都对我讲了,说你被那位失语画家迷得神魂颠倒,日子过得甜着呢！还恳求我给你打电话,或是由她出旅费,到三亚好好劝劝你回心转意,我才不理她那一套！所以也就没主动同你联系。不过,我倒真想早早见见你那劫后逢生的如意郎君。"

"姐,你别听她胡说,那是我的救命恩人和新认的美术老师。当初,我抱着一去不回的念头,准备在向他道歉之后,便在三亚了此一生,是他硬把我从悬崖上拉下来,所以才有了今天。"

"我相信你说的是实情,但不是全部实话。那后来呢?你不但心安理得地留在人家身边,朝夕相伴,卿卿我我,还搭上了爸爸妈妈,这又做何解释?哈哈,傻了不是!还是乖乖地如实招来!"郭雯雯毫不留情地层层剥皮,也不管人家脸皮红不红,疼不疼,"好妹妹,再瞧瞧你这身板,最少也该怀上两个月了吧?"

"就你眼最毒,嘴最狠!"兰欣欣被迫招供。

"这叫心明眼亮,明察秋毫!"

"雯姐,你说我该怎么办?着急请你来,就是想求你帮人家拿个好主意。"

"有啥大不了的,从头说,再难的事儿,姐姐替你兜着。"郭雯雯豪爽地满口应承。

接下来,兰欣欣便从头至尾,原原本本地将所有事情全倾诉一遍,听得郭雯雯几次落泪,等到兰欣欣全说完了,她择其要点,提出几个问题:

"欣欣,既然黎天成的妻子态度那么坚决,又那么通情达理,他为何不去民政局办离婚手续?"

"阿凤对他们一家恩重如山,黎天成亏欠她的也太多太多。阿凤越是通情达理,他就越深深自责,这也正是他人性善良的表现。他是想等阿凤在母亲三周年时回来,再好好说说心里话,争取破镜重圆,再续前情。"

"他们要是真的言归于好,那你可就惨啦!"

"姐姐,我早已想好了,但愿他们能真的破镜重圆,好人一生平安!我已对黎天成讲明白,我要做个单身母亲,独立将孩子抚养成人。"

"那倒未必!看他对你的情意,也是一片真心。我看只有这样了,你给他时间,也给自己时间。耐心等待,有时恰恰是最聪明的选择。等待需要时间,需要意志,也需要智慧。不就是一年多点时间便会见分晓吗?一晃就过去啦!你啥时候想我,需要我帮忙,就及时打电话。够姐们儿吧!"

"雯姐,你既精明过人,又心地善良!认识你,是我一生的福气!"兰欣欣动情地表示。

"俗!咱不说这样的话!"郭雯雯不让兰欣欣说下去,关切地说到另一个话题:"好妹妹,你现在的负担可是够重了,一要增加营养,保护好腹中胎儿;二要看些辅导书籍,适时对孩子进行胎教,目前全世界都兴这个。你要是出门不方便,明天把我那套送来。据专家说,莫扎特的音乐轻松明快,最适合给胎儿听。只是别离腹部太近,免得影响胎儿的听力。"

"姐,你也有啦?咋一点儿没看出来呢?"兰欣欣惊喜地站起来,转着想看个究竟。

"你是啥眼神儿?我都怀五个来月了,小家伙已经会伸胳膊蹬腿,跟我玩游戏啦!你快来摸摸,我这一说,他又开始淘气。你再晚点回来,他该会叫阿姨啦!"

兰欣欣欣慰地说:"照你这么讲,我们家这口子也快大梦初醒,该活动手脚啦!"

"那可不,书上说了,一般情况下,胎儿在四个月就有了初步的意识和运动功能。你慢慢体会吧,那种最初的感觉,真是妙不可言!"

说完了自己,兰欣欣才想起打听别人:"雯姐,金曼丽的公司现在怎么样啦?"

"哎呀,你没听说吗?早已人去楼空鸟兽散!"

"因为什么?啥时发生的事情?我真的一点不知道这方面的消息。"

郭雯雯对兰欣欣笑一笑,简单地道出来来龙去脉:"就在她去三亚找你的那晚上,金辉公司所有办公室都被人撬了,据说是丢了很多东西。其实呢?那时候公安机关正在秘密侦察金曼丽以出租签约女模特为掩护,组织了一个几乎遍及全国大城市的女模卖淫网络,服务对象全是手握实权的高官和所谓的商界精英,在获取政治和商业利益的同时,也构成一个严密的保护网。据有人讲,所谓的失窃案,不过是精心导演的销毁犯罪证据的应急措施。她回京当天,即在机场被专案人员带走,一时间轰动了整

— 238 —

个京城。但是,她早已织成的保护网发挥了作用,最后以证据不足,不了了之。就在上个月,她草草处理掉在北京的所有资产,迁到加拿大渥太华定居了。"

"多行不义必自毙,她这也是应得的报应。"兰欣欣长出口气,为自己当时的出走感到莫大的庆幸和宽慰。

郭雯雯看明兰欣欣的心态,也颇有同感地说道:"欣欣,现在看来,你当初的愤然离去,倒成了一件最大的幸事,如若不然,恐怕早晚会陷入她的魔掌,遗恨终生的。"

"雯姐呀,这多亏你的及时点拨,出手相救,我一想起来,就有点后怕。"

"心态左右人生,性格决定命运,那是你自己的人生选择,是品德与个性使然,我可不敢贪天之功!"郭雯雯立即谢绝这份感恩。

"姐姐,我说的是心里话!没有你的呵护和帮助,就没有我的今天,也没有未来!"兰欣欣动情地握住郭雯雯的手,眼泪汪汪。

"欣欣,快别这样,小心影响下一代的健康。"郭雯雯抽回手臂,轻轻擦去自己脸上的泪珠,故意笑问:"欣欣,光听你的事了,就不关心关心姐姐?"

"咳,你看我,都晕头头转向啦!姐,快说说你一天天都是怎么过来的?没再找事儿干吗?"

"稀松平常,和你的轰轰烈烈比起来,那是马尾穿豆腐——提不起来。不过,你姐夫已从舞蹈团退出来,正在筹办一所少儿双语幼儿园,在亚运村附近租的房子,计划六一儿童节正式开园。"

"这倒真是个挺好的选择,正可以发挥你和姐夫的专长,审批手续好办吗?"

"好办,现在国家非常重视学龄前的儿童教育,大力提倡办好各类幼儿园,区政府还特意为我们提供了六十万元的贴息贷款。"

"姐姐,钱够不够?我这里有,你用就吱声,千万别客气。"

"暂时够了,等缺时再找你。"

整整说了一上午,仍是言犹未尽。中午到饭店用餐时,郭雯雯说啥要做东,理由是为欣欣接风洗尘,为姐妹重逢庆祝,并约好每周见一次面。

最让兰欣欣高兴的还是父母的宽容和疼爱。回到北京后,妈妈再没提过做人流的事儿,反而千方百计地为女儿营养身体,保胎护胎。在这样精心的呵护下,欣欣身心愉悦,胎儿发育正常,到四个多月时,兰欣欣便按着郭雯雯的提示,开始利用音乐和孕妇必读之类的书籍进行胎教,心得多多,把在旁边看着的爸爸妈妈,常常乐得前仰后合。

为了避免外界的打扰,兰欣欣又重新更换了手机号码。平时出门办事或是到公园散步,总要刻意包装,除郭雯雯外,几乎没同其他人联系过。尽管如此小心谨慎,防不胜防的娱乐记者,仍然很快将世界小姐兰欣欣未婚先孕、回京待产的消息和照片公布于众,对其男友的身份更是猜测多多,一时间闹得沸沸扬扬,弄得全家人再也无法得到安宁。

为了远离是非之地,在兰欣欣的执意要求下,一家人悄无声息地躲到上海吴淞口的老宅去隐居,只有军干所所长和郭雯雯知道去向。

躲开了可怕的"人肉搜索",兰欣欣的心境才渐渐平静下来。她原本打算到了人地两生的大上海,继续进行未完成的油画系研究生课程的自学和训练,特意带上了一些书籍和材料。可是,当她挺着渐渐隆起的身子试了几次户外写生,竟两眼茫茫无从下笔,完全找不到当初那种感觉,脑袋里空空的像是弥漫了浓浓的晨雾,并渐渐凝成朝露落在心头:

"远离了三亚的自然之美,没有老师的相伴和指导,看来我这画家梦真的难成啊!"兰欣欣在感叹之后,只好暂时封存起美丽的梦幻。

有一天半夜醒来,兰欣欣抚摸着在腹中躁动的胎儿,禁不住思绪万千。回想起一年多来的大起大落,苦辣酸甜,喜怒忧思,悲欢离合,东躲西藏,突然间产生了强烈的写作冲动,眼前跳荡出一行行奇妙的诗句。她下床取出个记事本和笔,依在床头上奋笔疾书,接连写出了《往事悠悠,心也悠悠》《鲜花在风雨中摇曳》和《是谁把我带到你身边》三首感言诗。写完后略加修饰，便悠然自得地吟诵起来。

  往往悠悠，心也悠悠，
  生命美丽，青春无愁；
  往事悠悠，心也悠悠，
  奇思妙想，永无尽头；
  往事悠悠，心也悠悠，
  无悔无怨，任我遨游；
  往事悠悠，心也悠悠，
  风轻云淡，入梦神州；
  往事悠悠，心也悠悠，
  高山流水，情浓意稠。

紧接着，又吟出第二首：

  鲜花在风中摇曳，
  心儿在雨中颤抖；
  成功来得太快呀，
  来不及分辨停留；
  痛楚积得太多呀，
  年轻人难以承受。

  不经风雨难见彩虹，
  不受挫折难获成功；
  未来的路必定坎坷，
  谁能与我结伴登程？

天不答来地无回应，
　　唯有前行，前行！

　　这时，兰欣欣已被自己的诗句感动得热泪盈眶，那扑簌簌落下的泪珠，泅湿了接下来的诗行：

　　是谁把我带到你身边？
　　是那美丽的三亚三亚，
　　是那神奇的碧海蓝天；
　　是你的天才你的遭遇，
　　是我的渴望我的未来；
　　是鲜花掩映下的忧郁，
　　是成功后可怕的孤单；
　　是那自由之神的呼唤，
　　是那命运之身的彼岸；
　　爱情不允许心的犹豫；
　　幸福不需要他人安排；
　　一切由我们自己做主，
　　携手奔向灿烂的明天。

　　是感伤还是愉悦？是苦痛还是享受？是呼唤还是等待？只是一吐为快而沾沾自喜，或者说是自我欣赏。
　　亢奋过后是疲倦困顿，兰欣欣收起本和笔，小心放在床头下面，暂时不想被爸爸妈妈看见。整个后半夜，兰欣欣都睡得好香好香，脸上一直流露出幸福的容光。要不是小家伙醒来活动手脚，恐怕会睡到日上三竿。
　　清晨，妈妈准时送进热好的牛奶，发现女儿侧卧床上正笑盈盈沉思，情绪特好，忍不住问："欣欣，又做啥好梦啦？把你美那样！"

"先不告诉您,等过几天再说!"兰欣欣闪着得意的目光笑着对妈妈说。

妈妈见女儿挺认真的样子问:"欣欣,你的心又跑到哪儿去啦?怎么还消停不下来?"

"人在世间住,心在天上飞,魂不守舍,有啥办法呢!"兰欣欣对脱口而出的话语,自己都感到有点莫明其妙。

听到女儿的回答,把妈妈吓一大跳。她仔细瞧着那怡然自得,又神神秘秘的笑脸,担忧地嘱咐:"欣欣,你都要当妈妈了,可不准再胡思乱想,啊?"

"逗您玩呢!"兰欣欣见妈妈当了真,忍俊不禁地解释一句。她知道妈妈不会相信,肯定又会向爸爸去汇报讨教。

整整一个白天和夜晚,兰欣欣的情绪都无法平静下来。每当胎儿躁动的时候,便会轻轻唱起那首曾拨动心弦的《天竺少女》,只不过这次听众已不是暂时远离的那个画家,而是奉献给正在不断成长的腹中胎儿,并且把词句改成了这样:

是谁把你送到我怀中?
是那天才的画家,画家。
是那蔚蓝的大海,
是那岸边的小屋,,
是那潺潺的山泉。
我是那圣母派来的天使,
甜甜地把你依恋。
听见了吗?我的宝贝!

夜深人静,明月高悬,兰欣欣躺在床上,隔窗遥望璀璨的星光,想起在三亚同金曼丽告别时,信口说出的那句"请为我祝福吧",顿时溢出一股

涓涓的清泉。她伸手打开床头灯,从枕下抽出本和笔,依在床头,流畅地写出了《请为我祝福吧》:

> 朋友,请为我祝福
> 朋友,请为我祝福吧!
> 我已分清真伪善恶,
> 尝遍了苦辣酸甜,
> 何惧那暴雨狂澜!
>
> 朋友,请为我祝福吧!
> 我已挣脱心灵羁绊,
> 回归美丽的自然,
> 憧憬幸福的明天!
>
> 朋友,请为我祝福吧!
> 我是浴火的金凤凰,
> 等到相会的时刻,
> 尽情地起舞翩跹!

写完后细读一遍,仍是激情难抑,言犹未尽,遂又急就一首《人生》:

> 人生本是一场戏,
> 生旦净丑来聚齐,
> 你方唱罢我登场,
> 南腔北调说稀奇。
>
> 人生本是一场戏,

悲欢离合难分离，
男欢女爱平常事，
大千世界彩云飞。

人生本是一场戏，
喜怒哀乐多续集，
心胸开阔全收下，
化作长桥通东西。

激情宣泄完毕，睡意才渐渐袭来。望着已经隐去的月亮和星星轻轻叹息一声，好半天才入睡。

自从开始写诗，兰欣欣在幸福感之上，又渐渐多了层成就感，终于找到了最能快速、准确、生动表达情感的通道。她现在几乎每天夜里，都要写出一两首倾诉离愁别绪，咏叹人生的感言诗或睹物生情的风景诗，虽然难免略显幼拙，却因情感真挚、直抒胸臆、节奏明快、联想丰富而多有成功之笔。比如那首《老照片在问》，就是一首既朴拙又感人的作品，唯有她能写得出来。

是谁把我故意遗落，
遗落在时空的像版？
是谁将我肆意缩放，
缩放到这般的模样？
你昨日的刻意装扮，
掩去我真实的容颜；
我故作的千姿百态，
远离了纯美的自然；

你偶尔地想起我来，
　　会暖暖地看上几眼；
　　有时还轻轻地抚摸，
　　触发出深深地慨叹；
　　可在心满意足之后，
　　又会久久将我疏远；
　　或禁锢冰冷的黑暗，
　　或投入故纸的田园；
　　何时才能再次见面？
　　我问呀问来盼呀盼！
　　不要你的有声回答，
　　只求日夜真情相伴。

　　一番心血来潮，连同在三亚时写的三十首，加起来已有74首。兰欣欣将手稿全部抄写一遍，用粗线订成册，想拿给父亲批阅。

　　晚饭后，当妈妈去超市的时候，兰欣欣假装郑重地将诗稿递给父亲："爸，这是我近些天写的一些诗歌，敬请批评指正。"

　　兰秋田接过诗稿，先翻看一下题目和页码，不无得意地调侃："哟，我姑娘刚当上画家，又成了诗人，可喜可贺！"

　　"爸，人家是真心求教，不得敷衍啊！"兰欣欣紧挨着爸爸坐到沙发上，恳求道："您一定要认真给看看，帮着修改修改。"

　　"那是一定！来，我先念一首。"兰秋田喝口茶，放下杯子后便抑扬顿挫地朗读起开篇的《往事悠悠，心也悠悠》：

　　往事悠悠，心也悠悠，
　　生命美丽，青春无愁；
　　往事悠悠，心也悠悠，

高山流水，情深意稠。

　　兰秋田语调高亢而舒缓，目光凝重而深邃，一时想起诸多往事，引出绵绵思绪，念完最后一句，他注视着女儿肯定地说道："意境不错，节奏明快，直抒胸臆。悠悠二字重复使用，利于遐想与转合。"

　　接下来在吟咏第二首《鲜花在风雨中摇曳》后，兰秋田长舒口气，沉吟片刻，下了这样的评语："感情真挚，情景交融，但功力不足，且略显抑郁。"

　　兰欣欣心服口服地点头称是。

　　一看见第三首诗的题目《是谁把你送到我身边》，兰秋田就有些心动了，眼前快速闪过兰欣欣对黎天成进行语音诱导时的情景。他一口气将这首诗读完，心中产生了强烈的共鸣，评语就大方真切起来："诗如其人！欣欣，这首诗激情奔放，准确地展现出自己的心路历程，无悔无怨，憧憬未来，可能是你的得意之作吧！"

　　"老爸慧眼识珠，知我者，唯慈父也！"兰欣欣直言不讳，拿过诗稿说："爸，下面的由我来选读，好便于您思考评断。"

　　接下去，兰欣欣又相继朗诵《梦中吟》《美丽之冠留念》《白鹭公园见闻》《亚龙湾思奇》《分界洲奇遇》《标点符号的启示》《访海螺展览馆》《候鸟与三亚》《美人蕉》《红树林赞》《写给三亚的情书》等等，每读一首，兰秋田就评论几句，不说是字字珠玑，也是褒贬相宜，令兰欣欣多有所得。

　　"欣欣，还会写下去吗？"评完最后一首，兰秋田问。

　　"江郎才尽，难以为继！"

　　"不一定吧？你这脑瓜一旦运转起来，总是很难刹车呀！"兰秋田表示怀疑。

　　"爸爸看人断事，就是入木三分！"兰欣欣笑着承认："爸，我最近特想写点东西。"

　　"还要写什么？"

"我想写一部自传,题目就叫《终极浪漫》。"

"何为终极?"

"终极者,高、大、远也!终为尽头,极为高远。但物极必反,终极必止,恰如我的处境和心态。"兰欣欣认认真真地说。

"欣欣,那可是个大工程,没有相当的功力和准备,是很难驾驶成功的。以你目前的处境,千万不要去想去碰。"

兰欣欣想了想,信心十足地不肯放弃:"爸,我有五个条件可确保成功!"

"说说看。"兰秋田一时竟来了兴趣。

"第一,父亲崇拜;第二,童年决定;第三,命运坎坷;第四,感情丰富;第五,精力过人。有了这五条,还怕不成功吗?"兰欣欣当仁不让的反问。

兰秋田没有直接回答,只是问起其中的第二条:"别的都好明白,这'童年决定'作何解释?"

兰欣欣嫣然一笑,如数家珍地说:"童年决定,是一位名叫保罗·萨特的人讲的,也是人才学中的一个规律。意思是说,童年时所受到的良好家庭教育和广泛的兴趣爱好,常常是决定一生成败的最重要因素。这正如春天播下的种子,到秋天必有收获一样。咱中国不也有'三岁看到老'这样的话吗?"

"噢,这么说是有些道理。只不过你所自指的五个成功条件,恐怕还都有点言过其实,自我欣赏的成分。但话又说回来,你能有这般见识和追求,倒也难能可贵。可鉴于你目前的特殊情况,务必要先放一放,免得劳神伤身。你可知道,任何创造性的劳作,都是与痴迷状态联系在一起的。听爸爸的劝告,暂时等一等,等到春暖花开的时候再进行播种。到那时,才会春风送雨,阳光普照,有了种子顺利发芽,苗儿茁壮成长,才有丰收在望的绝对把握。不是也有这样的一句名言嘛,冬天即将过去,春天还会远吗?"

兰欣欣悟到了父亲的良苦用心,明眸湿润地点点头:"好吧,爸爸,我听您的,那就先把作家梦放在冰箱里冷藏起来吧!"

父亲开怀地笑了,女儿也笑了。

第二年的6月上旬,婴儿终于顺顺当当地生下来,是个体重近八斤的胖小子,且母子平安,喜得全家人都合不上嘴。出院之后,在妈妈的精心调理下,兰欣欣精神极佳,奶水充盈,身体恢复得挺快。那位刚刚面世的傻小子,更是天生不知愁,吃饱了睡,睡醒了吃,吃完了玩,不哭不闹,不到满月,已会追人发笑。

三个月后,兰欣欣的体重和容颜基本恢复到产前的状态。初做母亲的幸福和骄傲,给她带来了莫大的欢愉。每天只要一看到儿子可爱的笑脸和酣睡的模样,便会心花怒放,忍不住俯下身子亲个没完没了。在给小家伙喂奶时,在孩子节奏欢快地吮吸中,她常常会半眯起一对凤眼,迷醉地享受妙不可言的天伦之乐,身心获得极大的满足。

一天中午,郭雯雯抱着七个月大的小女儿应邀而来。见面后,两个年轻的母亲抱着怀中的婴儿又说又笑,并把自己的宝贝给对方欣赏,彼此互夸一番。可能是大几个月的缘故,小姑娘不但又白又胖,而且显得天性聪颖,人见人爱。兰欣欣抱着她玩上一阵,突然开起玩笑:"雯姐,我与你亲如姐妹,这下一代正好是一男一女,是不是应该亲上加亲那?"

郭雯雯立即笑答:"天赐良缘,求之不得。亲家妹,姐姐这方有礼啦!"

众人一阵欢笑,素以幽默见长的郭雯雯抱起男婴,假装正经地问:"小姑爷,我姑娘比你整整大三个月,到时候你会不会反悔呀?"

兰欣欣接过话代为回答说:"不会,等报户口时,给我儿子早写三个月,就说他俩是同年同月同日生,不就得啦!"

"好主意!"郭雯雯说完转向兰秋田和耿玉芳:"兰伯伯,耿阿姨,两位长辈意下如何?"

"父母之命,媒妁之言,谁人敢违呀!"兰秋田也同晚辈开起了玩笑。

郭雯雯与兰欣欣同住十天,在丈夫的反复催促下,才勉强被兰欣欣放行。

不知是孩子天性聪颖,还是胎教起了作用,抑或是二者同效,这小家伙一过百日,就会跟着音乐节拍手舞足蹈,逗得妈妈和姥姥姥爷有时也情不自禁地跟着他摇头摆手,齐舞对歌。

小外孙的降临,对兰秋田和耿玉芳来说,简直是天赐之福,他们把身子当成婴儿的摇床,满屋里转悠。兰欣欣发现,平日里似有洁癖的妈妈,早把多年形成的习惯和禁忌抛到九霄云外,独自承担起了为孩子接屎把尿,洗澡按摩,洗刷衣物等诸事,有时倒把兰欣欣闲得无事可做。从未下过厨房的爸爸主动下厨上灶。无奈是天资不够,手忙脚乱,非咸即淡,只两天就被妈妈罢免,只能屈尊当个跑腿学舌的下手。即便如此,有时仍会笨手笨脚地帮倒忙,引来老伴一顿抱怨。

在这样幸福温馨的环境中,小家伙渐渐显出有些与众不同。一般孩子三个月会翻身,六个月会坐八个月会爬十个月会站,他仅用八个月就完成了全套动作,每个程序都比别的孩子提前十五天左右。开始加辅食时,吃饱了他会立刻拒绝进食。有一次喂鱼粉小米粥,姥姥见只剩下一小口,便用勺递进他口中。小家伙不满地舌头嘴唇一齐使劲儿,喷吐出来,还好玩地"咯咯"笑起来。

随着孩子一天天长大,年轻的母亲仍被幸福感包围得忘乎所以,可姥姥姥爷却操心起另一件事情。一天上午,妈妈同欣欣商量:"孩子都长这么大啦!该起名字啦!"

兰欣欣故意无所谓地说:"妈,不急,就先叫铁柱吧,大名以后再说。"

该考虑如何落户口了,虽然谁心里都想着这事,可又谁都没开口提起。因为按现行的户籍管理规定,小铁柱属非婚生子女,暂时不准落户。为这事,老两口专门托人打听和疏通,想把孩子户口落在上海或北京,都没能办成。后来,耿玉芳急得忍不住了,忧虑地问起女儿:"欣欣,小铁柱的户口可怎么办?我和你爸跑了许多地方,都说暂时落不了。"

"妈,您和爸爸不必再操这份心,车到山前必有路,船到桥头自取直,到时候自然会有办法的。"兰欣欣见妈妈不肯相信地在摇头,又继续解释道:"我已经在网上查询了有关部门,答复说人大法制委员会正在调研非婚生子女的户籍处理问题。"

耿玉芳望着女儿,忽然又提出另一问题:"欣欣,你一直没同黎天成联系吗?打打电话又怕啥的?我都挺想这孩子的!"

"妈,我说过了,我不能再同他来往,那样会毁了他的。咱一家人现在这样,不是挺好的吗?自由自在,无忧无虑的。"兰欣欣故意做出轻松的表情。

兰欣欣俯身盯着孩子熟睡中稚嫩可爱的模样,用英语轻声哼起了电影泰坦尼克号的主题曲《我心依旧》:

>每个夜晚,
>在我的梦里,
>我看见你,
>我感觉到你,
>我懂你的心……
>跨越我们心灵的空间,
>你向我显现你的来临。
>无论你如何远离我,
>我相信我的心已相随。
>你再次敲开我的心扉,
>你融入我的心灵。
>我心与你同,
>与你相随。
>
>一次刻骨铭心的爱,
>让我们终生铭记在心,
>不愿失去,

直到永远。

第二十九章

自从兰欣欣一家从三亚返回北京,黎天成曾无数次打电话想同他们联系,都被无声拒绝。为此,他先后向王副司令和林伟奇请教,又亲自到北京海军干休所拜访,均没能如愿。一天上午,黎天成终于从都市晚报上看到了兰欣欣的消息,他欣喜若狂地把那篇题为《世界小姐未婚先孕,远避他乡待产》的短文看了一遍又一遍,很快由喜转忧喃喃自语:"这人海茫茫的偌大世界,到哪里去找啊"!他左思右想,走投无路,只好揣起报纸去向足智多谋、善解人意的林伟奇求助。

因为事先通了电话,林伟奇如约坐在办公室恭候客人。黎天成刚走进门口,他便站起身故作惊讶地叹道:"唉哟,我说黎大哥,几日不见,是谁把你折磨成这副模样!"

黎天成羞愧地看看林伟奇嘲讽的笑脸,坐在沙发上低头不语。他断定林伟奇已经看到了那报纸上得消息,故意在同自己调侃,一时不知如何应对。

林伟奇也坐在沙发上,盯住黎天成催促:"我的好哥哥,有啥冤屈事你就快说呀,小弟一定为你当家做主!"

黎天成一看忍不住、躲不过,又非要求人家不可,憋闷一会儿,只好实话实说:"伟奇,不关别人的事,是我自己自作自受!"

"啊?哥哥,此话怎讲?"

"我犯了法,作了孽,闯下惊天大祸,简直是活,活不起;死,死不了,所以才来向你求救的!"

"哎呀,我说黎天成,你莫不是来投案自首的吧?你放心,我们的政策历来是坦白从宽,抗拒从严。你只要是老实交代,定会从宽处理。"林伟奇收起笑容,站起身,做出一本正经的样子。

"伟奇,你就别折磨我啦,我知道,你肯定看到了那张报纸!"黎天成掏出报纸递给林伟奇说:"如果再找不到欣欣,我可真活不下去啦!你不知道,我这一年多的时间是怎么挺过来的,生不如死啊!"

"黎大哥,我是跟你开玩笑。你的苦衷我能不知道吗?昨天的报纸我当然是看了,和你一样,我也一直关注欣欣的行踪。我知道你来的目的,是让我帮助寻找欣欣准确的去向,恐怕是不大容易的。"

"求北京的公安系统帮助查找兰欣欣,行吗?"

闻听此言,林伟奇先是一愣,思忖片刻,认真解释道:"这肯定是不行!因为纯属咱们自己的私事、家事,职责和纪律两方面都不允许。"

"要不发个寻人启事?"

"这会有用吗?兰欣欣既然主动和你断绝了关系,并且切断了所有的联系渠道,就不会再回应你的。再说,她现在被狗仔队追得难藏其身,精神上的压力已经够大了,你还能再添乱?"林伟奇见黎天成听进了这番话,赶忙转而开导道:"哥哥呀,有人说,女人是感情动物,是一本不太容易读懂的天书,唯有时间才是最好的解码器。我劝你还是耐心等一等。有诗云,年年岁岁花相似,岁岁年年人不同。说不定哪一天,你那神秘失踪的天使,又会自己飘然而来呢!那首歌是怎么唱的?只要哥哥你耐心等待哟,你心上的人儿就会到来哟!"

"你可别给我吃宽心丸啦!如果不能尽快找到欣欣,不能跪在她面前赔罪,不能尽一个男人的责任,我还有脸活下去吗?你无论如何要帮我想办法找到她!"黎天成抓住林伟奇的手恳求。

这一来,林伟奇可真犯难了。他颇为同情地扶黎天成重又坐下,神情紧张地沉思片刻,还真的想出个办法来。

"黎大哥,要不这样,你去北京找私人侦探试一试,他们神通广大,备不住能让你如愿。我有个大学同学在北京公安系统工作,你先去找他咨询咨询,然后让他陪你去那些所谓社会调查所什么的,这样把握一些,你看行不?"

"行,伟奇,还是你有办法,这太感谢你啦!那我今晚就走,你赶快把他的地址和电话告诉我。"黎天成得救般连声道谢。

林伟奇回到办公桌前,用便签写下手机号码和详细地址,转身交给黎天成,并说:"我一会儿先打个电话,你放心,他一定会尽力帮忙的。不过,你也不能心太急,要给人家一些时间,提供尽可能多的线索,签个稳妥的协议。至于所需的费用,先付点订金,等事情按合同全办好了,再交全款。你这人太实在,又心急,最容易上当受骗!"

"我这就回去准备,等到北京有了消息,就先告诉你。"

"老兄,精诚所,金石为开,祝你早日抱得美人归呀!"林伟奇又同朋友开起玩笑。

"你可别逗我啦!到时候不被人家踢出门就万幸啦!"

林伟奇又拍拍黎天成的肩头说:"兰欣欣是上天派来的天使,她下凡的目的,就是为了普救众生嘛!"

在一个阳光灿烂上午,黎天成在林伟奇的同学、身着便衣的吴洪立陪同下走进诺诚事务调查所。

调查所格局不大,只有内外两间,一位中年男子正坐在办公桌前,见有客人到来,杨明一边摘下眼镜,一边热情打招呼:"来了,请坐。"

黎天成和吴洪立坐在靠墙的沙发上。

"请问二位贵姓,从何处来。"

"我叫吴洪立,家住东城区,这位是我表哥黎天成,刚从海南省三亚市慕名而来。"

"有什么事情需要帮助?"

"我表哥两口子闹了点意见,表嫂一时想不开离家出走了,想请你们帮着查找查找。"

杨明爽快地答应下来："这事可以,但需要你们提供尽可能详细真实的情况,有的地方我可能要仔细问问。"

"表哥,还是你自己说吧。"

"我爱人是一年多前走失的,一直没音信。"

"她叫什么名字?多大年龄?你们因为啥事闹的意见?"

"叫……叫兰欣欣,25岁,没闹啥意见。"黎天成急切地解释:"她走时告诉我说,要回北京老家待产生孩子,可去后就没了踪影,怎么也找不到。"

"您知道他们家的住址吗?哪个区?哪条街?多少号?都有什么人?"

"不知道,我从来没去过。她和爸爸妈妈住在一起。"

"啊?这就怪啦!你们是合法夫妻吗?领没领结婚证?"

"我们是事实婚姻,还没来得及办证。"

杨明顿时警觉起来,追问道:"事实婚姻?那你们是怎么认识的?同居多长时间?兰欣欣?这个名字好熟啊!黎先生,您真要求我们帮助,就必须实话实说,不能隐瞒真相。"

黎天成面对杨明的逼视,红着脸不知该如何解释。

"表哥,没办法,您就直说吧!"吴洪立忍不住催促。

黎天成从兜里掏出报纸递过去:"就是她,您可能也知道些情况。"

"啊?原来是失踪的世界小姐兰欣欣!"杨明大吃一惊:"早有所闻!不过,这一来可就难办啦!又是名人,又绯闻不断,又涉及政界、军界。不行,这活我可接不了,实在是爱莫能助!您另请高明吧!"

"杨先生,请务必帮忙,我多付报酬。"黎天成恳求。

"不是报酬多少的事,!这件事风险太大,难度太大,涉及业务禁区,实在帮不了。"

吴洪立赶忙迎上前说:"杨先生,您先别急着拒绝,咱俩到里面单独说说话。"

杨明迟疑片刻,同吴洪立进了里间,随手关紧了房门。

十几分钟后,杨明和吴洪立走出来:"表哥,杨先生答应了。"

杨明扶黎天成坐下,模棱两可地说:"这事情咋办好呢?吴老弟情面大,我们只好试一试,能不能如愿,那可两说啊!"

黎天成连声道谢。

"兰欣欣的父母叫什么名字?离休后关系落在什么单位?"杨明认真地询问起来。

"她爸叫兰秋田,她妈叫耿玉芳,听说人事关系全在海军干休所。她家的房子也是干休所提供的,在使馆区附近。"

"他们在上海住什么地方?"

"听说在吴淞口附近,离军港不远。"

"您有他们的手机号码吗?"

"没有,他们一家人的手机全换号了!"

"兰欣欣在北京有最要好的朋友吗?"

"听说有个叫郭雯雯的闺蜜,在亚运村附近开了个幼儿园,我不认识。"

"海军干休所?吴淞口?郭雯雯?亚运村……黎先生,我看这样,您先回三亚等消息,有进展随时通知您。"

"不,不,我不回三亚,我哪儿也不去,就在北京等着。"

"那哪儿成,这可不是短时间能办到的事,说明白点,也可能三个月两个月都找不到人。"

"我不怕,只要你们帮我尽快找到,多少报酬都可以。"

"报酬的事您别多想,我们有行业标准,不会乱来,像这种事情,一般情况下,收三至五万元,先交一半订金。然后再签个保密协议。吴老弟,您看行不?"

"可以,杨大哥,请多费心,越快越好,您没见我表哥急得这个样嘛!"

"放心,一定尽力而为,那就先写协议书吧。"

黎天成接过协议书,草草看一下便签了名,然后交上两万元订金。

杨明将客人送出门外,握手告别。

杨明这回办公室,打通手机,不一会儿,一位精明能干的小伙子进了屋。

"爸,又接新活儿啦?"

杨明递过协议书,等儿子看完后,轻松得意地解释:"晓光,接个大单,要尽快办妥,你今晚就去上海找阿南叔,他关系多,地面熟,让他尽快找到兰家在吴淞口的故居,取到他们的手机号码,确认他们一家是不是隐居在那里。北京的事情我来办,有消息后通知你。你要带上全套设备,争取一周内完事。"

"这么大的事儿,能那么快吗?"

"这你就不懂啦,有的时候,事情越大越简单,找到人后,你要尽可能多拍些照片回来。"

八天后,杨明热情接待单独来访的黎天成,将兰欣欣一家人在上海吴淞口的详细地址和一摞照片摊在桌上。

黎天成将照片一一细看:

兰家住地,门框上方显出号码;

兰欣欣到超市推车购婴儿奶粉及用品;

兰欣欣一家人游到江边公园,耿玉芳推着婴儿车。

拿到地址和照片,黎天成即刻飞到了上海。

黎天成的突然出现,让全家人都很震惊。老两口回到自己的卧室,把时间和空间留给这位身份复杂的不速之客。兰秋田推上屋门,却又被耿玉芳小心拉开一条缝。

黎天成起身欲进兰欣欣房间,忽然听到孩子的笑声,便几步冲进屋去,看到日夜思念的兰欣欣正抱着孩子,旁若无人地互相玩耍,他只叫出

"欣欣"两个字,便"扑通"跪在地板上,泪如雨下。

"你是怎么找来的?"兰欣欣头不抬眼不睁,冷冷地问一句。

"我,我请了私家侦探。"

"你不守约,非正人君子!"我早对你说过,当初,我爱你是真诚的,你爱我也是真诚的,两相情愿,谁也不欠谁。快起来吧,小铁柱他爸爸!你是不是想看看自己的杰作?宝贝,快笑一笑,笑笑你那可亲可敬的父亲!"兰欣欣含泪连说带笑双手递过孩子。

黎天成没敢抬头,也没有去接,仍然低头跪着。

闻声进屋来的耿玉芳见此情景,拉着黎天成的胳膊劝说:"天成,快起来!你千里迢迢地跑来,见了亲人和孩子,高兴才对呀,咋还弄成这个样子?欣欣,不许你再说难听话!"

"妈,我哪敢说什么难听的,这不正和铁柱一起哄他嘛!"

这时,后跟进来的兰秋田一把拉起黎天成说:"天成,快起来!你看小铁柱正向你伸手呢,别吓着孩子!"

"天成,快看看这小宝贝,长得多像你!"耿玉芳接过孩子,硬送到泪眼模糊的黎天成怀里。

小铁柱一点不认生,笑得更欢了。

黎天成怯怯地看着儿子。

"到底是亲爹亲儿子,心灵感应,一见如故啊!"耿玉芳一时没找到更准确的词语,只好用一见如故来形容。说完,她从黎天成怀里接过孩子,善解人意地说:"小乖乖,还是跟姥姥姥爷去玩吧,让爸爸妈妈说说心里话!"在说这话的同时,向兰秋田一递眼神,把老伴也调离出去。

当屋子里只剩下两个人时,兰欣欣再也挺不住了,她哭着把黎天成拉到床边紧紧抱住。

黎天成知道兰欣欣心中的委屈和痛苦太多太多,自己亏欠人家的也太多太多,不想说任何话,只是陪着兰欣欣流泪,甚至希望她能痛痛快快地将自己骂一顿打一阵。

过了片刻,兰欣欣才止住哽咽,松开手臂说:"谁让你来这儿的?咱不是说好等妈妈三周年的忌日再见面吗?"

"正是妈妈让我来的!"黎天成望着兰欣欣,流着泪说:"自从你离开三亚后,妈妈几乎天天梦里打我骂我,说我无情无义,不辨善恶,不知好歹,欣欣,你——你说,我,我该怎么办?"

"怎么办是你自己的事,不必用它来折磨我。我再重申一遍,我要做个单身母亲,把孩子抚养成人,母子相依为命,了此一生。"

"欣欣,看在孩子的情面上,你不能抛弃我!"黎天成拉住兰欣欣哀求。

兰欣欣深深地叹口气,身子和口气都软下来,小声地叹息:"天成,不是我非要离开你呀,而是不想毁了你的家庭,你的事业,也不想毁了我自己。爱情能战胜死亡,也能毁灭世界。向爱情索要的太多,就是摧残爱情。我们还是相互祝福,各奔东西吧。"

兰欣欣越是说的毅然决然,黎天成就越是痛苦难忍,身上冒出一层层虚汗。他已经被幸福和痛苦交替折磨得太多太久,再加上多日寝食不安,思虑过度,血糖低下,忽然眼前一黑,瘫倒在床边。

兰欣欣见状,吓得大声惊叫起来:"天成!你怎么啦?爸爸,快来,快来呀!"

兰秋田应声冲进屋,一看情况不好,赶紧抱起黎天成上身,发现他脸上布满了汗珠,心里顿时有了底数:"欣欣,快去冲一碗糖水,他可能是低血糖,虚脱啦!"

兰欣欣跳下地向厨房跑去,险些同抱着孩子的妈妈撞在一起。她往旁边一闪,踉跄地拐进厨房。

这边,耿玉芳急得把小铁柱往床上一放,转身试试黎天成的呼吸和脉搏,低声回答兰秋田的询问:"不怕,是低血糖。这孩子,咋把自己苦成这样!"

正这时候,黎天成睁开眼睛醒了,看着眼前的义父义母,挣扎着想站起来。

"先别动,别动,天成,快把糖水喝下去,等一会儿再活动。"

兰欣欣双手将碗递到黎天成面前,看着地喝下去。

几分钟后,黎天成的身体恢复了正常,被扶着坐在椅子上。

黎天成只在上海住了一夜,而且是和兰秋田同住一个房间,两人唠了大半夜。第二天早晨起来后,黎天成托付义父办一件事:"爸,这是光大的银行卡,在我走后您再交给欣欣,暂时留做孩子和欣欣的生活费。我本来想直接给欣欣,又怕她不肯收下。"

"她不要就算了,你先带着嘛!"

"不,我明天要去新加坡讲学,带着不方便,拜托您啦!"

"那就先放我这儿。"兰秋田答应下来。

临出发时,黎天成默默地看着兰欣欣,从她怀里抱起小铁柱亲了亲,亲得小家伙咯咯笑。

在母亲三周年忌日的头两天,黎天成的妻子阿凤携女儿阿美如约归来。没有拥抱,没有眼泪,没有责难,没有懊悔,两个人坐在独木成林的大榕树下,心平气和地讲述各自的经历、情感和希望。已经九岁的小姑娘阿美站在旁边,慢慢向前移动脚步,想听爸爸和妈妈在说些什么心里话,都被妈妈佯怒地挥手驱离。晚上,夫妻俩跪拜完母亲的遗像,分室而居。

两天后的中午,兰欣欣推着儿童车走出航站楼的出站口。她发现黎天成和阿凤母女一同来接自己,感到十分意外与感动,热泪顿时夺眶而出。

没用黎天成介绍,兰欣欣松开童车,上前紧紧抱住阿凤,反复倾吐着一句话:"阿凤姐,好姐姐,谢谢你!"

黎天成见状,自责地转过身去,正巧小铁柱醒了,睡眼惺忪地伸手要找妈妈。他弯腰抱起孩子,小家伙真像是有心灵感应,咧嘴对他笑起来。这一笑,竟笑得爸爸流出了愧疚的眼泪。

阿美踮起脚尖看着小弟弟,心里特别喜欢。她见爸爸在流泪,十分不理解地说:"爸,爸爸,你哭啥?快看,小弟弟正在笑话你呢!"

听到阿美的呼唤,兰欣欣和阿凤都松开手臂。阿凤上前两步,从黎天成手中接过孩子,仔细瞧一会儿,笑着对兰欣欣说:"这虎小子,真是克隆出来的,简直一模一样!来,让阿姨亲亲。"说着,使劲儿在孩子脸上吻一下,乐得小铁柱手舞足蹈。

阿凤将孩子还给黎天成,拉住兰欣欣的手真诚地说道:"好妹妹,姐姐不但一点不怪你,还要真心感谢你呢!事情的前前后后,天成都对我讲了,这一切一切,都是天意。世间多难事,天意不可违呀!再说,我在外边,已经有了自己的事业和生活。这次回来,就是想与天成解除婚约,并把他交给你朝夕相伴。我也看明白了,你们两个郎才女貌,才真正是天生的一对凤凰鸟。你一定要把黎家的这棵宝贝苗苗抚养好,保护好。我相信他长大后,肯定会比爸爸更聪明,更可爱,更有才华,你的责任和负担可是不轻啊!"

兰欣欣此刻只会倾听,也只能倾听,仿佛在聆听来自天际的福音,遇到了百世难遇的圣贤。她不住地点头,哽咽难语。

等到兰欣欣渐渐平静下来时,阿凤从手包中取出一颗没有镶嵌的大黑珍珠,郑重地放在兰欣欣右手心,语重心长地解释:"妹妹,这是当年孩子的爷爷送给阿妈的定情物,我和天成结婚时,老人家把它送给了我。我现在把它转交给你,让它保佑你们母子,保佑全家幸福平安!"

"姐姐,这可使不得!你的大恩大德,你的菩萨心肠,我早已心领啦!"

"妹妹,你不能推辞!我相信,这也是老阿妈的心愿。"她又看看手表,说:"实在对不起,我们的班机已经开始安检了,我要赶回深圳打理生意。你们的孩子太小,又坐了好几个小时的飞机,赶快回家休息休息。等有机会,欢迎你到深圳做客,顺便认个姐夫,咱俩再好好说说心里话,行吗?"

"妈妈,妈妈,我也要抱抱小弟弟!"阿美见妈妈握住拉杆箱要走,着急地提出要求。

"可以呀,快抱抱吧!"阿凤笑着答应。

兰欣欣赶紧擦去泪珠,从黎天成手中接过小铁柱,小心递给阿美。

"小心点,可抱稳啊!"阿凤在一旁叮嘱。

小铁柱嘎嘎嘎笑个没完,逗得几个大人也禁不住笑起来。

"姐姐再见! 小阿美再见!"兰欣欣深情地同她们挥手告别。

"欣欣,你在这儿等我一会儿,我去送她们娘俩。"黎天成说。

黎天成一手拉着阿美,一手提着旅行箱,向入口处快步走去。就要快进入口时,阿美突然站下来,回头望一眼兰欣欣,说:"爸爸,妈妈,你们等我,我要和兰阿姨说件事儿!"说完,不经同意,转身徃回跑。

兰欣欣发现阿美跑回来,一时猜不到为什么事。她发现小姑娘两眼噙着泪珠,忙问:"阿美,你怎么啦? 快对阿姨说说!"

"兰阿姨,我有个要求,你能答应吗?"

"只要是阿美的要求,阿姨什么都答应!"兰欣欣为阿美擦去泪痕,自己却忍不住落泪了。

阿美想了想,盯着兰欣欣的眼睛,大胆说出心愿:"兰阿姨,等到放暑假时,我想回来跟小弟弟玩,让他天天叫我姐姐,行吗?"

"当然行! 爸爸、阿姨和小弟弟,永远爱你,欢迎你。你不要等到放暑假,什么时候回家都行。妈妈如果同意,你最好回三亚来念书,还可以跟爸爸学画画,跟阿姨学唱歌跳舞。"

阿美转身欲走,兰欣欣一把拉住她说:"阿美,等等,阿姨还有事呢!"兰欣欣松开阿美,从左手腕取下名表,戴到小阿美手腕上。"阿美,你听我说,这表是阿姨送给你的纪念品,是想让你永远记住今天这个日子。"

"兰阿姨,我记住了,今天是妈妈和我同爸爸告别的日子,也是阿姨和小弟弟与爸爸团圆的日子。"

兰欣欣立即纠正小阿美的误解,深情地说:"阿美,今天是我们全家人相逢相会的幸福时日！记住阿姨的话,欢迎你随时回家！快去找爸爸妈妈去,不然要误机啦！"

兰欣欣一直站在那儿挥手,直到看不见阿美和阿凤的身影。

第三十章

把阿凤母女送入候机厅互道珍重之后,黎天成急忙返回兰欣欣身边,不顾小铁柱"呀呀"的反对,抱住日夜思念的恋人久久不语。

小铁柱以为妈妈受了欺负,自己又被冷落,挥起小拳头使劲捶打黎天成的大腿,口中气急地喊道:"坏！打！妈妈抱,妈妈抱！"

两个人被迫松开手臂,同时俯下身哄孩子。

"铁柱,快叫爸爸,叫爸爸呀！"兰欣欣抹着泪珠提示。

"坏,爸！爸,坏！"小铁柱扑入母亲怀中。

看到黎天成满脸尴尬地苦笑,兰欣欣安慰道:"天成,别急,过几天熟悉熟悉就好啦！到时候,恐怕要粘身上呢！"

黎天成愧疚地先点头后摇头,自责之心溢于言表:"那就快回家吧,孩子也该饿啦！"

"回家,回家！"兰欣欣抱起儿子,深情地说:"回家！只要一回到家,一看见高山大海,他就会高兴地把啥事全忘啦！"这其实是她自己的心境,却借着孩子说出来。

黎天成心领神会,拎起童车和行李箱欲走,兰欣欣把孩子放进童车,随黎天成走向停车场。

回到朝思暮想的美丽家园,重新亲近虎头崖、大榕树、石屋、海浪、高坝、阿黄,重又看到老阿妈的画像,闻到油彩的芬芳,兰欣欣的心情比那悬崖下的波涛还要激荡难平。

小铁柱没见过狗,可一看到走过来的阿黄,却一点不知害怕地摸着它的头玩耍起来。说来也真怪,那阿黄也像见了老朋友,重新有了玩伴,很快就围着小铁柱前扑后缩,左蹦右跳地闹个不停。

黎天成和兰欣欣惊讶地看到这一场景,黎天成感叹道:"瞧见了吧?这就是人和动物共同的天性,多美的一幅风景画啊!"

"那你就赶快画出来,保准是一幅难得的杰作。"兰欣欣似有所悟地表示赞同。

"别急,等他们真正熟悉了,还会更有情趣。"黎天成迟疑一下,感慨万般地叹道:"欣欣,你不知道,自从你离开后,在我最孤独绝望的时刻,是阿黄陪着我度过了危机,没有它在身边陪伴,你可能就见不到我啦。"

兰欣欣默然无语地抱住黎天成,好半天才冒出一句话:"天成哥,一切都过去了,过去啦!"

在他们身旁,小铁柱看到妈妈与人拥抱的样子,竟然没有任何反对的表示,倒觉得这么做挺好玩。他学着妈妈的样子,伸出双手想抱住阿黄,阿黄上前把头伸向小铁柱,就势偎在他怀中。

当天夜晚,早早地吃过晚饭,哄睡了小铁柱,兰欣欣同黎天成相拥互诉衷肠,直到月上高天。

清晨醒来,黎天成伸胳膊拥过兰欣欣,动情地说:"欣欣,我们今天去民政局办结婚证吧,不然,我亏欠你的就越来越多啦!"

面对黎天成难以再拒绝的眼神,兰欣欣回头瞅一眼酣睡中的儿子,无奈地说出理由:"你呀,就是不懂事!你就不会想想,这孩子谁看着?我们总不能抱着儿子去申请结婚登记吧?真要那么做,说不定又会引出什么风波呢!"

"那该怎么办?总不能再拖下去呀!结完婚,拿到证书,好给铁柱落户口啊。"

"你别急,昨天我妈来电话了,说她和爸爸正准备动身,四五天就到。"

"他们真能来吗？那可太好啦！"黎天成转忧为喜。

"肯定来，他们不想我不想你，还想铁柱呢！你不知道，小铁柱早成了姥姥和姥爷的心肝宝贝，一天不见，就会抓心挠肝的！另外，我还有件大事要同爸妈商量呢！"

"什么大事？不能先对我说说吗？"

兰欣欣和黎天成同时坐起倚在床头，一方急切地洗耳恭听，一方郑重地娓娓道来，兰欣欣说："天成，你想过咱们的婚礼该怎么办吗？"

"早想多少遍啦！空中、地面、水上、水下的，你喜欢哪样尽管说，办几次都行，我一定好好给你补偿补偿。"黎天成顿时来了精神，其情切切，其意真真，其心感人。

"我只想办一场黎族传统的婚礼，因为我已是黎家的媳妇了。"

"这，这——"黎天成没想到兰欣欣会有这样的选择，愣半天不知如何作答。

"这什么这？你是嫌太土气是不是？"兰欣欣追问："你不是黎家的子孙吗？"

"不，不，不能那么办，那太委屈你了。"

"我既然爱上了黎家的好男儿，就该遵从黎家的风俗，做个黎家的好媳妇。那些铺张奢华，哗众取宠的东西，今后再也找不到我啦！就这么说定了，具体的日子，就定在黎族传统的爱情节——农历三月三。"兰欣欣不容分说地献上一个热吻，为的是不让黎天成再说出反对的话来。

"欣欣，这就是你说的大事？"缓过神儿来的黎天成问道。

"当然不是！"兰欣欣坐直身子，认认真真地说："哥，这些日子我一直在想，回到三亚，回到你身边，办完婚礼，我以后的日子该怎么过呢？我可不能做所谓的全职太太！总得为三亚、为海南省的旅游岛建设出点力呀！想来想去，考虑还是该办一所国际少儿艺术学校比较合适，因为现在来海南和三亚的就业、旅游、度假、养老的外国人中国人都越来越多，他们孩子的学前教育和艺术素质培养已成当务之急。我是受郭雯雯夫妇在北京办双语幼儿园的启发,最终才下的决心,哥,你一定要支持我。"

黎天成在震惊中思忖片刻,不无担忧地说:"欣欣,你要做的可又是件惊天动地的事情,需要慎重考虑,切不可一时冲动,草率行事。不过,我倒真挺赞同和佩服你的雄心,这确实是件意义深远的善举。善举可赞不可违,你真要办,我一定大力支持,你想什么时候开始筹措?"

"现在就着手准备,并在咱们婚礼上宣布。"

"这么急呀!还要在婚礼上宣布?"黎天成神思悠远地看着临窗的旭日,又盯住兰欣欣仔细瞧瞧,胸中也渐渐涌动起一阵激情。

"看啥?不认识啦!"兰欣欣猜不透他在想什么。

"欣欣,我也想办一件大事,也要在婚礼上宣布。"黎天成的话同样让兰欣欣大吃一惊。

"欣欣,你如果同意的话,我想将组画《母亲的一生》和在新加坡大展中获奖的全部作品一并捐给中国美术馆,做永久的收藏和展览。"

"哥,我的亲哥,你可太伟大啦!"兰欣欣拥抱住黎天成,一时竟不知如何表态才好,想了想,又冒出一句自夸自傲的话:"咱这叫夫妻共义举,比翼齐飞做贡献!"

几天后,兰秋田和耿玉芳如约而来。

黎天成和兰欣欣手牵手走进民政局婚姻登记处,使他们的爱情和婚姻受到法律的保护,得到了工作人员的衷心祝福。

回到家中,趁黎天成准备午饭的工夫,兰欣欣欢天喜地将结婚证书递给爸爸妈妈看,两位老人脸上露出如释重负的笑容。小铁柱上前抢过来里外翻看,搞不明白这东西有啥好玩的,让妈妈和姥姥姥爷那么高兴。

收好了结婚证书,兰欣欣郑重地对父母说:"爸、妈,我和天成说好了,定在农历三月三举办一场黎族婚礼,因为那一天是黎族传统的爱情节,我们打算请来原虎头村寨所有的乡亲,让他们共同见证黎家又多了位可爱的好媳妇。"

"我说欣欣,你现在都走到这一步了,还怎么去从头再来?"一直在注意倾听却没开口的兰秋田忍不住说话了,听那语气,明显是在反对。

"爸您别担心!"兰欣欣笑着解释:"为了新鲜喜庆,在婚礼上,要邀请黎族的一个表演队专门演示玩隆闺时的对歌过程,并在婚礼酒席进行现场对歌。为了把这件事办好,我们还特邀林伟奇大哥当婚礼主持人。他不但满口答应,还说一定要办出新鲜,办出情趣,办出经验,等他结婚时也这么做。"

"对了,欣欣,伟奇订婚了吗?"耿玉芳忽然想起一件事:"我临来时和李彤通了电话,邀她来三亚玩玩,顺便见见伟奇,看两个人有没有缘分。"

"妈,那您干脆约她早点来,前天刚一见面,林伟奇就特意开玩笑似地提起这事,说耿阿姨光顾抱外孙子了,把他的终身大事早忘脑后了,一直等着您给牵线搭桥呢!"

"那好,我明天就邀李彤在三月三前赶过来参加你们的婚礼。对了,那曲杰生现在怎么样了?"

"妈,他在华山医院做的手术十分成功,已经彻底康复,重返工作岗位了。"

"这孩子,真是福大命大造化大,有空儿再去看看他。对了,欣欣,你们举办婚礼时,邀不邀请他们小两口来三亚?"

"妈,邀了,可江晶已经怀孕八个多月,已出不了远门。杰生刚被提升为缉毒支队支队长,家里家外都挺忙,恐怕也离不开。"

"欣欣,婚礼怎么办由你们自己选择,我和你妈就不参与意见了。可我想知道的是,你都想邀请哪些嘉宾?还有别的安排吗?"兰秋田猜出想女儿可能又要有出人意料的举动。

"爸,您的眼光就是明察秋毫!"兰欣欣笑对着父亲,敬佩地说:"那好吧,我就把事情全说清楚,免得您和妈妈挂牵。都邀请哪些嘉宾还没最后定,到时候还得看人家有没有时间。但有两件事已经说好了在婚礼上宣布。第一件,我们要在婚礼结束后,立即着手筹办一所国际少儿艺术学校,对那些有一定基础和天分的中外儿童进行高质量的艺术素质培养,尽快改善目前三亚市少儿艺术教育的滞后状态,为国际旅游岛建设贡献一分力量;第二件事是,天成要把组画《母亲的一生》和在新加坡获奖的作品全都捐赠给中国美术馆,做永久的收藏和展览。"

"好!好!"兰秋田连声称赞说:"这是两件利国利民的事情,也是你们理想情操的展现,我举双手赞同。"

农历三月初三是海南黎族纪念勤劳勇敢的祖先,表达对爱情幸福向往之情的传统节日,又称爱情节、谈爱日,黎族语称"孚念孚"。

这一天,在黎天成的邀请下,原虎头村寨的二百多位父老乡亲、兄弟姐妹,从搬迁后的新村赶到虎头崖下,来到那棵大榕树下的黎家老屋,被邀请来的表演队和嘉宾坐在前排。嘉宾不多,只有王副司令、齐虹副市长、海军医院孙院长、赵主任和专程从北京赶过来的郭雯雯和她的女儿宋婷婷。王副司令的老伴因去女儿家照看小外孙而没能出席。小婷婷和小铁柱简直是一见如故,拉着手东瞧西看,一点不怯场。兰秋田和耿玉芳分坐在王副司令和齐副市长两边随意交谈。孙院长和赵主任则挨着郭雯雯和林伟奇新结交的女友李彤,聊着当时为黎天成治疗失语症的经过。

原定婚礼在下午两点开始,可都快两点半了,主持人林伟奇仍在打电话。耿玉芳看着手表,小声询问:"伟奇,是不是还要等谁呀?"

"对,阿姨,等央视记者宋洪涛和市电视台记者,飞机误点了,但已经落地,很快就到。"

"是欣欣她俩请的?"

"不是,我邀的,没告诉他们呢,怕欣欣不同意。"

"非得张罗那么大的动静?欣欣早就被他们追怕啦!"

"阿姨,您别担心,这次和以往不同,绝对不会有负面新闻。央视领导也很支持,特意让宋洪涛带来个摄制组,齐副市长也指示说,要把他们的这场婚礼好好宣传宣传。"

正说到此处，两台专用新闻车鸣着喇叭呼啸而来，林伟奇让大家都别动，一个人迎上去接待客人。

车门打开，宋洪涛顾不得叙旧，先把同事介绍过林伟奇，然后道歉："飞机整整晚一个小时，真对不起，没误事吧？"

"没有，你们不到，我这开场锣鼓不会敲的。"

林伟奇前头引路，将宋洪涛带来的摄制组和市电视台的记者一一引见给嘉宾。

落座后，工作人员各就各位，林伟奇一声令下，让乐队首先奏响迎宾曲。一曲终了，他首先将婚庆的主要内容介绍给大家："各位乡亲、各位嘉宾、各位朋友，值此黎族三月三的爱情节之日，黎家的骄子黎天成先生和绝世美女兰欣欣小姐，将在这南海之滨的虎头崖下，举办别开生面的结婚庆典。说它别开生面，是因为在即将开始的庆典中，既有黎族婚庆中'饮福酒'、'对歌'等传统内容，又有时尚的都市风情。在今天的婚礼上，三亚市副市长齐虹先生受新郎新娘的委托，将宣布两件大事。为此，中央电视台专门派来了摄制组，我们三亚电视台也要现场直播，他们要把这对新人感天动地的爱情之旅，传递给全中国的观众。让我们用热烈的掌声，欢迎和感谢他们的到来。"

掌声停息后，林伟奇高声说道："现在，我宣布，结婚庆典正式开始！"

乐队奏响迎嫁曲，两位妙龄的黎族少女打开一直紧闭的画室大门，牵手引出身着黎族筒裙、头披花巾、耳环玲珑、项圈闪光，胸前和腰间分别挂着银牌、银铃、银球、银链，手腕上佩玉镯、戒指，脚踝上戴银圈、银链的新娘。新郎则自行跟在新娘身后，满脸的幸福容光。翘首等待的人群立刻欢声雷动，伴着新娘新郎的款款前行，用掌声和欢呼声送上祝福。

"婚庆的第一项内容，由证婚人、南海舰队副司令员王林先生宣读结婚证书并代表嘉宾讲话。"等到一对新人在人圈中央站定之后，林伟奇说道。

身着便装的王林应声而出，上前接过话筒，高声宣读完证书，又说：

"作为新郎新娘的长辈,我今天的心情非常激动。大家都知道,黎天成和兰欣欣这两个年轻人,是在大喜大悲,几经磨难之后,才有幸牵手走到一起。他们的爱情之旅,是一首优美动听的情歌和百读不厌的长诗。情歌要久唱不绝,长诗须有精彩续集,我们期待他们在未来的爱情长跑中,会把歌唱得更响,把诗篇写得更美!"

将军的话语重心长,真情感人。黎天成和兰欣欣挽着手上前几步,向王副司令鞠躬致谢,随后又转身鞠躬,感谢所有的乡亲。

这时,一直和宋婷婷共同偎在姥姥怀中的小铁柱认出了爸爸妈妈,拉住宋婷婷的手向前边跑边喊:"妈妈,妈妈,等我,等我!"

林伟奇一愣,却没有阻拦两个孩子。

耿玉芳和郭雯雯同时站起来,想追上去拉回两个孩子。

"不必、不必,让他们去吧,看看这两个小家伙会演出什么好戏。"王副司令探过身子劝阻。

"这不正是天赐良机,老幼同乐,喜上加喜嘛!"齐虹副市长笑着对兰秋田说。

兰秋田含笑地点头,表示支持。

黎天成和兰欣欣闪过片刻的惊慌,又很快心领神会地对视一下,立即迎上去接住孩子的小手,让这对童男童女拉着手站在两个人当中,黎天成牵着小铁柱,兰欣欣拉着宋婷婷。

面对这番场景,所有的人都笑逐颜开,连声叫好。人们的情绪刚刚平静下来,又突然出现一个意外:只见一辆豪华轿车飞奔而来,人们很快认出那是礼仪公司专用的奔驰礼车。车门打开,从车上下来一对青年男女,共同提着个大花篮向人群跑来,边跑边喊:"请让一让,让一让。"

他们来凑什么热闹?林伟奇不解地迎过去。没等他走几步,来客已穿过人群进到圈内。林伟奇顿时产生一种不祥之感,猜想可能是有人要搞恶作剧,这样的蠢事,报纸上已登过多次。他跨前两步,拦住对方严肃地问道:"请问,是谁邀你们来的?花篮里装的什么东西?"

"这是远方的亲人对新郎新娘的贺礼,刚从深圳空运过来,委托我们礼仪公司务必在婚礼上送到。"

"能让我先看看吗?"

"啊,您是东山公安分局的林局长吧?可以,可以。"对方认明了林伟奇的身份。

林伟奇不置可否,提过花篮仔细瞧瞧,发现在绽开的红玫瑰下面,放着一块拳头大小,精雕细刻的连心水晶,上面刻有一行小字:"心连心,永不离,阿凤赠。"他心中一块石头落了地,摆摆手放行:"去吧,感谢你们把这远方的祝福献给新郎和新娘。"

两位送花使者提着花篮,走到黎天成和兰欣欣面前,男青年鞠躬道:"美丽的新郎新娘,三亚市和美礼仪公司受深圳阿凤女士的委托,代她向你们献上这盛开的花篮。花篮里有一块双心形水晶,祝你们手牵手、心连心。"说完,拿出那块用金链悬挂的心形水晶向大家展示。

"我要!我要!"小铁柱和小婷婷同时伸出手。

礼仪小姐看看兰欣欣,见她点头允诺,便将连心水晶放回原处,把花篮交到两个小家伙手中抬着,并嘱咐道:"拿好啊,里面的东西可不许拿出来。"

两个不大懂事的孩子竟顺从地同时点头,礼仪公司的人转身退出人圈。

林伟奇适时上前,十分动情地说道:"今天可真是个有惊有喜的好日子!大家都知道这花篮是谁送的了,也都了解阿凤姐的品德和为人。我为我们有这样高尚、美丽、聪慧的黎族大姐感到非常敬佩和骄傲。她那水晶般的心灵,将给新郎和新娘,以及我们所有的人带来吉祥幸福!"

阿凤的举动和林伟奇的话语,让许多人感慨万般,掌声不绝。黎天成和兰欣欣再次向大家鞠躬致谢。

李彤不知故里,小声问郭雯雯:"雯姐,这阿凤是他们什么亲人?"

"前妻!"郭雯雯俯过身子小声相告。

耿玉芳对李彤说:"李彤,你和伟奇这几天相处得怎么样了?这小子还行吧?"

"还可以吧!"李彤理解到耿玉芳的用心,既感激又窘迫。

"什么叫可以,那叫万里挑一,难找难寻!"耿玉芳又故意用教训的口吻开导说:"别再傻等了,跟着凤凰为俊鸟,你可千万别错过这机会。"

郭雯雯也帮腔:"伟奇有德有才,有情有义,前程似锦,不然的话,耿阿姨能给你介绍吗?"

"谢谢耿阿姨。"李彤红着脸道谢。

她们的对话被孙院长听个清楚,接过话去说:"小李大夫,我看你还是尽快调转到我们医院,这样两方便。"

赵主任在旁介绍说:"李大夫,你不知道,近几年,随着南海舰队的不断发展壮大,随军的家属越来越多。现在,咱们海军医院最缺的就是儿科医生,孙院长盼你早点过来挑大梁呢!"

"李彤,你看你看,有这么多人盼着你,欢迎你,多美气的事啊!干脆吧,这事儿就包在我身上,等明天我好好问问伟奇,看这小子是什么态度。"

李彤笑而不语。

这接二连三的喜剧情节和场景,早被宋洪涛等人不失时机地摄入镜头,众人皆大欢喜,婚礼进入高潮。

此时,林伟奇继续接下来的重要内容,请三亚市副市长齐虹宣布两件大事。在欢迎的掌声和众目注视下,齐副市长郑重说道:"各位父老乡亲,各位嘉宾朋友,我受新郎和新娘的委托,在此宣布两件大事。第一件是经市政府批准,由兰欣欣倡议并主持的三亚国际儿童艺术中心即将成立。本来,兰欣欣和黎天成的初衷是要凭一己之力,创办一所国际少儿艺术学校,培养一批少年艺术英才,为来三亚和海南投资建设、求职从业、旅游度假的中外宾客,解决少儿艺术素质培养提高的难题,为加快国际旅游岛的建设贡献一分力量。大家知道,海南省的国际旅游岛建设是以我们三亚市为龙头的。他们的想法一提出,就立刻得了市委市政府的高度重视,认为此举对国际旅游岛建设,对三亚市文化事业的快速发展意义重大。为此,经市政府批准并征得他们的同意,决定以即将竣工的市政第三幼儿园为基础,正式筹建三亚国际儿童艺术中心,聘任兰欣欣为中心主任,负责全面的管理工作。我们期待国内外的儿童教育专家、艺术家和有识之士,前来加盟该中心的教学和管理,争取用一两年的时间,把国际儿童艺术中心打造成培养国内外少年艺术人才,融贯中西艺术精华,连通三亚和世界的纽带。借此机会告诉大家,联合国的妇女儿童发展基金会,国内的宋庆龄基金会和新加坡华星艺术展览中心等组织,已明确表示支持该中心的建设和发展。"

在一阵喜悦赞扬的掌声过后,齐虹又接着说:"这第二件大事是我们海南黎族的著名画家黎天成先生,将把怀着深深的感恩之心创作出来的组画《母亲的一生》和去年在新加坡国际华人美术精品大赛中获奖的全部作品,无偿地捐赠给中国美术馆,做永久的收藏和展览。大家知道,他的这些画作,都是在极不寻常的境遇下苦心创作而成的,已经成为他生命的一部分。有人曾出上千万人民币的高价,要收藏其中的一幅油画,都被他断然拒绝了。他的此番义举,将与日月同辉。"

齐虹副市长的慷慨激昂,令所有人都十分感动。

王林拍拍兰秋田的手臂说:"老兄,你们有这样一对儿女,真叫人羡慕啊!"

"那不也有你一份功劳嘛!没有你的关怀大度,哪儿会有他们的今天!"兰秋田真诚地笑笑。

进行完了重大事项,便开始进行隆闺对歌和饮福酒的表演。为了让新娘和嘉宾们了解和欣赏黎族这种特殊的婚恋习俗,林伟奇特意解释了一番:"隆闺对歌是黎族男女青年自由恋爱,以对歌方式选择心上人的传统婚俗。因为大家都知道的原因,我们的新郎新娘没能经历这个有趣的过程。为此,特意请来了黎族表演队做精彩表演,给他们补上这人生的重要一课,下面就开始吧。"

在林伟奇说话的过程中,表演队的演员们也做好了准备,将用胶合板连接成的隆闺立到人圈中。

两位年轻的男女演员一个屋里,一个屋外,眉目传情地唱起了开门歌、求婚歌、忠情歌和订婚歌等传统黎族歌曲。

(开门歌)

男唱:一路跑来脚发软,来到花园见花鲜,
　　　想要摘花有篱隔,有心给花把门开。
女唱:妹妹种花哥浇水,花香专等哥来开,
　　　哥要有心把花摘,妹愿引哥进园来。
男唱:想要吸烟却无火,想吃槟榔又无灰,
　　　想要煮酒却无水,想要传情又无媒。
女唱:哥要吸烟妹送水,哥吃槟榔妹送灰,
　　　哥要煮酒妹担水,哥想交情妹做媒。
　　　……

身穿民族服装的黎家姑娘打开房门迎接心上人,年轻的情郎献上耳环和银项圈,姑娘回赠小挂包,互表钟情:

(结情歌)

男唱:与妹交情生了根,情如天高与海深,
　　　天高哥妹携手上,海深俩人抛土填。
女唱:与哥生情多思念,情爱都如针和线,
　　　哥似银针妹如线,针插千层线都跟。
　　　……

（约婚歌）

男唱：与妹情意深如海，十月十五月生辉，
　　　良时吉日订婚事，日盼夜望到佳期。
女唱：与哥交情难分离，天定婚缘做夫妻，
　　　三月三来举婚礼，喜结良缘眼笑迷。
……

　　隆闺对歌结束后，表演队紧接着开始表演接亲、迎亲、饮福酒、逗新娘、对歌、挑水、收席、通报、请妻、媳规等内容。其中最有趣的是饮福酒和对歌。

　　饮福酒开始前，众乡亲一齐动手，将事先准备好的十几张大圆桌放置好，碗筷酒菜齐上。主宾席前放个二尺高的酒罐，插上两根竹管，俗称"福酒"。一男性老人登台亮相，祭拜祖先，向先祖报上新郎新娘姓名，祈求先祖赐新人成家立业生儿育女。然后由一位扮成母亲的女性，陪同新郎新娘共饮福酒，接着便是对歌。

　　酒至正酣时，林伟奇对王副司令、齐副市长等嘉宾和兰秋田夫妇说："黎家的婚庆一般都安排在晚上进行，新郎新娘当天不入洞房，要陪客人闹个通宵，今天怎么也得闹到大半夜。你们几位老长辈干脆带两个孩子先回去休息，有我们几个年轻的陪着就行啦！"

　　"也好！也好！"众人表示同意，王副司令、齐副市长、孙院长、赵主任乘车离去。

　　兰秋田、耿玉芳和郭雯雯则带着两个玩累了的孩子返到山坡上的住处。宋洪涛等人因要去市电视台赶制节目，也随后离去。

　　嘉宾们都离开了，来参加婚庆的黎族男女老少和表演队的青年男女一拥而上，成双成对地边饮边跳边唱，老人对歌把话拉，中年对歌赛歌多，青年对歌来投情，新郎新娘对歌表深情。

　　早已激情满怀的黎天成和兰欣欣，在众人的欢呼声中边歌边舞地旋

到场地正中,放开歌喉互诉衷肠:

黎天成唱:山高高不过你的品德,
　　　　　海深深不过你的恩情,
　　　　　翱翔蓝天的金凤凰啊,
　　　　　让我们永远比翼齐飞。
兰欣欣唱:岸边的大榕树是你,
　　　　　海中的大长鲛是你,
　　　　　累了在树荫下歇息,
　　　　　醒来在你身旁紧随。
黎天成唱:有缘难隔千万里,
　　　　　有情感动天和地,
　　　　　妹是太阳哥是月,
　　　　　日月同辉紧相依。
兰欣欣唱:哥挥神笔绘江山,
　　　　　妹放歌喉唱新美,
　　　　　黎寨就是我家乡,
　　　　　情驻南海永不离。

　　黎家对歌的情深意浓打动了在场所有人的心,林伟奇上前拉起李彤,唱道:

林伟奇唱:凤凰高唱喜盈门,
　　　　　尚未久识情已深,
　　　　　天降知己终生福,
　　　　　地设宴席认亲人,
　　　　　阿妹本是仙女变,
　　　　　三亚弹琴显真身。

在人们的掌声和欢笑的催促声中,李彤羞红着脸不知如何是好,求救地看着兰欣欣。

兰欣欣笑望一眼激情难抑的林伟奇,走上前拍拍李彤的肩膀,不容推却地高声鼓励:"彤姐,唱吧跳吧,在这样的欢乐时刻,你还有什么顾虑!"

毕竟是军人,是军医,临场不能退却,不当逃兵。李彤心一刚硬,激情顿生,上前接住林伟奇伸出的另一只手,合着他刚才的句式和韵调唱道:

  李彤唱:情似波涛连天涌,
     艺高五指爱大门,
     南海奇侠惊世界,
     深情厚谊难离身,
     天上人家本一体,
     劝君莫要多费神。
  林伟奇唱:谁说没有一见钟情?
     我就这么幸运!
     瞧那待嫁的新娘,
     秋波多么迷人!
  李彤唱:谁说只是铁血男儿?
     我看还是情种!
     瞧那浪漫潇洒,
     多么令人心醉!

如此互夸互爱和直抒胸臆,不但令人惊奇和感奋,连他们自己也激动不已。林伟奇紧紧拥抱住李彤,在献上一个热吻后悄悄耳语:"谢谢你的厚爱,那就快快嫁给我吧!"

黎天成与兰欣欣不同寻常的婚礼经媒体报道后,引起了广泛而热烈的反响,好评如潮,赞美有加,一对本来要重食人间烟火,不想在名利场上继续挣扎的俗人,再次成了被人关注议论,被人评说褒贬的公众人物。

半年之后,三亚国际儿童艺术中心正式启动,很快接纳了一百名前来学艺深造的中外少年儿童,年龄在五至十二岁不等,分为长班和短训两个层次教学。兰欣欣虽然一天天忙得废寝忘食,却干劲十足,精神愉悦。闻讯前来祝贺的欧阳远方在考察后,代表新加坡华星艺术展览中心与三亚国际儿童艺术中心签约,投资一百万美元完善和提升教学实习条件,并每年输送十名以上在音乐、美术、舞蹈等方面有天分的学生前来学习深造。

在郭雯雯的执意要求下,经过调整和改造,他们夫妇操办的双语幼儿园变成了三亚国际儿童艺术中心的北京分中心,很快,众多的儿童家长趋之若鹜,成为炙手可热的一道亮丽的风景。

一年半以后,兰欣欣在完成音乐学院的本科学业,取得学士文凭的同时,由天华出版社出版了自传体长篇纪实散文,或者也可以称为自传,书名叫《相遇在美丽之冠》。该书一经面世,很快成了国内多年少见的畅销书。此后不久,她又与父亲兰秋田共同出版一部名为《归程》的诗集。黎天成为其中配画了精美的插图,因感情真挚,图文并茂,形式新颖,同样受到读者的热捧。一时间,世界小姐与天才画家的故事,成了人们竞相传颂的佳话。

(2016年10月改定)